BIRGIT EBBERT
Brandbücher

FAHRENHEIT 451 Die 24-jährige Karina findet im Haus ihrer verstorbenen Großtante seltsame Postkarten. Die Suche nach den Hintergründen führt sie 70 Jahre zurück, in das Jahr 1933, als ihre Tante Haushälterin bei dem jüdischen Buchhändler Jakob Weizmann war. Karinas Großtante erlebt, wie der Einfluss der Hitler-Getreuen in dem münsterländischen Städtchen wächst. Samuel Weizmann, der Sohn ihres Arbeitgebers, wird Zeuge, wie die Studenten, allen voran sein ehemaliger Freund Bruno Schulze-Möllering, in Münster die Bücherverbrennung vorbereiten. Immer wieder wird Samuel Opfer von judenfeindlichen Angriffen, vor allem von Bruno, der keine Gelegenheit auslässt, seinen Hass gegen ihn auszuleben. Und auch Karina gerät bei ihren Nachforschungen in große Gefahr. Denn sie stößt auf ein teuflisches Netzwerk, das am Ende sogar ihr Leben bedroht.

Birgit Ebbert, geb. 1962 in Borken/Westfalen, studierte in Bonn und Münster Erziehungswissenschaften, Psychologie und Soziologie. 1993 promovierte sie über Erich Kästner. Nach Stationen in Stuttgart und Bochum lebt sie heute in Hagen und ist als selbstständige Unternehmerin und als freie Autorin tätig. Sie kann auf eine Vielzahl an Veröffentlichungen im Bereich Jugendbuch, Ratgeber und Lernhilfen zurückblicken. Mit »Brandbücher« gibt sie ihr Debüt im Gmeiner-Verlag.

BIRGIT EBBERT
Brandbücher

KRIMINALROMAN

Die automatisierte Analyse des Werkes, um daraus
Informationen insbesondere über Muster, Trends und
Korrelationen gemäß § 44b UrhG (»Text und Data Mining«)
zu gewinnen, ist untersagt.

Bei Fragen zur Produktsicherheit gemäß der Verordnung
über die allgemeine Produktsicherheit (GPSR) wenden Sie
sich bitte an den Verlag.

Gefällt mir!

Facebook: @Gmeiner.Verlag
Instagram: @gmeinerverlag
Twitter: @GmeinerVerlag

Besuchen Sie uns im Internet:
www.gmeiner-verlag.de

© 2013 – Gmeiner-Verlag GmbH
Im Ehnried 5, 88605 Meßkirch
Telefon 0 75 75 / 20 95 - 0
info@gmeiner-verlag.de
Alle Rechte vorbehalten

Lektorat: Sven Lang
Herstellung: Mirjam Hecht
Umschlaggestaltung: U.O.R.G. Lutz Eberle, Stuttgart
unter Verwendung eines Fotos von: © Keystone / getty images
Druck: Libri Plureos GmbH, Friedensallee 273,
22763 Hamburg
Printed in Germany
ISBN 978-3-8392-1448-0

Personen und Handlung sind frei erfunden.
Ähnlichkeiten mit lebenden oder toten Personen
sind rein zufällig und nicht beabsichtigt.

1

12 IY 5693
Ein Rascheln riss mich aus meinen Gedanken. Ich blickte wieder auf die frische Erde zu meinen Füßen und ließ die Augen umherwandern. Der Flügelschlag eines schwarzen Vogels, der unerwartet an mir vorbeiflog, erschreckte mich. Ich atmete erleichtert auf und griff nach der Schaufel. Ein Regenguss wäre gut, dachte ich, er würde meine Spuren verwischen. Ich folgte dem schmalen Weg aus dem Wald heraus. Am Ende fuhr ich mit der Schaufel mehrfach über das feuchte Gras der Wiese, die den Wald umschloss. Nun waren auch die letzten Erdspuren verschwunden.

12 IY 5693
Erschöpft lehnte ich die Schaufel an einen Baum. Ich betrachtete den kleinen Hügel aus schwarzer Erde, der übrig geblieben war. Seufzend steckte ich ein paar vorwitzige Haarsträhnen zurück unter das Kopftuch. Die Stille und Dunkelheit machten mir Angst. Widerwillig griff ich mit den Händen in den Erdhügel. Ich spreizte die Finger, sodass meine Hand eine Harke bildete. Damit strich ich immer wieder durch die Erde. Ein Regenwurm verfing sich zwischen meinen Fingern. Schaudernd schüttelte ich ihn ab.

12IY5693

Nachdem der Hügel kaum noch zu erkennen war, richtete ich mich mühevoll auf. Ich stöhnte und stemmte meine Hände in den Rücken, der von der ungewohnten Arbeit schmerzte. Als Köchin bin ich harte Arbeit gewohnt, aber diese Aufgabe überstieg meine Kräfte. Vorsichtig blickte ich mich in der Dunkelheit um. Ich erkannte die Schatten der dicken Bäume. Weit und breit war kein Mensch zu sehen. Ich hatte nur eine kleine Laterne mitgenommen und auf den Schein des Mondes vertraut. Obwohl es den ganzen Tag über regnerisch und nebelig gewesen war, war er deutlich zu erkennen. Es konnte nicht lange dauern bis zum Vollmond.

Karina ließ die Karten sinken. Sie sah sich auf dem Dachboden nach einer Jacke oder Decke um. Ihr war kalt. Als sie hinaufgestiegen war, hatte sie nicht damit gerechnet, dass sie sich hier länger aufhalten würde. Und dann hatte sie diese Postkarten gefunden. Fein säuberlich mit einer Banderole aus Zeitungspapier zusammengehalten. Das Zeitungsband sah braungelb aus wie diese Faksimile-Zeitung, die ihre Eltern ihrem Großvater zum 75. Geburtstag geschenkt hatten. Eine Seite der Banderole war eingerissen. Vorsichtig entfernte sie sie. Überrascht, dass die beiden Enden eingeschnitten und ineinandergeschoben waren.

Zuerst freute sie sich, sah sie doch sofort, dass die Postkarten jahrzehntealt sein mussten. Diese Art kannte sie von Flohmärkten: Schwarz-Weiß-Bilder auf schmuddelig weißem Grund mit gezacktem Rand. Solche Postkarten gab es heute nicht mehr.

Warum eigentlich nicht?, dachte Karina und erhob sich mit einem kleinen Ächzen aus der Hocke. Ihre Jeans knarrte leicht von der plötzlichen Bewegung und sie musste aufpassen, dass sie sich nicht den Kopf an einem der Balken stieß.

Sie ließ ihren Blick über den Dachboden wandern und musste lachen, als sie sich in einem alten Spiegel sah, der halb verdeckt von getrockneten Blumen an der Wand hing. In ihren dunkelblonden Haaren schimmerten grau Reste von Spinnweben. Auf ihrem hellen Haarreif vollführte eine kleine Spinne Turnübungen. Wie gut, dass sie sich nicht vor Spinnen und anderlei Kleintier ekelte. Nur die Spinnweben auf ihrer Brille störten sie gewaltig, sie nahm sie ab und wischte sie an der weiten Bluse ab, die sie über der Hose trug.

So sehe ich gleich doppelt so gut, redete sie sich ein, als die Brille wieder sauber auf ihrer Nase saß und sie sich genauer im Spiegel betrachten konnte. Ob das eine gute Idee war, den Pony wachsen zu lassen, fragte sie sich, als sähe sie ihre haarfreie Stirn zum ersten Mal. Schnell wandte sie den Blick ab und suchte etwas gegen die Kälte. Dank der spinnwebenfreien Brille entdeckte sie sofort, dass das Kissen auf dem Schaukelstuhl kein Kissen, sondern eine Decke war. Sie hüllte sich in die Decke und setzte sich mit den Postkarten in der Hand in den Schaukelstuhl.

Vor und zurück schaukelnd betrachtete Karina das Motiv auf der ersten Karte. Eine Kreuzung breiter Straßen war abgebildet. Am Rand der einen Straße standen dünne Männer neben dürren Bäumen. Es sah aus, als wären sie erstaunt, dass jemand sie fotografierte. An der rechten

Straßenseite war ein Haus zu sehen, es erinnerte Karina an ein Gebäude, das ihr erst kürzlich aufgefallen war.

Überrascht drehte Karina die Karte um. Im ersten Moment wirkte sie, als käme sie aus dem letzten Jahrhundert. Doch das Haus mit dem kleinen Erker und den weißen Fenstern vor roten Klinkern kam ihr bekannt vor.

»1903«, las Karina. »Heidener Straße!« Karina konnte mit dem Straßennamen nichts anfangen. Sie lebte in Stuttgart und war nur für ein paar Wochen zu Besuch in der Heimatstadt ihres Vaters, um sein Elternhaus auszuräumen. Außerdem konnte sie hier in Ruhe darüber nachdenken, wie es nach ihrem Studium weitergehen sollte. Bewerbungen konnte sie überall schreiben.

Ihre Großeltern waren schon vor einigen Jahren gestorben, in dem Elternhaus des Vaters hatte bis vor Kurzem ihre Großtante gewohnt. Katharina Bessling, nach ihr war Karina benannt worden.

Katharina Bessling war die Tante ihres Vaters, die Schwester ihres Großvaters. Karina kannte sie nur von wenigen Besuchen und Telefonaten. Die Großtante, die in ihrer Familie immer nur ›Papas Tante Katharina‹ oder ›die französische Tante‹ genannt wurde, hatte lange in Frankreich gelebt und in dieser Zeit keinen Kontakt zur Familie gehabt. Umso überraschter waren alle, als sie plötzlich wieder in ihre Heimatstadt zog und sich bei ihrem Neffen und seiner Familie meldete. Seit Karina ihr auf der Beerdigung ihres Großvaters begegnet war, hatte sich zwischen ihnen eine lockere Beziehung entwickelt.

Karina starrte die winzige Schrift auf der Rückseite der Postkarte an. Die verschnörkelten Buchstaben, die ganz anders aussahen als ihre eigene Schreibschrift, verwirrten sie. Erst als sie die beiden kleinen Einsen nebeneinander sah, erinnerte sie sich an die Schönschreibstunde im Deutschunterricht. »Heute lernen wir die deutsche Schrift«, hatte ihre Lehrerin damals verkündet und merkwürdige Zeichen an die Tafel geschrieben.

»Das sind ja zwei Einsen«, hatte Karina gerufen, die sich schon als Kind mehr für Mathematik als für Deutsch interessierte. Ihre Deutschlehrerin Frau Höschle nickte ihr anerkennend zu. »Das ist eine gute Eselsbrücke«, sagte sie. »Dieser Buchstabe ist nämlich ein kleines E.« Mit diesem Lob weckte Frau Höschle Karinas Interesse an der merkwürdigen Schrift.

Während die anderen Schüler murrend die Buchstaben nachzeichneten, versuchte Karina, ihren Namen zu schreiben und dann sogar Wörter. Irgendwann beherrschte sie die Schrift so gut, dass sie sie als ihre persönliche Geheimschrift nutzen konnte. All ihre Tagebucheinträge hatte sie auf diese Weise verfasst. Sehr zum Ärger ihrer Schwester, die mit den »Hieroglyphen«, wie sie immer maulte, nichts anfangen konnte.

Karina grinste bei dem Gedanken, der ihr durch den Kopf ging: »Manchmal erfährt man erst viel später, warum man etwas lernen muss.« Das hatte ihr Großvater immer gesagt, wenn sie ihm am Telefon vorjammerte, dass sie ihrer Meinung nach wieder nur unnützes Zeug für die Schule lernen musste. Und das war nicht selten, denn Karina fand alles außer Mathematik und Physik langweilig.

Auch wenn Karinas letzte Einträge in ihr Tagebuch lange zurücklagen, konnte sie die Schrift auf der Postkarte nach einigen Anlaufschwierigkeiten erstaunlich gut entziffern. »Wieder einmal ein Beweis dafür, dass man sich gut merkt, was man als Kind gelernt hat«, murmelte Karina und rückte sich in dem Schaukelstuhl zurecht.

»Katharina Bessling«, las sie erneut in dem Adressfeld. Im ersten Moment hatte Karina nicht Katharina, sondern Karina gelesen. Wieso liegen hier uralte Karten, die an mich adressiert sind, fragte sie sich. Als sie las, was auf der Karte stand, die Beschreibung der Erde und der Nacht, wusste sie erst recht nicht, was sie davon halten sollte.

In dem kleinen Ort, in dem vor ihrem Vater schon ihr Großvater und ihre Großtante aufgewachsen waren, wurde gemunkelt, Katharina Bessling wäre nicht ganz bei Trost. Das hatte ihr die Frau des Zahnarztes zugeraunt, den sie aufsuchte, als sie in den vorletzten Semesterferien für einige Tage bei ihrer Großtante wohnte.

Es war auch ungewöhnlich, dass die französische Tante sich nach Jahrzehnten im Ausland wieder in diesem kleinen Ort niederließ. Zuletzt hatte sie in Frankreich gelebt, wo sie mit ihrem Lebensgefährten ein renommiertes Restaurant geführt hatte.

Wann immer Karina sich bei ihrem Vater und ihrem Großvater nach ihrer Großtante Katharina erkundigte, bekam sie als Antwort: »Frag nicht, du wirst es erfahren, wenn du es wissen musst.« Erst in den letzten Jahren war ihr klar geworden, dass ihr Großvater nur wenig Kontakt zu seiner Schwester hatte. Er konnte es wohl nicht verwinden, dass sie ihn im Zweiten Weltkrieg mit den Eltern zurückließ und nach Frankreich ging.

Mehr konnte Karina nicht in Erfahrung bringen. Auch als zuerst der Großvater und dann die Großmutter starben und ihre Großtante, die sie in Gedanken immer Tante Katharina nannte, in das Haus der Großeltern zog, wurde nicht darüber gesprochen, was ihre Großtante zurück in ihre Heimatstadt geführt hatte.

Karina erinnerte sich dunkel daran, dass ihre Eltern auf der Fahrt zu einem der wenigen Besuche bei den Großeltern davon gesprochen hatten, dass Tante Katharina ein Haus in ihrer Heimatstadt kaufen wollte. »Sie will ein ganz bestimmtes Haus haben«, hatte Karinas Vater gesagt. Karina sah sein Kopfschütteln vor sich, das zeigte, was er davon hielt.

Die erste Begegnung musste gewesen sein, als Karina 14 oder 15 Jahre alt war. Bei einem Besuch der Großmutter. Karina war sich nicht sicher, ob es beim 75. der Großmutter gewesen war.

Das Haus, in dem Tante Katharina zu jener Zeit lebte, befand sich in der Innenstadt. Es wirkte verfallen und wenig einladend, trotzdem war es der Großtante wichtig, sie und ihre Eltern durch das Haus zu führen.

»Ich habe das Haus erst einmal retten können«, hatte sie mit traurigem Gesicht bemerkt, während sie mit ihnen durch das Gebäude ging. »Lange wird es das Haus nicht mehr geben, aber ich wollte ihnen wenigstens für kurze Zeit ihr Zuhause wiedergeben.«

Karina starrte auf die Karte. Dieser Satz hatte sie damals lange beschäftigt. Wem will sie das Zuhause wiedergeben?, hätte sie am liebsten gefragt, doch ihr Vater drängte zur Eile, weil er rechtzeitig zum Kaffee bei seiner Mutter sein wollte.

»Wer hat Tante Katharina diese Karten geschickt?«, fragte Karina sich, es gab keine Anrede, und keinen Gruß am Schluss. Sehr ungewöhnlich. Sie schlang die Arme um sich und zog die Decke dichter um ihre Schultern. Es war kalt auf dem Dachboden. Überall hingen Spinnweben, als wäre schon lange niemand mehr hier gewesen.

Noch einmal betrachtete sie die Karten genau. Vielleicht deutete doch etwas auf den Absender. Diese merkwürdigen Buchstaben und Zahlen oben rechts, dort wo bei einem Brief das Datum stand, sagten ihr nichts.

Was war das denn? Ein einzelner Buchstabe auf der Karte, die sie in der Hand hielt, war unterstrichen. Das kleine c in dem Wort ›Schaufel‹. Es war deutlich zu erkennen, dass der Strich mit der gleichen Tinte gezogen worden war. Karina betrachtete die anderen Karten. Ihre Leidenschaft für Rätsel und Knobelaufgaben war erwacht. Sie hielt die nächste Karte dicht vor das Gesicht, um sie besser anschauen zu können.

Mit zusammengekniffenen Augen las sie Buchstabe für Buchstabe. Das b in dem Wort ›Arbeit‹ war eindeutig ebenfalls unterstrichen. C und B, was mochte das bedeuten? Buch, Bauch, backen.

Im nächsten Text musste sie nicht lange suchen. Das unterstrichene A in der ersten Zeile stach ihr förmlich ins Auge. A, B, C. Karina sortierte die Karten in der Reihenfolge. Nun ergab der Text einen Sinn. Ihr fiel auf, dass auch die Zeichen auf dem Datumsplatz rechts neben der Anrede, denen sie bis dahin keine Bedeutung beigemessen hatte, die gleichen waren.

Karina erhob sich aus dem Schaukelstuhl. Sie zog die Schublade, in der sie die Karten entdeckt hatte, weiter auf. Erst jetzt bemerkte sie, dass sie zu einem dicken Kartenstapel gehörten. Anscheinend hatte sich ein Dreierpäckchen beim Öffnen der Kommode verfangen und war Karina deswegen als Einziges aufgefallen.

Vorsichtig nahm Karina den Stapel aus der Schublade. Jeweils mehrere Karten waren mit einer Banderole umwickelt, die mit dieser merkwürdigen Klebstoff-Ersatz-Technik verbunden war. Die anderen Banderolen waren jedoch unbeschädigt. Vorsichtig schob Karina die Banderole vom nächsten Set. Auch diese Karten wirkten, als hätte sie jemand mit Wasserfarbe bunt angemalt. Gar nicht wie die heutigen Hochglanzpostkarten.

Alle Karten zeigten auf der Vorderseite ein Motiv aus der Heimatstadt ihres Vaters, einen Straßenzug, einen der bekannten Türme, sogar die spätromanische Kirche war zu sehen, allerdings sah der Kirchturm anders aus.

Karina wendete die Karte mit dem Kirchturm um und entdeckte auf der Rückseite die Jahreszahl ›1912‹. Vor gut hundert Jahren sah die Stadt anders aus. Hatte ihr Großvater nicht einmal davon gesprochen, dass in den letzten Tagen des Zweiten Weltkriegs drei Viertel der Innenstadt zerstört wurden? Das passte zu dem Bild. Es musste die Kirche vor der Zerstörung zeigen.

Merkwürdig, dachte Karina und ärgerte sich darüber, dass sie das Angebot ihrer Schwester, gemeinsam das Haus auszuräumen, abgelehnt hatte. Sie wusste, dass Tante Katharina wenig mit ihrer Schwester hatte anfangen können. »Sie ist zu langweilig«, hatte sie einmal gesagt und Karina gelobt, die schon während ihres Studiums längere Zeit in den USA gewesen war und sich dort mit Jobs durchgeschlagen hatte.

»Anne ist so bodenständig wie alle hier, obwohl sie nicht hier aufgewachsen ist«, klagte Tante Katharina, dabei war sie doch selbst aus Frankreich zurück in ihre kleine Heimatstadt gezogen.

»Das ist das Alter, da wird man rührselig und sehnt sich zurück in die Heimat«, pflegte Tante Katharina zu sagen, wenn Karina nach dem Grund für die Rückkehr fragte. Doch Karina war sich sicher, dass etwas anderes dahintersteckte. Tante Katharina hatte ein Haus gekauft, das über Jahrzehnte im Besitz eines Arztes gewesen war.

Immer wieder hatte sie sich erkundigt, ob das Haus zu erwerben war. Erst nachdem der Arzt und seine Frau innerhalb von vier Monaten verstorben waren und die Erben ihre Praxis schon längst woanders eingerichtet hatten, wurde das Haus angeboten. Karinas Tante hatte es gekauft, obwohl sie bereits wusste, dass es der Sanierung der Innenstadt würde weichen müssen.

Warum es ausgerechnet dieses Haus sein musste, darüber hatte Tante Katharina bis zu ihrem Tod vor wenigen Wochen geschwiegen, sogar über ihren Tod hinaus, denn auch in ihrem Testament stand nichts über ihre Beweggründe.

Karina schüttelte sich. Trotz der Decke kroch die Kälte des unbeheizten Dachbodens unter ihre Kleidung. Sie griff nach dem Postkartenstapel, da fiel ihr Blick auf ein großes Schild, das neben der kleinen Kommode lag. Sofort erkannte sie die Handschrift ihres Großvaters.

»Katharinas Sachen«, las Karina und schmunzelte. Ihr Großvater hatte zu den Menschen gehört, die die Intimsphäre anderer achteten. Niemals hätte er Karinas Tagebuch gelesen, so wie er auch niemals das Schränkchen seiner Schwester durchstöbert hätte, solange sie lebte.

Die Karten gehörten also ihrer Tante, das war Karina nun klar. Sie wusste jedoch immer noch nicht, wer sie ihr geschrieben hatte.

»Vielleicht finde ich auf den anderen Karten einen Hinweis«, sagte Karina zu sich und griff nach dem Stapel Postkarten. Die kann ich aber auch unten vor dem Kamin lesen, dachte sie und schüttelte die Decke ab, ehe sie die Klappleiter herunterstieg. Es sah ganz danach aus, als könnte der Aufenthalt in dem alten Haus interessanter werden, als sie erwartet hatte.

*

»Bis Samstag«, verabschiedete sich Bruno Schulze-Möllering. Samuel Weizmann beobachtete, wie sein Freund sich die Haare aus dem Gesicht strich. Bruno war das genaue Gegenteil von ihm, wo er klein war, war Bruno groß, seine blonden Haare stachen gegen Samuels fast schwarzen Schopf ab, sogar ihre Augen waren unterschiedlich. Dennoch hatte sich zwischen ihnen in der ersten Klasse eine Freundschaft entwickelt, die trotz vieler Höhen und Tiefen die ganze Schulzeit gehalten hatte. Für Samuel war Bruno vor allem nach dem Tod seiner Mutter ein Anker.

Bruno schaute mit den klaren blauen Augen in die Welt, die ein Junge in dieser Zeit mitbringen sollte, um Erfolg zu haben. Samuel dagegen hatte die dunklen Augen seiner Eltern geerbt – und seiner Rasse, sagten seit einiger Zeit viele. Dabei gab es auch Juden mit roten Haaren oder grünen Augen. Samuel war deutlich kleiner als Bruno, der nach seinem Vater kam, einem großen, kräftigen Mann, der ebenso gut Tierarzt anstatt Allgemeinmediziner hätte werden können, zumindest von seiner Statur her konnte er es mit jeder Kuh aufnehmen.

Manchmal stellte sich Samuel heimlich vor den Spiegel und verglich sich mit Bildern aus Büchern und Zeitungen, die in ihrem Laden auslagen und die angeblich echte Juden zeigten. Außer den dunklen Haaren und Augen konnte er keine Ähnlichkeit erkennen, aber auch keinen Unterschied zu all denen, die mit einem Ariernachweis wedelten und von ihrem langen, rein arischen Stammbaum schwärmten.

Bruno winkte Samuel ein letztes Mal zu, ehe er mit großen Schritten Richtung Stadt ging. Wie fast jeden Sonntag hatte er mit ihm in der Leihbibliothek von Samuels Vater gesessen und Bücher gelesen, die sie in ihrem Alter noch nicht lesen durften.

Samuels Vater besaß eine kleine Buchhandlung in der münsterländischen Kleinstadt. Die einzige weit und breit. Da nicht alle Menschen das Geld hatten, um sich Bücher zu leisten, befand sich in einem Nebenraum eine kleine Leihbibliothek, wie es sie in vielen Städten gab.

Seit Samuel 15 war, half er in der Buchhandlung. Gelegentlich unterstützte er seinen Vater, wenn Bücher zu verleihen waren. Daher hatte er schon früh erfahren, dass es Bücher gab, die er weder verleihen noch lesen durfte.

Eines Tages hatte er seinem Freund von den Büchern erzählt. Bruno hatte so lange gedrängt, bis Samuel eine Stunde ausfindig gemacht hatte, in der seine Eltern nicht zu Hause waren. Sonntagmittags. Am Tag nach dem Schabbes, den Samuel und seine Familie ehrten, erlaubten sich Samuels Eltern einen langen Spaziergang im Grünen.

Diese Stunde nutzten die Jungen, sie schlichen sich in die Leihbibliothek und lasen aufgeregt von Frauen, die sich nach großen, starken Männern sehnten, und von dem, was Männer und Frauen miteinander hinter verschlossenen Türen taten.

Während Samuel sich schämte, wenn er sich vorstellte, dass seine Eltern so etwas auch getan hatten, konnte Bruno nicht genug bekommen und beschrieb Samuel oft Szenen, in denen er selbst der begnadete Liebhaber war. Bei der nächsten Gelegenheit, die sich ihm während des Studiums in Münster bot, wollte er überprüfen, ob an den Geschichten etwas Wahres dran sei. Das erklärte er Samuel mehr als einmal am Tag. Auch, dass er seine Chance nutzen musste, wenn er erst einmal Student war. Samuels Einwand, dass das nicht zu einem angehenden Theologiestudenten passe, wiegelte er stets ab. Mit gemischten Gefühlen sah Samuel ihrer gemeinsamen Studienzeit in Münster entgegen.

2

4SH5693
Ich habe mich in der Küche verkrochen. Zum ersten Mal habe ich mich darüber geärgert, dass ich in diesem Haushalt kein Schweineschnitzel braten darf. Beim Schnitzelklopfen kann ich meine Wut gut loswerden. Ich kenne kein anderes Gericht, bei dem man klopfen kann, bis man sich beruhigt hat. Höchstens ein Omelett, für das man viel Eiweiß schlagen muss.

4SH5693
Er hat es tatsächlich getan! Herr Weizmann hat es mir erzählt und dabei mit der Zeitung in der Luft herumgewedelt, als wollte er ihn wie eine Fliege verjagen. Ich konnte der Zeitung ansehen, dass sie gelesen worden war. Dabei sollte sie verkauft werden. Niemand würde die Zeitung kaufen. Sie war voller Knicke, als hätte sie jemand zusammengeknüllt und dann wieder auseinandergezogen und glatt gestrichen. Der 30. Januar 1933 war kaum noch zu lesen.

4SH5693
»Wieso hat er das getan?«, murmelte ich und schlug das Eiweiß, als wäre es der Reichspräsident, den ich am liebsten stundenlang geohrfeigt hätte. Hat er denn nicht das Buch dieses kleinen Aufschneiders gelesen? Bücher fand

ich schon immer interessant. Bei uns zu Hause gab es nur die Bibel und eine Heiligenlegende. Aber die Lehrerin hat mir manchmal Bücher geliehen und ich habe heimlich ganze Seiten abgeschrieben, um die Sprache der Bücher zu üben. Aber das Buch. Das wollte ich nicht einmal geschenkt.

4SH5693
Im Haus von Doktor Schulze-Möllering, bei dem ich früher in Stellung war, standen überall Bücher. Einmal hat er mich beim Lesen erwischt. Das war der Anfang vom Ende. »Dieses Buch solltest du lesen«, hat der Doktor gesagt und mir ein Buch hingehalten. ›Mein Kampf‹, habe ich gelesen. »Das Buch ist der Beginn einer neuen Ära«, meinte der Doktor. Er hat sich nicht darum gekümmert, ob ich weiß, was eine Ära ist oder nicht. Ich habe nicht gewagt, ihn zu fragen, und es später nachgeschlagen.

4SH5693
Der Anfang eines neuen Zeitalters sollte das Buch sein. Das kann ich bis heute nicht verstehen. Das Buch hat mir nicht Hoffnung, sondern Angst gemacht. Und nun hat Reichspräsident Hindenburg diesen Adolf Hitler, der das Buch geschrieben hat, zum Reichskanzler ernannt. Am liebsten hätte ich den ganzen Tag Eischnee geschlagen, um meine Wut und meine Angst zu zerschlagen.

Karina warf ein Holzscheit in den Kamin. Obwohl das Feuer gemütlich flackerte, war ihr beim Lesen kalt geworden. Alle Karten waren an ›Katharina Bessling‹ adressiert.

Auf der Karte, die sie zuletzt gelesen hatte, stand sogar ein Datum: 30. Januar 1933. Karina fiel ein, dass sie erst kürzlich in einer Biografie über einen Physiker gelesen hatte, dass Hitler am 30. Januar 1933 an die Macht gekommen war. Geschichte war auch so ein Fach, das sie überflüssig fand, was sie nach der Schulzeit mehr als einmal bereut hatte.

Am liebsten hätte Karina gleich in einer Suchmaschine nachgeschaut, was es mit dem 30. Januar 1933 auf sich hatte. Sie konnte sich jedoch nicht von den Karten lösen und fror lieber. Anfangs war es mühsam, die deutsche Schrift zu lesen; je länger sie las, umso leichter fiel es ihr. Doch noch immer wusste sie nicht, wer ihrer Großtante die Karten geschrieben und warum sie die Karten auf dem Dachboden aufbewahrt hatte.

Karina schob sich so dicht wie möglich an den Kamin. Sie betrachtete die Vorderseite der Postkarte. »Am Markt«, las sie. Nichts auf dem Bild war ihr vertraut. Ein großer Platz mit blühenden Bäumen, einer kleinen Mauer und Häusern, wie sie sie aus der Heimatstadt ihres Vaters kaum kannte. Sie versuchte, sich an den Marktplatz zu erinnern, den man zwangsläufig überqueren musste, wenn man durch die Stadt bummelte. Kein einziges Gebäude ähnelte denen auf der Karte.

Karina wunderte sich, dass die Menschen auf den Bildern sich in ihrer Kleidung kaum von den heutigen Bewohnern unterschieden. Auffällig war, dass es keine Autos gab und keine einzige Leuchtwerbung. Sie sah die Rückseite genauer an und entdeckte ganz klein die Jahreszahl ›1930‹. Unglaublich, wie sehr sich das Aussehen der Städte in 80 Jahren verändert hatte. Damals gab es keine

Leuchtreklame, keine Ampeln, kaum Autos, nur einige Menschen, die auf dem Platz standen.

»Wer hat diese Karten geschrieben?«, fragte Karina die große Puppe mit dem Porzellankopf, die in einem Sessel vor dem Sofa saß. Sie sah die anderen Karten an. Es war eindeutig immer die gleiche Handschrift.

Karina stand auf, um sich einen Kaffee zu kochen. Bei Kaffee und Anisplätzchen konnte sie am besten denken. Ihre Großmutter hatte sie auf die Idee gebracht. Sie hatte ihr vor jeder Prüfung in der Schule eine Dose voller Anisplätzchen gebacken.

Rezepte!, schoss es Karina durch den Kopf. Ihre Großmutter hatte in einer Kladde Rezepte gesammelt. Jeder durfte seine Rezepte dort eintragen. Vielleicht fand sie darin einen Anhaltspunkt, wem die Schrift auf den Karten gehörte.

Während die Kaffeemaschine zischte, suchte Karina in dem Regal über der Spüle nach dem Rezeptbuch ihrer Großmutter.

»Das muss doch hier irgendwo sein«, schimpfte sie leise und zog schließlich ein Kochbuch nach dem anderen aus dem Regal.

»Na endlich!« Als die Kaffeemaschine schwieg, hatte Karina ein schwarzes Heft gefunden, aus dem einzelne Blätter hervorlugten. Sie wollte die übrigen Bücher schon zurück ins Regal stellen, da entdeckte sie hinten in der Ecke ein weiteres Heft. Es sah aus wie die Kladde ihrer Großmutter. Karina schlug es auf. Es hatte das gleiche Register wie das Heft der Großmutter, allerdings lagen keine Zettel zwischen den Seiten.

Karina nahm ihren Kaffee und beide Hefte mit ins

Wohnzimmer und setzte sich vor den Kamin. Sie schlug das Heft auf, aus dem die Blätter hervorsahen. ›Anna Niehoff‹ las sie auf der ersten Seite. ›Niehoff‹ war mit Bleistift durchgestrichen, daneben stand ›Bessling‹. Die losen Zettel waren Rezepte, die ihre Großmutter nicht mehr abgeschrieben hatte.

Das war das Rezeptbuch ihrer Oma, daran hatte Karina keinen Zweifel. Sie suchte unter A und fand an dritter Stelle das Rezept für die Anisplätzchen. Rasch blätterte sie weiter zu M. Sie lächelte, als sie ihre eigene Schrift dort entdeckte. Wehmütig dachte sie an den Tag, an dem sie ihre Hinweise für die Zubereitung von Maultaschen in das Heft eingetragen hatte.

Karina schob den Gedanken weg und legte das Heft ihrer Großmutter beiseite. Keine der Schriften in der Kladde glich der auf den Postkarten. Sie nahm das zweite Heft zur Hand. ›Katharina Bessling‹, stand in Druckbuchstaben auf der Innenseite des Umschlags. Das Heft klappte von allein in der Mitte auf.

Karinas Blick fiel auf das erste Rezept auf der Seite. »Kreplach«, las sie und kam sich vor, als wäre sie wieder in der ersten Klasse und müsste einen Buchstaben nach dem anderen entziffern. Das Wort war in dieser alten deutschen Schrift verfasst wie die Postkarten. Allerdings war Karina dieses Wort völlig fremd, sodass es ihr schwerfiel, es zu entziffern.

»Kreplach«, sagte Karina laut. Noch immer kam es ihr vor, als hätte sie einen Buchstaben falsch gelesen. Die Zutaten für das Rezept konnte sie ohne Probleme entschlüsseln. »Mehl, Eier, Olivenöl, Salz«, las sie halblaut. »Das hört sich an wie ein Pastetenteig. Und eine Füllung aus Rinderhack gibt es auch. Lecker.« Sie nahm sich vor, später im Internet nach der Bedeutung des Wortes zu suchen. Viel mehr als das Rezept interessierte sie die Handschrift. Sie nahm eine der Postkarten und legte sie neben die Seite mit dem Rezept.

Das K und das E sahen gleich aus. Immer wieder kam sie mit den Buchstaben durcheinander. Schließlich holte sie einen Zettel und einen Stift und schrieb das Alphabet auf. Das K und das E strich sie durch, die waren eindeutig identisch. Nacheinander betrachtete sie alle Buchstaben. Am Ende waren es nur fünf Buchstaben, bei denen sie nicht sicher war. Ihr Gefühl sagte ihr, dass die Schrift auf den Karten die ihrer Großtante Katharina war. Doch warum sollte sie Karten an sich selbst senden?

*

»Was gibt es heute zu essen?« Mit diesen Worten stürmte Samuel in die Küche. Er ging auf den Herdofen zu, auf dem ein Topf und eine Pfanne standen. Als er vor dem Herd stand, konnte er die Hitze der Flammen spüren, die unter der dicken Eisenplatte züngelten. Ein wohliges Gefühl durchfuhr ihn. Die Küche war für ihn der Inbegriff seiner Kindheit. Als er ein kleiner Junge war, hatte er seine Mutter beim Kochen beobachtet und sich alles erklären lassen.

»Du bist ein echtes Jungchen«, scherzte sie oft. Auch Samuel gefiel diese Wortmischung aus Junge und Mädchen. Als Einzelkind fühlte er sich oft wie ein Jungchen, weil er mal wie der Junge, der er war, behandelt wurde, und mal wie das Mädchen, das er aus Sicht seiner Mutter leider nicht geworden war. Er wusste, dass seine Mutter sich ein weiteres Kind gewünscht hatte. Bis zum letzten Tag ihres Lebens hatte sie von einem Mädchen geträumt und dann war es ein Mädchen gewesen, das sie umgebracht hatte. Das Neugeborene, das dann doch schon tot gewesen war, als es auf die Welt geholt wurde.

Von dem Tag an hatte sich Samuels Leben von Grund auf geändert. Nicht mehr die Küche, sondern die Buchhandlung seines Vaters wurde sein Zuhause. Nach der Schule lief er nicht mehr die Treppe hinauf in die Küche, sondern direkt durch die Glastür, über der in großen Buchstaben ›Weizmanns Buchhandlung & Leihbibliothek‹ stand, in den Laden. Nicht ohne sich mit einem Klingeln anzukünden. So konnte sein Vater ihn an jedem Tag mit »Schalom, Samuel« begrüßen, wie es in seiner Religion üblich war.

Als Samuel 16 Jahre alt wurde, hatte sein Vater Katharina eingestellt. Sie war wenige Jahre älter als er. Die beiden verstanden sich gut. Besonders ihre Liebe zu Büchern verband sie. Hinter dem Rücken seines Vaters verlieh Samuel der Köchin heimlich Bücher, die er für wichtig hielt. Hermann Hesses ›Steppenwolf‹, den Katharina in wenigen Tagen verschlungen hatte, und Thomas Manns ›Zauberberg‹, für den sie Wochen brauchte, in denen Samuel immer neue Ausreden erfinden musste, damit sein Vater das Verschwinden nicht bemerkte.

Im Gegenzug kochte Katharina für ihn all jene Gerichte, die seine Mutter zubereitet hatte, als er ein kleiner Junge war. Unter seiner Anleitung lernte sie koscher zu kochen und auch außerhalb von Jom Kippur und Simchat Thora Samuels Lieblingsspeise, Kreplach, herzustellen. Er konnte sich nie satt essen an den gefüllten Nudeln, die auch das Lieblingsessen seiner Mutter gewesen waren.

»Kreplach!«, freute er sich auch heute, als er den Topf mit dem Salzwasser und die Pfanne mit dem Hackfleisch auf dem Herd sah.

»Du kannst deinen Vater rufen«, bat Katharina Samuel, und er sah, wie sie die ersten Nudeltäschchen mit der Füllung aus Rinderhack und Zwiebeln in das Salzwasser gleiten ließ.

Rasch brachte er den Koffer, in dem er die schmutzige Wäsche aus seiner Studentenwoche in Münster transportierte, in sein Schlafzimmer. Eigentlich war es eine Abstellkammer, doch Samuel hatte lange darum gekämpft, eine eigene Schlafstelle zu bekommen.

Als er in die Buchhandlung kam, spürte Samuel gleich, dass etwas anders war als sonst. Sein Vater saß an dem kleinen Tisch und starrte auf die Zeitschrift, die vor ihm lag.

»Vater!«, rief er erschrocken. Es dauerte eine Weile, bis sein Vater reagierte. Dann drehte er sich zu ihm und gab sich Mühe, ein Lächeln in sein Gesicht zu bringen.

»Schalom, Samuel«, sagte er. Doch Samuel ließ sich nicht so leicht beruhigen.

»Was ist los?«, wollte er wissen.

Sein Vater lehnte sich zurück. »Ich habe gerade in den alten Zeitschriften geblättert«, erklärte er. »Schau her, diese beiden Bücher sind nie bis zu uns gekommen.« Er zeigte auf einen Artikel, in dem von der Beschlagnahmung der Bücher ›Sturm auf Essen‹ und ›Barrikaden am Wedding‹ berichtet wurde.

Samuel klappte die Zeitschrift zu. »1931«, las er halblaut. »Aber das ist doch gar nicht mehr wichtig. Außerdem ist das nur Arbeiterliteratur, da ist uns sicher nichts entgangen.«

»Doch«, entgegnete sein Vater schwermütig. »Das sind die Vorboten. Warte nur, ab morgen wird es jeden Tag solche Nachrichten geben und irgendwann kommen sie auch zu uns.«

3

8SH5693
Ich wollte gerade das Buch, das ich mir heimlich ausgeliehen habe, zurück ins Regal stellen. Samuel hat es mir empfohlen. ›Brennendes Geheimnis‹ von Stefan Zweig. Da kam Gerhard wütend in den Laden. »Die haben uns einfach rausgeworfen«, schimpfte er. Zuerst wusste ich gar nicht, wovon er redete.

8SH5693
Dann habe ich mich erinnert, dass er zu einem Treffen der Gewerkschaft wollte. Da gab es einen Vortrag darüber, dass Maler und andere Handwerker mehr verdienen müssten. Er wollte unbedingt dorthin. Er meckert immer, dass er nicht genug Geld verdient, um mich ins Kino einzuladen.

8SH5693
»Sie haben gesagt, es gibt eine Verordnung. Man darf sich nicht mehr treffen.« Gerhard konnte sich gar nicht beruhigen. »Aber die Nazis! Die dürfen sich treffen.« Ich war froh, dass niemand im Laden war. Auch nicht Samuel oder Herr Weizmann. Man schimpft doch nicht so auf die Nazis. Das ist gefährlich.

Karina drehte die erste Karte eines neuen Päckchens um, auf der Vorderseite waren bunte Bildchen zu sehen. »Pfarrkirche«, las sie laut, »Krankenhaus« und »Alter Festungsturm.« Rechts unten auf der Karte befand sich ein freies Feld, in das ihre Tante den letzten Satz geschrieben hatte. Es sah aus, als wäre sie nicht fertig geworden.

Inzwischen war Karina sicher, dass ihre Großtante die Karten geschrieben hatte. Der Schriftvergleich ließ kaum einen Zweifel zu und auch der Inhalt passte zu dem, was Karina über die Tante ihres Vaters wusste. Sie konnte sich allerdings nicht erklären, wieso ihre Großtante das getan hatte.

Am liebsten hätte sie alle Karten hintereinander gelesen, doch die Arbeit rief. In wenigen Tagen würden die Mitarbeiter des Sozialkaufhauses die Möbel und den Hausrat abholen. Bis dahin, das hatte Karina ihrem Vater und sich selbst versprochen, wollte sie jedes Buch, jede Schublade und jeden Schrank durchsehen. Und ihre Bewerbungen durfte sie nicht vergessen. Ihre Prüfungen lagen zwei Monate zurück und sie hatte sich noch immer nicht um eine Stelle gekümmert. Sie konnte sich einfach nicht entscheiden, was sie machen wollte. Als Bauingenieurin hatte sie so viele Möglichkeiten. Karina schüttelte den Gedanken ab und wandte sich den alten Schränken zu.

Ich muss mehr über Tante Katharina in Erfahrung bringen, dachte sie, während sie eine Schublade nach der anderen öffnete. Über ihre Großtante fand sie nichts, in den Schränken stapelten sich alte Zeitungen, Tischdecken und vergilbte Bettwäsche. Das Rezeptbuch und die Postkarten schienen das einzig Persönliche zu sein, das es von ihr gab.

Karina suchte nach dem Telefon. Sie wollte schon die Nummer ihres Vaters wählen, da fiel ihr ein, dass das Telefon möglicherweise die letzten Anrufe speicherte. Vielleicht gab es eine Freundin, die ihr mehr über ihre Großtante erzählen konnte.

Die erste Nummer, die Karina entdeckte, gehörte zu einem Anschluss im Ort. Sie drückte auf die Wahlwiederholungstaste und hörte das Freizeichen. »Evangelisches Pfarramt, Kowalski«, sagte kurz darauf eine weibliche Stimme, die klang, als käme sie von einem Anrufbeantworter.

Karina wartete auf die Aufforderung, eine Nachricht zu hinterlassen. Als die Stimme »Hallo, wer ist da?« sagte, bemerkte Karina ihren Irrtum. »Karina Bessling«, antwortete sie schnell und fügte hinzu: »Ich räume gerade das Haus meiner Großtante auf.«

Kurz überlegte Karina, ob sie erklären sollte, warum sie ausgerechnet im Pfarramt anrief. Doch die Frau am anderen Ende der Leitung unterbrach sie sofort. »Katharina Bessling? Aber die ist doch gerade gestorben!«

Im ersten Moment war Karina irritiert, bis sie begriff, dass die Frau sie mit ihrer Großtante verwechselte. Ob ihre Stimme wirklich so alt klang? »Meine Großtante hat vor ihrem Tod bei Ihnen angerufen«, versuchte Karina es erneut. »Wissen Sie zufällig, wer mit ihr gesprochen hat und was sie wollte?«

Was redete sie da eigentlich? Sie hörte sich an wie ein Fernsehkommissar, dabei wollte sie nur mehr über ihre Großtante erfahren. »Ich nicht!« Die Stimme aus dem Telefonhörer unterbrach Karinas Gedanken. »Vielleicht Pfarrer Kleine«, überlegte die Frau aus dem Pfarramt laut.

»Aber der ist nicht da«, brummte sie gleich darauf, als wollte sie jede Nachfrage abblocken.

Ein Pfarrer also! Karina merkte sich den Namen, um es zu einem späteren Zeitpunkt erneut zu versuchen.

Karina sah die anderen Telefonnummern durch. Die Auskunft. Ihre Eltern. Eine Nummer mit zwei Nullen am Anfang erregte ihr Interesse. Dunkel erinnerte sie sich, dass ihr Großvater von einem Verwandten im Ausland gesprochen hatte. Entschlossen drückte Karina die Wahlwiederholung.

»Hello?«, fragte eine männliche, brüchig klingende Stimme. »Who's calling?«

Karina wollte wieder auflegen, besann sich jedoch eines Besseren und antwortete: »My name is Karina Bessling. I'm Katharina Bessling's grandniece.«

Die Stimme am anderen Ende der Leitung schwieg lange. Dann hörte Karina: »Hello, Karina, how are you? Äh«, wieder war nichts zu hören, dann fuhr der Mann fort: »Ich bin Georg, Katharinas Bruder.«

Karina suchte fieberhaft in ihrer Erinnerung. Ihr Vater hatte erzählt, dass sein Onkel Georg nie wieder zurück nach Deutschland gekommen sei, damals nach dem Krieg.

»Bist du die Enkelin vom Anton?«, wollte der Mann wissen, der sich Georg nannte und von dem Karina nur wusste, dass er einmal mit ihrem Großvater und ihrer Großtante in diesem Haus gelebt hatte.

»Ja«, gab Karina zurück. »Doch wo lebst du? Ich bin gerade im Haus von Tante Katharina und räume hier auf.«

»Ich weiß«, lautete die Antwort in immer besserem Deutsch. »Ich kenne das Testament. Katharina hat sich mit mir beraten, wem sie ihren Nachlass anvertrauen kann.«

Karina war überrascht. Bis zu diesem Tag hatte sie nie mit ihrem Großonkel gesprochen. Immerhin fiel ihr jetzt ein, dass er aus Deutschland geflohen war, nachdem Hitler an die Macht gekommen war. Als Mitglied der Kommunistischen Partei musste er immer damit rechnen, verhaftet zu werden. »Georg, der Kommunist«, hatte die Großmutter oft abfällig gesagt und jedes Mal ein böses »Lass das!« vom Großvater zur Antwort bekommen.

»Was hat Tante Katharina über mich gesagt?« Karina konnte es sich nicht verkneifen, diese Frage zu stellen. Sie hatte nie das Gefühl gehabt, dass sie ihrer Großtante besonders viel bedeutete.

Karina hörte ein Glucksen in der Leitung. Es hörte sich an wie ein Kichern. Schnell überschlug sie, wie alt ihr Großonkel sein mochte. Er musste fast 100 Jahre alt sein. Kein Alter, in dem Männer kicherten, fand Karina.

»Katharina hat gesagt, dass du einen hellen Verstand hast und neugierig bist und bestimmt Interesse an ihrem Nachlass hast«, sagte Karinas Großonkel und dieses Mal konnte Karina deutlich hören, dass er leise lachte.

»Aber warum muss ich neugierig sein, um einen Haushalt aufzulösen?«, wollte Karina wissen.

Ihr Großonkel ging nicht auf die Frage ein. »Weißt du, Katharina und ich haben uns im Krieg zwar aus den Augen verloren, doch dann haben wir uns wiedergefunden. Das ist nicht lange her. Als Katharina die Familie Weizmann hier in Santa Monica besucht hat, haben wir uns wiedergesehen.«

Als sie den Namen ›Weizmann‹ hörte, horchte Karina auf. Der Name wurde auf einigen Postkarten erwähnt. Ehe sie nachfragen konnte, fuhr ihr Großonkel fort: »Stell dir vor: Die ganze Zeit lebte eine Menschenbrücke zwischen Katharina und mir ganz in meiner Nähe.«

Karina grinste. Die Bezeichnung ›Menschenbrücke‹ gefiel ihr, sie stellte sich gleich eine Brücke aus Menschen vor, über die andere Menschen gehen konnten.

»Das ist schon einige Jahre her«, die Stimme des Großonkels klang wieder brüchig. »Long, long ago«, wechselte er ins Englische. »All dead and gone«, stammelte er. Karina wollte gerade fragen, wer tot sei, da hörte sie eine junge weibliche Stimme: »Grandpa can't call anymore.« Dann wurde der Hörer aufgelegt.

Karina starrte den Hörer an und versuchte zu sortieren, was sie erfahren hatte. Ihre Großtante hatte außer ihrem Großvater einen Bruder, der in Amerika lebte. Zusammen mit einer Enkelin. Das hieß, ihr Vater hatte einen Onkel in Amerika. Erst jetzt ging ihr auf, dass die Enkelin mit ihr verwandt war. Warum hatte ihr Vater nichts davon gesagt, als sie nach der Schule als Au-pair-Mädchen ins Ausland gegangen war?

Tante Katharina hatte mit Onkel Georg über sie gesprochen, auch das wunderte Karina. Sie beschloss, ihren Vater anzurufen und mehr über ihre Verwandtschaft zu erfahren.

»Hallo, Papa«, begrüßte Karina ihren Vater. »Ich habe gerade mit Onkel Georg telefoniert«, begann sie ohne lange Vorrede. »Er hat gesagt, dass er mit Tante Katharina über mich gesprochen hat. Weißt du etwas davon?«

»Hallo, Karina«, antwortete Michael Bessling und dehnte die Worte, als wollte er nebenher seine Gedanken ordnen. »Woher soll ich wissen, mit wem Tante Katharina über dich gesprochen hat?«, setzte er zu einer Gegenfrage an.

Karina stutzte. Es war sonst nicht die Art ihres Vaters, einer Frage auszuweichen. Irgendeine besondere Bewandtnis musste es mit Onkel Georg und dem Elternhaus des Vaters haben.

Karina spürte jedoch, dass sie am Telefon aus ihrem Vater nichts herausbekommen würde. Seine ausweichende Antwort und die fahrige Stimme zeigten ihr, dass sie diese Frage besser verschob, bis sie ihm in die Augen sehen konnte. Doch eines musste sie unbedingt wissen.

»Was hat Tante Katharina als junge Frau gemacht?«, fragte Karina und biss sich auf die Lippen, wie sie es immer tat, wenn sie besonders gespannt auf etwas war. Bereits als Kind lief sie an den Weihnachtstagen mit zerbissenen Lippen herum, weil sie nicht erwarten konnte, was das Christkind ihr bringen würde.

Michael Bessling atmete tief durch, antwortete ihr jedoch: »Tante Katharina hat zuerst als Köchin bei einem Arzt gearbeitet.«

Karina nickte, so viel hatte sie aus den Karten herausgelesen. »Und dann?«, hakte sie nach.

Wieder holte der Vater hörbar Luft, ehe er weitersprach: »Danach war sie bei einem Buchhändler. Weizmann hieß der. Er hatte eine Leihbibliothek. So einen Buchladen, der gegen eine Gebühr Bücher verlieh. Das war damals weit verbreitet.«

Die ausschweifende Art, in der ihr Vater über die Leihbibliothek sprach, ließ Karina aufhorchen. Sie wusste genau, dass er etwas ausließ. »Was hat sie danach gemacht?« Karina stellte die Frage in einem Augenblick der Stille. Sie hörte, wie ihr Vater ausatmete. Das war alles. Er schwieg, als hoffte er, dass irgendetwas passierte und er nicht reagieren musste.

»Was denn nun?«, fragte Karina und machte deutlich, dass ihr Vater sich vor dieser Antwort nicht drücken konnte.

»Sie hat die Buchhandlung geleitet«, stieß Michael Bessling hervor. »Damals war das so. Du weißt schon, in den 30er-Jahren!«

Karina kam ein furchtbarer Gedanke. »Wann genau?«, wollte sie wissen und ihre Stimme überschlug sich. Plötzlich erinnerte sie sich genau an die Deutsch- und Geschichtsstunden, in denen es um das Dritte Reich ging, um die Nazis und ihre Mitläufer, um die Profiteure, die durch das Leid der Juden zu Reichtum gekommen waren. Der ganze Kurs hatte sich darüber aufgeregt, dass die Deutschen so blöd waren und sich nicht gegen die Nationalsozialisten gewehrt hatten. Einer hatte sogar dem Geschichtslehrer vorgeworfen, dass er aus einer Nazi-Familie käme.

»1933«, flüsterte Karinas Vater. »Aber es war bestimmt nicht so, wie du vielleicht denkst«, fügte er hinzu, doch Karina musste diese Information erst einmal verdauen. Schon wieder etwas, das überhaupt nicht zu dem passte, was sie von ihrer Tante wusste. War sie wirklich ein Nazi gewesen? War sie auf diese Weise zu Wohlstand gekommen? Karina fröstelte, obwohl das Feuer im Kamin nach wie vor brannte.

»Ich melde mich«, sagte sie zu ihrem Vater und legte auf, ohne seinen Abschiedsgruß abzuwarten.

Karina starrte den Telefonhörer an und dachte nach. Wie passte das alles zusammen? Auf der Karte hatte es so geklungen, als wäre ihre Tante gegen die Nazis gewesen.

Sie zog die Decke um sich und kuschelte sich in den großen Ohrensessel, in dem ihr Großvater gerne gesessen hatte, und suchte nach der Fernbedienung. Auch wenn sie genau wusste, dass Fernsehen nicht entspannte, so half es ihr doch, ihre Gedanken zu sortieren.

In Gedanken versunken schaltete Karina den Fernseher ein. Als sie Spinnen auf dem Bildschirm sah, zappte sie sofort weiter und blieb bei Klaus Maria Brandauer, ihrem Lieblingsschauspieler, hängen.

Da spielt er wohl wieder einen intelligenten Fiesling, dachte Karina und beobachtete gespannt, wie Brandauer eng umschlungen mit Faye Dunaway über einen Flur ging. Der Filmausschnitt war ihr unbekannt. »Ich wusste gar nicht, dass der Brandauer mit der Dunaway gedreht hat«, murmelte Karina und sah sich nach einer Fernsehzeitschrift um.

»Ich Schaf!«, rief sie laut, als sie keine Zeitschrift entdeckte. Ihre Tante war seit vier Wochen tot. Wer hätte dafür sorgen sollen, dass hier im Haus eine aktuelle Fernsehzeitschrift herumlag?

Karina suchte auf der Fernbedienung das Symbol für den Videotext. »20.15 Uhr – Brennendes Geheimnis«, las sie und starrte den Fernseher verblüfft an. Sie suchte nach der Karte, die sie als letzte gelesen hatte.

»Das gibt es nicht!«, sagte sie laut und sah sich nach dem Telefon um. »Das muss ich Jenny erzählen.«

Ohne den Film weiter zu beachten, wählte Karina die Nummer ihrer besten Freundin Jennifer Bär. Ehe die sich darüber beklagen konnte, dass Karina seit Tagen nicht auf die SMS-Nachrichten reagiert hatte, überfiel Karina sie mit: »Du glaubst nicht, was mir gerade passiert ist.« Sie begann der Freundin von dem Film zu erzählen und landete schnell bei den Karten ihrer verstorbenen Großtante.

Als Karina endlich schwieg, war das Einzige, was sie von ihrer Freundin hörte: »Ich komme vorbei!«

*

»Mensch, irgendwo müssen sie doch sein!« Bruno stand mitten in dem kleinen Raum, in dem er sich früher oft mit Samuel verkrochen hatte, um die Bücher zu studieren, die nur für Erwachsene gedacht waren. Er sah Samuel an, als trage der persönlich Schuld daran, dass die Bücher verschwunden waren.

Samuel starrte die leeren Wände an und zog die Schultern hoch. »Mein Vater muss sie weggebracht haben, als ich in Münster war.« Zuerst sah er Bruno hilflos an, doch dann erwachte Zorn in ihm. »Bestimmt hat mein Vater bemerkt, dass Bücher fehlen. Wieso musstet du die auch mitnehmen? Wo sind die überhaupt?«

Bruno stellte sich gerade hin und sah Samuel mit einem starren Blick an. »Wer sagt denn, dass du dir nicht jeden Abend ein Buch mitgenommen hast, um dir einen runterzuholen oder um es deiner Katharina vorzulesen?«

Samuel spürte, wie die Wut in ihm hochkroch. Das wollte sein Freund sein? Seit sie in Münster studierten, hatte Bruno sich verändert. Oder war er immer so gewesen und ihm war das nicht aufgefallen, weil er froh darüber war, einen Freund zu haben? Dabei studierte Bruno Theologie und mussten nicht, wie er, im Medizinstudium tote Menschen aufschneiden. Pah, diese Theologen, die kümmerten sich doch nur um die schöne Seite des Todes. Er und seine Kollegen, sie waren es, die den Menschen ihre Krankheiten verkündeten.

»Lass Katharina aus dem Spiel!«, sagte Samuel und seine Stimme war kalt wie ein Messer, das im winterlichen Schnee gekühlt worden war. »Und sag mir sofort, wo die Bücher sind!«

Sonst ist es aus mit unserer Freundschaft, wollte Samuel hinzufügen. Da fiel ihm ein, wer er war und wer Bruno war. Bruno Schulze-Möllering, der Sohn eines Arztes – eines Arztes, der etwas zu sagen hatte, in der Stadt und in der neuen Partei, die von sich reden machte. Dennoch nahm er dem Blick nichts von seiner Kälte. Er wusste, wenn er jetzt klein beigeben würde, bekam er das für den Rest seines Lebens zu spüren. So war es immer zwischen ihnen, einmal kämpften sie miteinander und dann verbündeten sie sich wieder gegen die ganze Welt. »Echte Freunde eben«, hatte Katharina gesagt, als Samuel ihr das erzählt hatte. Waren sie wirklich echte Freunde? Samuel war sich heute nicht mehr so sicher.

Bruno ging nicht auf seinen Wutausbruch ein. »Vielleicht gibt es vorn ein paar gute Bücher«, bemerkte er. Die Art, wie Brunos Augen bei der Bemerkung glänzten, und die Bewegungen, die er bei seinen Worten machte, zeigten Samuel, dass Bruno unter gut etwas anderes verstand als ihre Väter oder ihr ehemaliger Deutschlehrer.

Samuel zog die Schultern hoch. Doch Bruno hielt sich nicht mit ihm auf, er stürzte in den vorderen Teil der Bibliothek. Samuel war froh, dass sein Vater auf dem sonntäglichen Spaziergang war, den er auch nach dem Tod der Mutter beibehalten hatte. Er folgte Bruno und entdeckte ihn vor einem Tisch voller Bücher.

»Hier, das klingt doch gut«, rief Bruno mit dem Blick,

den er hatte, wenn er den jungen Mädchen in der Stadt nachsah und hinterherpfiff.

»Brennendes Geheimnis«, las Samuel. »Na und?«

»Hey, hab dich nicht so!« Bruno stieß Samuel in die Seite. »Lass uns doch wenigstens reinlesen. Guck mal da, der große Bruder vom kleinen Emil«, sagte er auf einmal und zeigte auf ein Buch, aus dessen Einband Samuel nicht schlau wurde.

»Fabian«, las er. »Da steht nichts von Emil!«

»Oh Mann, Emil und die Detektive, Fabian, beide vom gleichen Autor!« Bruno tippte sich mit dem rechten Zeigefinger gegen die Stirn. »Bist du der Bücherwurm oder bin ich es?«

Samuel hasste es, Bücherwurm genannt zu werden. Diesen Spitznamen hatte ihm Bruno schon in der ersten Klasse verpasst und alle anderen hatten ihn übernommen. Selbst einige von Brunos Kommilitonen in Münster riefen ihm schon Bücherwurm nach, obwohl sie ihn gar nicht kannten. Wenn es ganz dicke kam, riefen sie sogar ›jüdischer Bücherwurm‹.

»Nun komm schon. Sei kein Spielverderber«, versuchte Bruno Samuel zu überreden, sich mit den Büchern, die er gefunden hatte, in den kleinen leeren Raum zurückzuziehen.

Samuel war der Spaß vergangen. Er fragte sich, ob Bruno ihn nur benutzte und benutzt hatte, um an Geschichten zum Weiterspinnen für seine perversen Fantasien heranzukommen.

Seit sie in Münster studierten, stand Bruno immer dann bei ihm vor der Tür, wenn er etwas brauchte: ein Buch, Tinte, etwas zu essen. Das meiste davon sah er nie wieder, vor allem die Bücher nicht. Ein paar Studenten munkelten, Bruno würde sie gegen eine kleine Entschädigung verleihen. Samuel mochte nicht daran denken, er wusste nicht, wie er das unterbinden sollte.

»Was ist denn los?«, wollte Bruno wissen. Er klang bedauernd, doch Samuel erkannte hinter diesem Ton die Härte der Stimme. Er nahm auch die versteckte Drohung wahr: »Stell dich nicht so an. Wer weiß, ob du mich noch einmal brauchst!« Bruno grinste ihn an und hielt feixend ein weiteres Buch hoch: »Frühlings Erwachen«, las er den Titel vor. »Das Buch kenne ich, ich sage dir, da geht es ab. Das musst du gelesen haben.« Als Samuel nicht sofort reagierte, zögerte Bruno ganz kurz und fügte dann hinzu: »Vor allem als Mediziner!« Was sollte Samuel zu dieser Brücke sagen, die Bruno ihm da bot?

»Na gut«, sagte er nur und ging voran in den leeren Nebenraum, in dem sie schon als Jugendliche oft gesessen und einander nicht jugendfreie Texte vorgelesen hatten. So etwas schweißt doch zusammen, dachte Samuel zuversichtlich.

4

14SH5693
Gerhard hat mich überredet, mit ihm ins Kino zu gehen. Ich wollte nicht, mir ist dieser Raum unheimlich. Alle sitzen in Reihen und starren nach vorn. Doch Gerhard hat nicht lockergelassen. Gleich am Eingang haben wir Herrn Osper getroffen, dem das Kino gehört. »Guten Tag, Fräulein Bessling«, hat er mich begrüßt und zu Gerhard gesagt: »Guten Tag, Herr Rotthues, Sie sind ja heute in hübscher Begleitung.« Mir war das peinlich. Aber dann hat er uns gezeigt, wie die Bilder an die Wand kommen. Unglaublich. Gegenüber von der Wand stand ein Filmprojektor. Auf diesem Gerät waren riesige runde Spulen, die aussahen wie die Räder der Pferdekutsche, mit der unser Nachbar zum Markt fährt.

14SH5693
Der Film war schön. ›Die Drei von der Tankstelle‹ hieß er. Am besten fand ich Hans. In Wirklichkeit heißt er Heinz Rühmann. Er wirkte so nett. Gerhard war fast ein bisschen eifersüchtig, als ich ihm erzählte, dass mir der Hans-Heinz gefallen hat. »Da hätte ich dich besser nicht ins Kino einladen sollen, wenn du dich gleich in einen anderen verliebst«, hat er gesagt und den Mund verzogen. Doch an seinen Augen habe ich gemerkt, dass er nur Spaß gemacht hat.

Vor dem Film wurde die Wochenschau gezeigt. Da habe ich wieder diesen Hitler gesehen. Bei einer Rede auf einem Parteitag. Wie der sich aufgespielt hat, schlimmer als beim letzten Mal. Gebrüllt hat er und die Leute haben geklatscht. Sogar im Kino haben sie geklatscht, als er seine Hand gehoben hat. Ich fand das albern und war froh, dass Gerhard nicht geklatscht hat.

Als Karina am nächsten Morgen erwachte, fühlte sie sich völlig zerschlagen. In ihren Träumen hatte sie ihre Tante in den Armen eines Nationalsozialisten gesehen, der aussah wie Klaus Maria Brandauer. Wie die Frau im Film war sie über den Flur geschoben worden. Dann allerdings in ein Zimmer, das voller Bücher stand. In der Mitte des Raumes stand ein riesiger Topf auf einem offenen Feuer. »Los, koch eine Suppe aus den Büchern«, befahl der Brandauer-Nazi, neben dem plötzlich ein kleiner dunkelhaariger Mann erschienen war. »Nicht die Bücher, bitte nicht die Bücher«, brüllte er, während der Brandauer-Nazi die Tante anstachelte.

»Sieben Uhr«, murmelte Karina nach einem Blick auf die leuchtenden Ziffern. Normalerweise hätte Karina sich nach einer solchen Nacht wieder umgedreht und weitergeschlafen. Doch sie musste stets an ihre Tante denken. Vielleicht sollte sie im Laden nachsehen. Sie fragte sich, warum sie nicht eher auf die Idee gekommen war, das andere Haus ihrer Tante aufzusuchen.

Als ihr Vater sie gebeten hatte, das Haus auszuräumen, damit es verkauft werden konnte, hatten sie nur an das

Haus der Großeltern gedacht, in dem Katharina in den letzten Jahren gelebt hatte. Das kleine Haus, das sie vor einigen Jahren gekauft hatte, stand leer; es wartete darauf, abgerissen zu werden, damit ein neues, modernes Gebäude in der Innenstadt errichtet werden konnte. Stand es wirklich leer?

Wie elektrisiert sprang Karina aus dem Bett. Das musste sie sofort nachprüfen. Ohne sich mit Duschen und Haare waschen aufzuhalten, sprang sie in ihre Jeans. Sie zerrte ein T-Shirt aus dem Koffer und zog es über den Kopf. Ihre dunklen Haare schob sie mit einem Haarreif nach hinten.

Während sie mechanisch die Zahnbürste im Mund hin- und herschob, grübelte sie, wo der Schlüssel für das Häuschen sein konnte. Als sie sich die Zahnpasta mit einem großen Schluck Wasser aus dem Mund spülte, fiel ihr das Schlüsselbrett ein, an dem zurzeit ihrer Großeltern immer die Fahrradschlüssel hingen.

Auf dem Weg zum Schlüsselbrett wischte sie sich den restlichen Zahnpastaschaum von den Lippen. Über die Ohrstecker, die sie sonst sorgfältig auswählte, machte sie sich heute keine Gedanken. Im Gehen band sie das Nickituch um, das die Narbe an ihrem Hals von der Schilddrüsenoperation verdeckte.

»Mein Markenzeichen«, pflegte Karina das Tuch zu erklären, das nicht zu ihrer sonst eher sportlichen Kleidung passte. »Das ist halt meine Krawatte«, grinste Karina gelegentlich, wenn die Nachfragen zu dreist wurden. Doch hier in dem Haus ihrer verstorbenen Großeltern und ihrer verstorbenen Großtante fragte niemand. Hier war auch niemand, der ihr Antworten geben konnte. Sie war allein auf sich und ihren Verstand gestellt. Und der Verstand sagte ihr, dass sie den Schlüssel zum Häuschen am Schlüsselbrett finden würde.

Zum Glück hing das Schlüsselbrett direkt neben der Haustür, sodass Karina keine weitere Zeit mit Suchen vergeuden musste.

Als Karina die Schlüssel an dem Brettchen sah, schickte sie einen Dankesgruß an ihren Großvater, der stets darauf geachtet hatte, dass die Schlüssel ordentlich beschriftet waren. »Du weißt nie, ob du einmal schnell einen Schlüssel brauchst«, hatte er ihr erklärt, als sie das Schild des Fahrradschlüssels verlor. »Stell dir vor, es brennt oder es ist ein Einbrecher im Haus, dann musst du auf einen Blick wissen, welche Schlüssel du mitnehmen musst.« Deswegen hatten alle Fahrradschlüssel blaue Anhänger. »Blau wie unsere Fahrräder«, lautete die Erklärung des Großvaters. Die Schlüssel zum Briefkasten waren gelb und die zum Gartenhaus grün wie der Rasen und die Blumen. Die Schlüssel der Haustüren waren rot, damit jeder gleich wusste, dass sie wichtig waren.

Karina entdeckte drei Schlüssel mit roten Schildern an den Haken. Auf einem Schild stand ›Katharina Stadt‹. Karina frohlockte, das musste der Schlüssel für das kleine Stadthaus sein, durch das ihre Großtante sie vor einigen Jahren geführt hatte.

An dem Ring befand sich außer dem großen Haustürschlüssel ein kleiner Schlüssel, der anders aussah. »Egal!«, sagte Karina sich. Hauptsache, sie kam in das kleine Haus hinein. Sie griff bereits nach der Haustürklinke, als ihr einfiel, dass sie ihren Autoschlüssel brauchte und wenigstens das Handy einpacken sollte.

Schließlich entschied sie sich, ihre Schultertasche mitzunehmen, in dem sich auch ihr Netbook mit Internetstick und etwas zu schreiben befanden. Man kann ja nie wissen, dachte sie und lachte, weil ihr einfiel, dass dies das Motto ihrer Großmutter gewesen war, über das sie sich als Teenager immer lustig gemacht hatte.

Als sie neben dem kleinen Wagen stand, den sie sich am Anfang des Studiums dank eines Ferienjobs und einer Spende ihrer Eltern geleistet hatte, überlegte Karina kurz, ob sie mit dem Fahrrad fahren sollte wie alle hier. Doch im Gegensatz zu denjenigen, die im Münsterland aufgewachsen waren, war das Fahrrad für Karina kein Fortbewegungsmittel, sondern ein Sportgerät. Jedes Mal, wenn sie ihre Großeltern besucht hatte, und auch jetzt, wunderte sie sich darüber, dass in dieser flachen Region selbst weite Strecken mit dem Fahrrad zurückgelegt wurden. Das war in Stuttgart undenkbar. Dafür gab es hier allerdings kaum öffentliche Verkehrsmittel.

Gesünder wäre es ja, dachte Karina und schob sich hinter das Lenkrad ihres Autos. Sie grinste sich im Rückspiegel an. Aber wer weiß, was ich in dem Haus finde. Womöglich könnte ich das mit dem Fahrrad gar nicht transportieren. Mit diesem Argument hatte sie sich überzeugt und fuhr vergnügt in die Stadt.

»Ein Freund, ein guter Freund«, sang sie laut mit, was sie im Radio hörte. Sie freute sich schon darauf, dass ihre Freundin Jenny kommen würde und änderte den Text in »Eine Freundin, eine gute Freundin« um.

»Hätten Sie gedacht, dass dieses Lied über 80 Jahre alt ist?«, fragte der Moderator, nachdem die letzten Töne verklungen waren. »Wir haben es gespielt für Josefa Reinermann, hier im WDR-Wunschkonzert. Josefa Reinermann erinnert sich daran, dass sie dieses Lied im Kino gehört hat. Wann war das?«

Karina konzentrierte sich auf den Straßenverkehr, sie musste aus der kleinen Straße, an der das Haus ihrer Großtante lag, auf eine viel befahrene Bundesstraße einschwenken, um in die Stadt zu kommen. Nur am Rande hörte sie, was die alte Frau auf die Frage des Moderators antwortete. »Damals noch in der Heilig-Geist-Straße«, bekam Karina mit. Erst als die Frau sagte: »Das war der Film ›Die Drei von der Tankstelle‹«, horchte Karina auf. Sie beachtete den Verkehr nicht, sondern drehte das Radio lauter. »Wie alt sind Sie denn, wenn ich fragen darf?«, wollte der Moderator wissen.

Karina hielt den Atem an. ›Die Drei von der Tankstelle‹, diesen Film hatte ihre Tante auf einer Karte erwähnt.

»Ich werde in der nächsten Woche 94«, antwortete die Frau mit brüchiger Stimme. »Ich war 15, als ich den Film gesehen habe.« Karina hörte ein leises Lachen. »Mein Vater Paul Osper besaß ein Kino und ich habe oft neben dem Filmprojektor gesessen und heimlich mitgeschaut.«

»Dann wünsche ich Ihnen einen schönen Geburtstag in der nächsten Woche«, schloss der Moderator das Interview.

Karina drehte den Ton leiser. Sie schob sich in eine Lücke zwischen zwei Fahrzeugen und fuhr in die Innenstadt. Um diese Zeit fand sie sofort einen Parkplatz in der Nähe des Häuschens, das sie mit seinen leeren Schaufenstern fast ein wenig traurig ansah.

»Irgendwie ist das auch traurig«, murmelte Karina, »da übersteht so ein Haus den Krieg und wird dann Jahre später doch abgerissen.« Sie dachte an die Menschen, die in dem Haus gelebt hatten. Ihre Tante war die letzte Eigentümerin gewesen. Aber wem hatte es vorher gehört?

Karina holte den Schlüssel aus ihrer Tasche und öffnete die Tür, die zum Laden führte. Ihre Großtante hatte dafür gesorgt, dass wieder Bücherregale an den Wänden standen. Sogar das Schaufenster ließ sie wieder einbauen, das die Vorbesitzer zugemauert hatten. Für kurze Zeit hatte sie versucht, Bücher zu verkaufen. Das gab sie jedoch schnell auf. »Das Internet und die Kaufhäuser, in denen die Bücher in großen Kisten herumliegen, die nehmen uns die wenigen Kunden weg«, hatte sie ihre Entscheidung, die Buchhandlung kurz darauf zu schließen, bei einem der wenigen Telefonate mit Karina begründet.

Inzwischen ärgerte Karina sich, dass sie nicht mehr Interesse an der Großtante gezeigt hatte. Aber ihr Studium hatte viel Zeit gekostet und dann noch das Semester im Ausland. Selbst bei dem kurzen Aufenthalt in den Semesterferien nach dem Tod ihrer Großmutter waren sie nicht so richtig warm miteinander geworden.

Die Regale starrten sie an. Karina fühlte sich unwohl. So viele leere Regale, die wie aufgerissene Münder wirkten. Sie schauderte und ärgerte sich, dass sie keinen Pullover über das T-Shirt gezogen hatte. In dem alten Haus war es kühler als draußen.

Direkt neben dem Eingang entdeckte Karina eine weitere Tür. Sie drückte die Klinke herunter und stand in einem kleinen Flur, von dem eine Holztreppe ins Obergeschoss führte. Auch der Flur war leer, kein Mantel hing an der Garderobe, nicht einmal ein Regenschirm oder eine alte Mütze sorgten für ein Lebenszeichen.

Mit gemischten Gefühlen betrat Karina die erste Treppenstufe. Ein Knarren begrüßte sie, das keine Ruhe mehr gab, bis sie den Boden im Obergeschoss erreicht hatte.

Auch hier wirkte alles verlassen. In einem Zimmer, das Karinas Erinnerung nach das Schlafzimmer gewesen war, hing ein Bild an der Wand. Die betenden Hände von Dürer. Das gleiche Bild hing auch im Haus der Großeltern. Anscheinend reichte der Tante ein Bild. Was sollte sie auch mit vier betenden Händen?

Karina gefiel die Vorstellung nicht, dass das Bild von der Abrissbirne zermalmt wurde. Sie nahm es von der Wand und steckte es in die Umhängetasche. Vielleicht konnte sie es bei eBay versteigern, wenn sich sonst niemand fand, der das Bild haben wollte. Nun war auch dieses Zimmer leer wie die anderen Zimmer in diesem Geschoss.

Karina suchte nach einer Leiter oder Treppe, die auf den Dachboden führte wie in dem Haus ihrer Großeltern. Sie fand nichts dergleichen und ging die knarrende Treppe wieder hinunter ins Erdgeschoss. Von dem Flur führte eine Tür in einen kleinen Raum hinter dem Laden.

Verblüfft schaute sie den Tresor an, der in einer Ecke stand. Er wirkte völlig fehl am Platz, denn auch dieser Raum war ansonsten völlig leer.

Karina rüttelte daran. Aber die Tür ließ sich nicht öffnen. Sie bemerkte das kleine Loch neben einem Rad mit Zahlen. Ihr fiel der kleine Schlüssel an dem Ring ein. Sie zog ihn aus der Tasche und steckte ihn in das Schloss. Er ließ sich problemlos bewegen. Die Tür öffnete sich dennoch nicht. Karina starrte das Zahlenrad an und überlegte, wo sie die Zahlenkombination finden konnte.

Großvater hätte die Zahlen in der Nähe des Schlüssels aufgeschrieben, dachte Karina. Sie drehte den Schlüssel in ihren Händen. Ihr Blick fiel auf das Schild. ›Katharina Stadt‹, stand dort. Die Schrift war nicht besonders gut zu lesen, das war Karina bereits vorher aufgefallen, zumal das äußerst ungewöhnlich für ihren Großvater war.

Vorsichtig löste sie das Plastikschild von dem Schlüssel. Sie hebelte es aus dem Metallring, der es mit dem Schlüssel verbunden hatte. Nun konnte sie das beschriebene Papierstückchen aus dem Plastikrahmen schieben. Sie drehte den kleinen Zettel um und entdeckte Pfeile und Zahlen.

»Das gibt es doch nicht!«, sagte Karina laut. Sie hatte das Bedürfnis, mit jemandem zu sprechen, doch niemand war in der Nähe und sie kannte keinen Menschen in der Stadt. Obwohl sie gelegentlich ihre Ferien bei den Großeltern verbracht hatte, hatten sich keine Freundschaften ergeben. Vielleicht lag es daran, dass Karina sich nicht für Puppen, Schminken und Jungen interessiert hatte, sondern für Autos und Maschinen. Ihr hatte es mehr Spaß gemacht, bei den Nachbarn ihrer Großeltern Traktor zu fahren, als mit den anderen Mädchen in der Stadt auf dem Brunnen zu sitzen und den Jungen nachzustarren.

Karina steckte den kleinen Schlüssel erneut in das Schloss. Sie drehte an dem Rad, bis der kleine Pfeil auf einer Zahl stand. Je nachdem, ob der Pfeil auf dem Schild nach rechts oder links zeigte, drehte sie das Rad nach rechts oder links. Als sie es auf die letzte Zahl stellte, bemerkte sie, wie sich der kleine Schlüssel bewegte. Sie drehte ihn leicht und die Tresortür öffnete sich.

*

»Stell dich nicht so an!« Bruno stieß Samuel leicht mit der Faust gegen die Schulter. »Komm doch mit.«

Samuel zögerte, er hatte sich zu dem Kinobesuch überreden lassen. Sobald sie am Wochenende in ihrer Heimatstadt waren, hielt Bruno ihn für gut genug, um die Abende mit ihm zu verbringen. Schon in der Schule hatte Bruno kaum Freunde, obwohl oder gerade weil er ständig damit angab, dass sein Vater Arzt war und sogar fast Professor geworden wäre. Viele ließen sich davon abschrecken, dass er alles besser wusste und immer recht haben wollte. Nur Samuel hatte Mitleid mit Bruno, seit er einmal zufällig erlebt hatte, wie sein Vater ihn geschlagen und gedemütigt hatte. Von dem Tag an hatte er ihn gelegentlich mit zu sich nach Hause genommen, sein Vater hatte sich nicht weiter um sie gekümmert.

In Münster hatte Bruno anscheinend Freunde gefunden. Er und Samuel wohnten in möblierten Zimmern im Haus eines Arztes, einem Studienkollegen von Brunos Vater. Samuel war froh, dass er dieses Zimmer so leicht bekommen hatte. In Münster waren Wohnmöglichkeiten begehrt, vor allem, wenn das Semester begann, und er hatte erlebt, dass die Religionszugehörigkeit durchaus oft darüber entschied, ob jemand den Zuschlag erhielt oder nicht. In einem Wohnheim war ihm ganz unverhohlen mitgeteilt worden, dass nicht an Juden und Frauen vermietet werde.

Er wusste, dass Brunos Vater nicht ihm, sondern sich selbst einen Gefallen tat, als er Samuel dieses Zimmer vermittelte. Auf diese Weise hatte er Bruno weiterhin im Blick. Deswegen ließ er die beiden freitags nach der letzten Vorlesung von einem Fahrer in Münster abholen. Ganz zufällig wurde Samuel dann in die Praxis gerufen. Dort musste er Bericht erstatten, was Bruno in der letzten Woche gemacht hatte. Samuel fühlte sich jedes Mal unwohl, doch Doktor Schulze-Möllering hatte ihm gedroht, dass er sein Zimmer verlieren würde, wenn er Bruno etwas von den Nachfragen verriet.

Samuel war es recht, dass er nicht viel mitbekam, weil Bruno einer anderen Fakultät angehörte und bei seinen abendlichen Ausflügen meist Treffen mit Kommilitonen zum Lernen vorschützte. Das konnte Samuel ohne Bedenken an den Vater seines Freundes weitergeben, obwohl er ahnte, dass auch ein Theologe im ersten Semester nicht jeden Abend und jede Nacht lernen musste.

Die Woche über grüßte Bruno Samuel kurz und erkundigte sich beim Frühstück beiläufig, wie es bei den Medizinern aussähe, ob Samuel wieder eine Leiche gefleddert habe. In der letzten Zeit kam es gelegentlich vor, dass er nebenbei fragte: »Dürfen Juden Leichen auseinanderschneiden?« Samuel horchte jedes Mal auf, seine Religion war zuvor selten ein Thema zwischen ihnen gewesen.

Sobald die beiden in dem Auto von Brunos Vater wieder zu Hause eingetroffen waren, tat Bruno, als wären sie noch immer die dicksten Freunde. So hatte er Samuel an diesem Freitag überredet, mit ihm in den Film ›Die Drei von der Tankstelle‹ zu gehen, der in dem kleinen Kino an der Heilig-Geist-Straße gezeigt wurde.

Noch als sie aus dem Kino kamen, schwärmte Bruno von Lilian Harvey, die in dem Film die Hauptrolle spielte.

»Ein Rasseweib«, sagte Bruno und setzte dabei dieses lüsterne Grinsen auf, das er auch hatte, wenn sie die verbotenen Bücher lasen.

Der Begriff ›Rasse‹ rief bei Samuel ein Ziehen im Bauch hervor. Seit Hitler Reichskanzler geworden war, hörte er immer wieder Bemerkungen darüber, dass die Juden das Geld besäßen und die echten Deutschen sehen könnten, wo sie blieben.

Ehe Samuel auf Brunos Schwärmereien reagieren konnte, sprach ihr ehemaliger Mitschüler Alfred Finke sie an.

»Mensch Bruno, wie geht es denn?«, fragte er Bruno und knuffte ihm in die Seite, als wären sie die besten Freunde. Bruno antwortete mit einem Schulterklopfen und einem jovialen »Na, Alfred, altes Haus.«

Alfred beachtete Samuel nicht. »Hast du Lust, mit uns rüber in die Kneipe zu gehen und ein Bier zu trinken?«, fuhr er fort. Samuel kam es so vor, als drehte er ihm absichtlich den Rücken zu. Er fröstelte, obwohl der Vorraum des Kinos gut geheizt war.

Alfred trug ein braunes Hemd zu einer braunen weiten Hose, die in schweren, schwarzen Stiefeln endeten. In Münster hatte er diese neue Uniform bereits gesehen. »Die Braunhemden«, flüsterten sich die jüdischen Studenten zu und drückten sich gegen die Wände, um nicht gesehen zu werden.

Hier brauchte Samuel sich nicht gegen die Wand zu drücken, das erledigte Alfred, indem er ihn wie Luft behandelte. Ausgerechnet Alfred, der Bruno auf dem Gymnasium mehrfach hatte abblitzen lassen, als er von ihm die Hausaufgaben abschreiben wollte. Nun tat er so, als seien sie gute alte Freunde, die sich ewig nicht gesehen hatten. Und Bruno? Der schien sich gar nicht an die Schulzeit zu erinnern. Er klopfte Alfred auf die Schulter und rief: »Mensch, Alfred, das ist ja schön, dich zu sehen. Klar komme ich mit. Hast du den Film gerade gesehen?« Er verwickelte Alfred in ein Gespräch, bei dem Samuel außen vor blieb.

Bereits als die beiden den Ausgang erreichten, sprachen sie über die wunderbare Zukunft, die die neue Partei und die neue Politik ihnen versprach. Samuel war ihnen möglichst unauffällig gefolgt, weil es nur diese eine Ausgangstür gab.

Euch vielleicht, dachte er verbittert und schob sich in die Grünstraße, auch wenn der Heimweg dadurch länger wurde. Hauptsache, er entkam diesen Judenhassern.

5

15SH5693
Jetzt geht es also los! Heute war Bernhard Schmelting bei uns im Laden. Ich habe Herrn Weizmann gerade sein Frühstück gebracht, als er kam. Die Braunen haben den Jupp, seinen Sohn, zusammengeschlagen. Dabei hat der sich nur in Raesfeld auf dem Schloss mit Jugendlichen aus dem Ruhrgebiet getroffen. Schmeltings haben Verwandte im Ruhrgebiet, Bernhards Frau kommt daher. Ein Vetter hat Jupp eingeladen, weil das Schloss doch nicht weit weg ist.

15SH5693
Die Jungs haben auf dem Schloss Ritter gespielt. Ganz harmlos, wie Jungs das eben gerne machen. Das Schloss stand lange leer, Geisterschloss haben wir es oft genannt, wenn wir da spazieren gegangen sind. Dann hat dieser Lehrer aus Bottrop oder Bochum den Grafen irgendwie überredet, ihm das Schloss zu geben. Es kam sogar extra einer aus Düsseldorf, um das Schloss neu aufzubauen.

15SH5693
Jetzt ist alles wieder kaputt. Ein paar Jungs, die sich die Gesichter schwarz angemalt haben, haben sich nachts auf die schlafenden Jungs aus dem Ruhrgebiet gestürzt, und auf Jupp eben. Herr Schmelting meint, dass Jupp am meis-

ten abgekriegt hat, weil er nicht aus dem Pott kommt, sondern von hier. Ich bin sicher, dass das die Braunhemden waren. Letztens habe ich einen gesehen, im Kino, wie der sich aufgeführt hat. Als ob ihm die Welt gehören würde. Gerhard und ich sind ihm aus dem Weg gegangen. Ich bin nur froh, dass mein Gerhard damit nichts am Hut hat.

Karina steckte die verwitterte, graue Mappe aus dem Tresor in ihre Umhängetasche. Sie hatte die Papiere in der Mappe überflogen. Die Schrift war eine andere als auf den Postkarten, aber auch sie war nicht immer leicht zu entziffern. Vor allem, wenn ihre Tante sehr klein geschrieben hatte. Dann nutzte sie die Tabelle, die sie sich gemacht hatte, um den Text auf den Postkarten zu entschlüsseln. Die klein gedruckten Formulare konnte sie gar nicht lesen. Dafür musste sie sich zuerst mit der Druckfassung der deutschen Schrift beschäftigen.

Die Mappe war das Einzige, was in dem Tresor lag. Karina wunderte sich, dass ihre Großtante diese Unterlagen nicht mitgenommen hatte. Vielleicht war sie nicht mehr dazu gekommen. Wenn sie ehrlich zu sich war, reizte es sie, herauszufinden, was da geschrieben stand. Karina sah auf ihre Armbanduhr. Es war inzwischen kurz vor neun und sie beschloss, sich im Archiv der Tageszeitung über die Zeit, über die ihre Tante berichtete, zu informieren.

Als Karina auf dem Parkplatz der Münsterländer Morgenpost stand, ging ihr durch den Kopf: Gab es die Zeitung damals überhaupt schon? Wieder stellte sie fest, dass sie viele Dinge als selbstverständlich voraussetzte, die vor dem Zweiten Weltkrieg womöglich ganz anders waren als heute.

»Aber es gab damals schon Kinos, wieso sollte es keine Zeitungen gegeben haben?«, beschimpfte sie sich wegen ihrer Dummheit. Schon regte sich Widerspruch in ihr. Eine Deutschstunde fiel ihr ein, in der über die Literatur in der Nachkriegszeit gesprochen worden war und darüber, dass Verlage nach dem Krieg nicht einfach so weiterarbeiten konnten wie vorher. Entschlossen stieg Karina aus dem Auto. Die Mappe und das Dürer-Bild verstaute sie im Kofferraum, ehe sie den Empfangsbereich des Zeitungsverlags betrat. Schon auf den ersten Blick erkannte sie, dass das Unternehmen nicht erst nach dem Krieg gegründet worden war. ›1854 bis 2004 – 150 Jahre am Puls der Zeit‹, stand in großen schwarzen Buchstaben an der Wand.

»Guten Tag, mein Name ist Karina Bessling, ich interessiere mich für Zeitungen aus den 30er-Jahren«, sprach Karina die Frau hinter der Informationstheke an.

Zunächst sah diese Karina verständnislos an. »Von wann sollen die Zeitungen sein?«, fragte sie nach.

»Aus den 30er-Jahren. Ich räume gerade das Haus meiner Großtante aus und möchte gerne wissen, wie es war, als sie hier gelebt hat«, antwortete Karina geduldig. Sie konnte die Frau verstehen, vermutlich kam nicht sehr oft jemand vorbei und wollte 80 Jahre alte Zeitungen ansehen.

»Wir haben hier vorn im Empfangsbereich nur die letzten zehn Jahre, tut mir leid, dass ich Ihnen nicht helfen kann«, entgegnete die Frau und schlitzte weiter Briefe auf. Das Telefon klingelte. Die Frau drückte auf einen Knopf und sprach in das Mikrofon ihres Headsets: »Münsterländer Morgenpost, guten Tag, womit können wir Ihnen behilflich sein?«

Karina hörte, wie die Frau dem Anrufer sagte: »Da muss ich Sie in die Redaktion verbinden, einen Augenblick bitte.« Wieder drückte die Frau einen Knopf. Als sie sich dem nächsten Brief zuwenden wollte, bemerkte sie Karina, die beharrlich an der Theke stand.

»Ich habe doch gesagt, wir haben hier nur die letzten zehn Jahre!« Der Ton der Frau klang etwas schärfer als vorher.

Karina ärgerte sich. »Dann hätte ich gerne den Leiter der Verlags gesprochen!«, sagte sie und versuchte, bestimmt zu klingen. Dank ihres Studiums in einem männerdominierten Fach hatte sie viel Übung darin, im rechten Moment alle Unsicherheit aus der Stimme zu verdrängen und selbstbewusst aufzutreten. Das wirkte auch jetzt ein wenig. Immerhin fragte die Frau: »Meinen Sie den Verleger, den Chefredakteur oder den Anzeigenleiter?«, auch wenn ihre Stimme schnippisch klang.

Innerlich ärgerte sich Karina über diesen Ton, doch sie ließ sich nichts anmerken. Selbst dann nicht, als das Telefon klingelte und die Frau säuselte: »Oh, Herr Doktor Möllering, ich schau mal, ob der Chef gerade frei ist!«

Am liebsten hätte Karina gerufen: Er ist nicht frei, ich will ihn jetzt sprechen. Sie hatte jedoch bereits entschieden, dass es besser war, mit dem Verleger zu sprechen. Da die Frau ihn als Ersten genannt hatte, schien er die Führungsspitze zu sein und konnte ihr am besten helfen.

»Ich möchte den Verleger sprechen«, erklärte Karina mit fester Stimme, nachdem die Frau aufgelegt und ihr Säuseln hinter einem künstlichen Lächeln versteckt hatte.

»Einen Moment bitte, der telefoniert gerade«, bat die Frau. Karina ärgerte sich. Auf die Idee, dass der oberste Chef der Verleger war, hätte sie selbst kommen können.

»Jetzt probiere ich es mal«, erklärte die Frau nach einer Zeit, die Karina ewig vorkam. Sie hörte, wie die Empfangsdame dem Verleger berichtete, was Karina wollte. Schau an, dachte sie, da hat sie sich doch gemerkt, was ich will.

»Bitte gehen Sie in das Besprechungszimmer dort.« Die Frau zeigte auf eine Tür, die halb geöffnet war und hinter der Karina einen großen schwarzen Tisch und schwarze Lederstühle sah. »Herr Tengelkamp kommt gleich.«

»Danke!« Karina lächelte die Frau übertrieben freundlich an, ehe sie in dem Raum verschwand und sich auf einen der Stühle setzte. Kaum hatte sie Platz genommen, erschien ein groß gewachsener Mann mit kurzen weißen Haaren in der Tür. Rasch sprang Karina wieder auf. »Karina Bessling«, stellte sie sich vor und ergänzte: »Danke, dass Sie Zeit für mich haben.«

»Jo Tengelkamp«, entgegnete der Mann. »Was kann ich denn für Sie tun?« Er wies auf den Stuhl, von dem Karina aufgestanden war.

»Ich suche Zeitungen aus den 30er-Jahren«, wiederholte Karina die Bitte, die die Frau ihm längst ausgerichtet hatte. Nach kurzem Überlegen fügte sie hinzu: »Ich räume gerade das Haus meiner Großeltern und meiner Großtante aus und da habe ich Unterlagen gefunden, die mich neugierig gemacht haben auf die Zeit, in der meine Großtante jung war. Katharina Bessling. Vielleicht sagt ihnen der Name ja etwas.«

Karina bemerkte, wie der Blick des Verlegers kurz unruhig wurde, als sie den Namen erwähnte. Dann sah er sie wieder freundlich an, ohne jedoch seine angespannte Körperhaltung zu verlieren. Er beugte sich zu ihr vor und sah sie interessiert an. »Welche Unterlagen haben Sie denn gefunden?«, fragte er. »Vielleicht wäre das etwas für uns. Wir berichten immer gerne über solche Dinge. Das interessiert unsere Leser.«

»Ich habe auf dem Dachboden alte Postkarten gefunden«, sagte Karina. Fast schien es ihr, als entspannte sich der Verleger. »Ich glaube, dass die Postkarten aus den 30er-Jahren stammen«, fuhr Karina fort. Ihr kam es so vor, als stieg die Aufmerksamkeit des Verlegers, als sie den Zeitraum erwähnte.

»Wir können diese Postkarten in unserer Zeitung abdrucken«, schlug der Verleger vor. »Alte Postkarten sind für uns immer interessant und aus der Zeit vor dem Krieg gibt es nur wenig Material. Immerhin war der größte Teil der Innenstadt zerstört. Ich müsste sie mir natürlich ansehen.«

»Erst einmal möchte ich herausfinden, aus welcher Zeit die Postkarten genau stammen. Ich habe angenommen, sie wären aus den 30er-Jahren, weil meine Tante später nach Frankreich gezogen ist«, versuchte Karina auszuweichen. Ehe der Verleger antworten konnte, wiederholte sie ihre Bitte zum vierten Mal: »Ich würde gerne ein wenig in den Zeitungen aus den 30er-Jahren stöbern, möglicherweise gibt es ja Parallelen zu dem, was auf den Karten steht.«

Mist, dachte Karina, als sie das gesagt hatte. Der aufmerksame Blick des Verlegers zeigte ihr, dass diese Information für ihn besonders wichtig war. Kein Wunder. Beschriebene Karten sind etwas ganz anderes als Motivpostkarten. Sie ärgerte sich darüber, dass sie das verraten hatte, und lenkte von ihrer Bemerkung ab: »Darf ich nun in Ihrem Archiv stöbern oder nicht?«

Der Verleger lehnte sich in seinem Stuhl zurück. Doch Karina blieb auf der Hut, sie sah ihm an, dass er mehr Interesse an den Postkarten hatte, als er zeigte.

»Ich würde Ihnen gerne helfen«, sagte er. »Aber unser Archiv reicht nur bis in die Jahre nach dem Krieg. Sie wissen ja, dass hier vieles zerstört war. Auch unser Archiv hat es erwischt.« Er machte eine kurze Pause und wischte mit der Hand über den Tisch, als wollte er Krümel wegfegen. Dann bemerkte er scheinbar beiläufig: »Wie wäre es, wenn Sie mit den Karten vorbeikämen? Ich kenne mich ein bisschen aus mit den 30er-Jahren, eventuell kommen mir die Karten bekannt vor oder Namen, die erwähnt werden.«

Karina entschied, dass es am besten war, auf den Vorschlag einzugehen. Absagen konnte sie die Verabredung immer noch, wenn sie mehr wusste. Solange sie sonst niemanden hatte, der ihr helfen konnte, war es besser, es sich mit dem Verleger nicht zu verscherzen. Auch wenn sein Verhalten merkwürdig war. Auf den Namen ihrer Tante hatte er eindeutig reagiert, aber nichts über sie gesagt.

»Das ist aber nett«, erwiderte sie. »Ich habe heute keine Zeit, aber morgen oder übermorgen könnte ich kommen. Ich melde mich, sobald ich Land sehe«, schlug sie vor. »Vielleicht werde ich auch im Stadtarchiv schon fündig.« Bis dahin war sie vor Nachfragen sicher und vielleicht wusste sie dann mehr darüber, was genau in den ersten Tagen Hitlers hier los gewesen war und welche Rolle ihre Tante dabei gespielt hatte.

Der Verleger brachte sie bis zum Ausgang. Als sie in der Drehtür war, hörte sie, wie er die schnippische Frau vom Empfang bat, ihn mit einem Doktor Westerburg zu verbinden.

*

»Mensch, Samuel, du bist echt eine trübe Tasse!« Bruno schob sein altes Fahrrad neben Samuel her, der zu Fuß ging. Nachdem Bruno sich bei seinem Vater beklagt hatte, dass seine Bude, wie er das möblierte Zimmer nannte, zu weit außerhalb lag, hatte er ein Fahrrad bekommen. Wann immer Samuel nun mit Bruno zusammen unterwegs war, musste er neben ihm hergehen oder hinterherlaufen.

»Die Jungs dort werden dir gefallen«, redete Bruno weiter und schnaufte, was Samuel auf das schwere Fahrrad schob. Er freute sich insgeheim, sollte er ruhig schnaufen, noch nie hatte er ihm angeboten, das Rad zu nutzen.

»Wir haben eine Menge Spaß«, schwärmte Bruno weiter. »Einmal durfte ich sogar schon mit auf den Paukboden. Da üben die Füchse fechten.«

Paukboden, das hörte sich für Samuel nicht einladend, sondern bedrohlich an. Er konnte sich nicht vorstellen, dass diese Jungs, von denen Bruno sprach, einen Juden in ihrer Mitte duldeten. Immer wieder spürte er, wie Brunos Kommilitonen ihn misstrauisch ansahen. ›Liebe deinen Nächsten wie dich selbst‹, das galt wohl nur für Christen untereinander. So schien es Samuel wenigstens. Dabei sollten doch gerade angehende Priester wissen, was sie taten. Er wollte nicht ungerecht sein. Einige von ihnen waren nett zu ihm, sie luden ihn ein, an ihren Festen teilzunehmen. Und dennoch, er fühlte sich nicht wohl im Kreis von Brunos Freunden. Sie wirkten auf ihn genauso überheblich und von der Welt abgehoben wie Bruno, seit sie in Münster waren.

Es wunderte ihn ohnehin, dass Bruno sich auf einmal wieder mit ihm abgab. Die ersten Wochen hatte er ihn nicht beachtet und ihm höchstens von einer Prüfung oder Vorlesung erzählt. Wo er seine Nächte verbrachte, darüber sprach er nie. Einer der Mitstudenten hatte eine Andeutung gemacht, dass es am Kanal Häuser gab, in denen Frauen sich verkauften. Samuel konnte sich nicht vorstellen, dass Bruno ein solches Haus besuchte, schließlich wollte er Priester werden. Seit Kurzem nun sprach Bruno von dieser studentischen Verbindung, anscheinend konnte man in dem Haus auch übernachten. Ob ich mitgehen soll, um herauszufinden, was dort geschieht?, fragte sich Samuel, während er schweigend neben Bruno herging.

6

18SH5693
Nun hat es auch Gerhard erwischt. Sie hätten keine Arbeit mehr, hatte sein Meister gesagt. Dabei soll doch jetzt alles besser werden, wo Hitler das Sagen hat. Nur wir hier, wir merken nichts davon. Herr Weizmann hat schon gesagt, dass er mich bald nicht mehr bezahlen kann. Es hat keiner mehr Geld für Bücher. Die Leute leihen sie nur aus und manchmal bringen sie sie nicht einmal zurück.

18SH5693
Und jetzt Gerhard! Er will weg, hat er gesagt. Irgendwohin, wo er Häuser bemalen kann. Hausmaler, das wollte er immer schon werden. Als er auf Wanderschaft war, nach der Lehre, war er am Bodensee und in einer Stadt, die Stein am Rhein heißt. Da sind alle Häuser bemalt, hat er behauptet, und nicht verklinkert wie bei uns. Aber ich kann doch nicht weg. Nicht jetzt, wo Herrn Weizmanns Sorgen um sein Geschäft und seinen Sohn jeden Tag größer werden. Anton kann ich auch nicht allein lassen. Wer weiß, was der macht, wenn niemand auf ihn aufpasst. Einmal habe ich ihn schon mit diesen Braunhemden gesehen.

18SH5693
»De brächt nix Goedes«, habe ich ihm schon ein paar Mal gesagt. Aber Anton macht immer, was er will. Auf

den muss ich aufpassen, das haben Georg und ich Mutter auf dem Sterbebett versprochen, als sie letztes Jahr Blut gespuckt hat. Gut, dass sie das alles nicht mehr erleben muss. Manchmal merkt man erst viel später, dass auch das Schlechte einen guten Kern haben kann. Wie beim Apfel, der schmeckt auch gut, bis man den Wurm entdeckt.

Karina war froh, als sie das Gebäude der Münsterländer Morgenpost verlassen konnte. Irgendwie hatte sie sich einen kleinen Zeitungsverlag im Münsterland gemütlicher vorgestellt. Aber unter den Augen des Verlegers war sie sich vorgekommen wie ein von Paparazzi verfolgter Prominenter. Sie bekam schon wieder eine Gänsehaut, wenn sie daran dachte, wie überaus neugierig, ja fast schon gierig er gewirkt hatte, als sie von den beschriebenen Postkarten gesprochen hatte. Wenn er nicht zu jung gewesen wäre, hätte sie denken können, er hätte unmittelbar etwas mit den Karten zu tun oder müsste damit rechnen, dass sein Name dort auftauchte.

Die Kirchturmuhr schlug zweimal, es war inzwischen halb zehn. »Zeit für ein gemütliches Frühstück«, beschloss Karina. Wo mochte es um diese Zeit ein Frühstück geben? Das Café in dem Einkaufszentrum fiel ihr ein. Kurz kämpfte sie mit sich, ob sie das Auto vor dem Verlagshaus stehen lassen sollte. Als sie den Weg jedoch in Gedanken abging, erschien er ihr zu lang. Sie stieg in ihr Auto ein und stellte verärgert fest, dass sie in einer Einbahnstraße parkte und einen Umweg fahren musste. Dann kann ich auch gleich am Rathaus halten, wo ich schon fast da bin, dachte Karina. Das Frühstück musste erst einmal warten. Während sie an der roten Ampel wartete, öffnete sie das Handschuhfach und suchte nach etwas Essbarem, das ihren Hunger für kurze Zeit stillen konnte. Sie entdeckte ein Tütchen mit Lakritzschnecken. Die würden das Hungergefühl zurückdrängen, während sie sich im Rathaus nach dem Stadtarchiv und dessen Öffnungszeiten erkundigte.

Sie parkte vor dem Rathaus und begab sich zu der Informationstheke direkt neben dem Eingang.

»Was kann ich für Sie tun?«, erkundigte sich die Frau hinter der Theke lächelnd, als sie Karinas Suchen bemerkte.

»Ich möchte zum Stadtarchiv«, erklärte Karina und erwiderte das Lächeln.

»Ach, da haben Sie heute Glück!« Die Frau nickte ihr aufmunternd zu. »Der Leiter des Archivs ist im Haus, da können Sie ihn gleich fragen, was Sie wissen möchten.« Die Frau verließ ihren Platz hinter der Theke und zeigte Karina den Weg vom Foyer zum Stadtarchiv.

»Danke!« Karina strahlte die Frau an und folgte der Beschreibung. Wenig später stand sie vor der Tür mit dem Schild: ›Stadtarchiv, Dr. Klaus Westerburg‹. Den Namen hatte sie doch gerade erst gehört. Ehe Karina sich darüber wundern konnte, wurde die Tür geöffnet.

»Da sind Sie ja schon. Die Kollegin hat Sie bereits angekündigt«, sagte der kleine Mann mit der Glatze, der im Türrahmen stand. Er hatte seine Ärmel aufgekrempelt, als müsste er in einem Eimer voller Erde wühlen. Die Krawatte verlieh ihm jedoch einen Anstrich von Seriosität.

»Ich bin Klaus Westerburg. Ich leite das Archiv«, fuhr der Mann fort und trat einen Schritt zur Seite, um Karina in den Raum zu lassen. Rechts in der Ecke unter dem

Fenster entdeckte sie einen Schreibtisch, auf dem sich graue Aktenmappen stapelten.

Überall in dem Raum standen Regale mit Ordnern oder Stehsammlern, an den Wänden sah sie Papierrollen, die sie an die Karten aus dem Erdkundeunterricht erinnerten. Eingeschüchtert betrat Karina den Raum.

»Womit kann ich Ihnen helfen?«, wollte Klaus Westerburg wissen und wies auf einen leeren Stuhl direkt vor dem Schreibtisch.

Karina setzte sich und sah sich um. »Ich suche Informationen über die 30er-Jahre«, sagte sie, nachdem sie sich an den Anblick der alten Unterlagen gewöhnt hatte.

»Mmh, das ist nicht so leicht!« Der Leiter des Archivs sah Karina nachdenklich an. »Ein Teil unseres Archivs wurde bei der Bombardierung kurz vor Kriegsende zerstört. Das Einzige, was wir noch haben, sind die Grundbücher, weil die damals nicht im Archiv, sondern in der Grundbuchabteilung aufbewahrt wurden, die während des Krieges ausgelagert war.«

Karina schwankte zwischen Enttäuschung und Freude. Viel war das nicht. Aber immerhin wurde in die Grundbücher eingetragen, wem ein Grundstück gehörte. Vielleicht konnte sie auf diese Weise wenigstens etwas über die früheren Eigentümer des Hauses ihrer Großtante herausfinden.

»Können Sie mir sagen, wem das Haus früher gehört hat, das meine Großtante vor ein paar Jahren gekauft hat?« Karina sah den Mann, der hinter seinem mächtigen Schreibtisch verloren aussah, hoffnungsvoll an.

Er lachte. »Dann sollten Sie mir schon sagen, um welches Haus es sich handelt oder wie Ihre Großtante heißt«, bat er und erhob sich. Als er vor einem Regal stand, fragte er: »Befindet sich das Haus in der Innenstadt?«

Karina nickte. Sie überlegte fieberhaft, wie die Adresse des Hauses lautete. »Das Haus steht mitten in der Stadt. Es ist schon ziemlich alt«, erklärte sie.

»Mhm«, gab der Mann zurück, während er eine dicke Mappe aus dem Regal zog. »Ein bisschen genauer müsste ich es schon wissen.«

Karina stellte sich die Straße vor. »Direkt in der Fußgängerzone«, fiel ihr dann ein. »Es soll wohl demnächst abgerissen werden, wenn ich das richtig verstanden habe.« Sie wippte mit dem Bein, das sie über das andere geschlagen hatte, wie sie es immer tat, wenn sie nervös war. »Ach, die Vennestraße«, murmelte Klaus Westerburg. Er setzte sich wieder hin und schlug die Mappe auf, die er auf seinen Schreibtisch gelegt hatte. Eine Weile war nur das Rascheln der Seiten zu hören, die er in der Mappe umblätterte. »Die Stadt hat sich in den letzten Jahrzehnten sehr verändert. Ist nur noch zum Teil so wie vor dem Krieg«, bemerkte er zwischendurch.

»Was ist mit dem Haus?« Karina beugte sich vor und versuchte, in den Akten etwas zu erkennen.

»Möglicherweise hieß die Straße früher anders«, erklärte Klaus Westerburg, nachdem er die Akte langsam durchgeblättert hatte.

»Aber irgendetwas muss da doch stehen?« Karina wollte sich nicht so schnell abwimmeln lassen. »Schauen Sie doch unter dem Namen meiner Großtante nach. Sie hieß Katharina Bessling.« Karina blickte den Archivar hoffnungsvoll an. Er wandte seinen Blick rasch von ihr ab und blätterte noch einmal, viel schneller dieses Mal, die Unterlagen durch.

Karina schien es, als bliebe sein Blick auf einem Blatt länger hängen. Auf ihre erneute Bitte sagte er jedoch nur: »Da muss ich meinen Kollegen vom Grundbuchamt fragen, aber der hat heute Urlaub.«

Karina war verwirrt. Seit sie den Namen ihrer Großtante erwähnt hatte, war der Mann wie ausgewechselt. Sie unternahm einen letzten Versuch. »Bitte schauen Sie doch noch einmal. Es gibt ja sicher nicht Hunderte Besslings und schon gar nicht so viele Katharina Besslings.«

Der Archivar schüttelte den Kopf, ohne Karina anzusehen. »Katharina ist kein seltener Name«, sagte er abweisend. »Was glauben Sie, wie oft der Name im letzten Jahrhundert vergeben wurde. Erst vor Kurzem gab es hier bei uns eine Studie über die Häufigkeit der Vornamen in unserer Region. Ungeheuer spannend, ich kann Ihnen gerne eine Kopie des Aufsatzes machen, der demnächst im Jahrbuch des Kreises darüber erscheinen wird. Und der Name Bessling. Ach, die ing-Namen gehören doch quasi hier in die Stadt.«

Karina hörte sich seine Litanei an. Als er Luft holte, bat sie ohne große Hoffnung auf Erfolg: »Darf ich selbst in die Mappe schauen?« Wie sie erwartet hatte, lehnte der Archivar ab. Mehr noch, er zog die Mappe zu sich heran, als müsste er sie vor Karina schützen und schloss sie in einer Schublade ein.

Karina begriff, dass der Leiter des Stadtarchivs ihr nicht mehr helfen wollte. Was hatte er in der Mappe entdeckt?, fragte sie sich. Und warum hat der Verleger sofort nach meinem Besuch mit ihm telefoniert. Gleichzeitig spürte sie, wie ihre Neugier wuchs. Bereits als Kind wollte sie alles wissen; vor allem das, was man vor ihr verbergen wollte, hatte sie besonders gereizt. Ihre Eltern hatten das irgendwann begriffen und ihr Zigaretten und Alkohol angeboten, statt beides zu verbieten. Diese Methode hatte gewirkt, Karina hatte nie geraucht und trank wenig Alkohol. Pech für den Archivar, dass er diese Methode nicht kannte. Hätte er Karina ein kleines Informationsbröckchen hingeworfen, hätte sie sich möglicherweise zufrieden gegeben. Aber so würde sie nicht locker lassen.

*

Samuel packte die alte braune Tasche, in der er seine Unterlagen zur Uni trug. Sorgfältig schob er den Füllfederhalter, den sein Vater ihm zum Abitur geschenkt hatte, in das Stiftfach der Tasche. Er wusste, dass sein Vater nicht viel verdiente und sich den Stift förmlich vom Mund abgespart hatte. Er selbst hatte nie hungern müssen. All seine Lieblingsspeisen hatte Katharina ihm gekocht. Dabei hatte er den Verdacht, dass sein Vater nichts oder nur ein Stück trockenes Brot gegessen hatte, wenn er in der Schule war.

Samuel sah sich nach seinen Kommilitonen um. Aaron, mit dem er zusammen lernte, war anscheinend schon vorgegangen. Merkwürdig, dachte Samuel. Sonst wartete er immer, vor allem, seit die Braunhemden sich breitmachten. In Gedanken versunken verließ er den Hörsaal. Als er durch die Tür ging, hörte er einen erstickten Ruf. Er drehte sich um, konnte aber niemanden sehen und ging weiter. Da sah er Aaron auf dem Boden. Ein Braunhemd hielt ihm den Mund zu, zwei andere traten auf ihn ein. Aaron war kreidebleich, doch er stieß mit den Füßen und den Händen nach seinen Peinigern. Gleichzeitig starrte er Samuel an, als wollte er ihn zwingen, davonzulaufen. Doch ehe Samuel daran denken konnte, waren zwei Braunhemden neben ihm. Sie rissen ihm die Tasche aus der Hand.

»Da wollen wir doch einmal schauen, was der kleine Jude so alles bei sich hat«, rief der größere von den beiden. Die Narbe auf seiner Wange brannte feuerrot, nie im Leben würde Samuel dieses Gesicht vergessen. Die kurzen blonden Haare, die grünen Augen, die ihn eiskalt anstarrten, und die Narbe neben der dicken, ekelhaften Nase.

Der Blonde öffnete die Schnallen der Tasche und hielt sie so, dass alle Papiere herausfielen. Nur der Stift nicht, bemerkte Samuel erleichtert. Er hatte sich zu früh gefreut. Der Blonde untersuchte die Tasche und entdeckte den Füllfederhalter.

»Sieh mal einer an!«, brüllte er und trat dicht an Samuel heran, sodass dieser die Alkoholfahne roch und sich schütteln musste. »Woher hat denn ein Saujude einen solchen Stift? Den hat doch sicher einer von uns bezahlt, in dem er dem Papi Wucherzinsen gezahlt hat oder sich von ihm einen Anzug hat schneidern lassen.« Er lachte. »Womöglich einen braunen Anzug, wie er jetzt modern ist?« Er streckte seinen Arm aus, als sollte Samuel den Stoff befühlen, aus dem die Jacke geschneidert war.

Samuel entschied, dass es das Beste war, sich ruhig zu verhalten. Er sah an Aaron, wohin es führte, wenn er sich wehrte. Vielleicht konnte er sich und Aaron auf diese Weise retten. Als der Blonde den Stift seines Vaters jedoch vor seine Füße warf und mit seinen dicken Stiefeln darauf trat, spürte er eine unbändige Wut. Bis zu diesem Tag hatte er niemanden geschlagen. Doch in dem Moment schoss seine rechte Faust nach vorn. Er zielte auf die Narbe seines Gegenübers und traf. Der Kopf flog zurück.

»Das wirst du mir büßen«, schrie der Blonde. Er starrte Samuel an, der auch seine zweite Faust zum Einsatz brachte und dieses Mal den Mund traf. Ein Knirschen zeigte Samuel an, dass er wenigstens einen Zahn getroffen hatte.

Als der Blonde seine Fäuste hob, war hinter ihnen eine tiefe Stimme zu hören. »Meine Herren, was ist hier los?«

Samuel hatte nicht damit gerechnet, dass der Professor noch im Hörsaal war. Er packte blitzschnell seine Tasche, die Papiere und das, was von seinem Stift übrig geblieben war. »Alles in Ordnung«, nuschelte er. Er half Aaron auf und schob ihn aus dem Gebäude, ehe jemand sie aufhalten konnte.

7

23SH5693
Ich weiß nicht, was ich von dieser Musik halten soll. Gerhard wollte unbedingt ins Eck, weil dort Jazz gespielt wurde. Ich habe mir extra den Zettel zeigen lassen, damit ich weiß, wie man das schreibt. Dschääß sagt man, und Jazz schreibt man das, komisch. Ich habe nie vorher von dieser Musik gehört. Aber Gerhard schwärmt davon und war ganz begeistert von dem, was wir gehört haben.

23SH5693
Mir gefallen die jungen Männer in den schwarzen Anzügen, die ›Irgendwo auf der Welt‹ singen, auf jeden Fall besser. Comedian Harmonists heißen die, hat Samuel erzählt. Sie haben in Münster in der Stadthalle gesungen. Aber Gerhard möchte lieber Jazz hören. Hier bei uns kann man sowieso nur selten Musik hören.

23SH5693
Als ich beim Doktor gearbeitet habe, durfte ich beim Silberputzen das Grammophon anstellen. Anfangs konnte ich gar nicht glauben, dass aus dem komischen Trichter Musik kommen sollte. Aber es ging. Ich musste erst lange kurbeln, aber dann hörte sich das ganz gut an.

23 SH 5 693
Diese Jazz-Musik ist ganz anders. Es waren anfangs nicht viele Leute im Eck. Wir haben einen schönen Platz vorn rechts bekommen, da konnten wir gut sehen und hören. Gerhard hat die Männer angestarrt, er hat mich kaum beachtet. Also habe ich mir genau angesehen, was sie auf der Bühne machen. Da war einer mit einer Trompete, der stand am Bühnenrand, den konnte man besonders gut hören.

23 SH 5 693
Die Musik war ziemlich laut, deswegen habe ich nicht mitbekommen, dass es voll wurde. Auf einmal habe ich hinter mir einen lauten Pfiff gehört, so einen Pfiff auf zwei Fingern.
  Der, der gepfiffen hat, saß genau hinter mir. Ich habe mich vielleicht erschrocken. Als ich mich dann umgedreht habe, waren alle Tische hinter uns besetzt. Mit Braunhemden. Einige standen sogar hinten an der Wand. Ich habe Gerhard angestoßen. Der hat zuerst nichts gemerkt, weil er nur auf die Bühne gesehen hat. Ich musste ihn richtig fest schubsen. »Die Braunhemden«, habe ich ihm zugeflüstert und mit dem Kopf nach hinten gezeigt. Gerhard hat sich umgesehen und ist blass geworden.

23 SH 5 693
»Wir müssen weg hier!«, hat er leise gesagt. In dem Moment wurden die Pfiffe lauter und ein Stuhl flog auf die Bühne. Die Musiker hörten auf zu spielen. »Komm!« Gerhard packte meinen Arm und stieß mich in den Nebenraum, in dem sonst Hochzeiten gefeiert werden. Wir haben

uns nicht mehr umgedreht, sondern sind, so schnell wir konnten, auf die Tür zugelaufen, die nach draußen führt.

23SH5693
Wir sind gerannt, bis ich Seitenstiche bekommen habe und wir stehen bleiben mussten. Hinter uns war niemand. Wir haben uns an eine Hauswand gelehnt. Ich musste nach Luft schnappen. Gerhard war noch immer blass, doch sein Gesicht hatte rote Flecken vom Laufen. »Diese Braunhemden!«, hat er geschimpft. »Sie machen alles kaputt!«

Karina saß mit ihrem Netbook in dem Selbstbedienungscafé direkt neben dem Eingang des Einkaufszentrums. Sie war froh, dass sie ihren Internetstick mitgenommen hatte. Damit konnte sie überall surfen, auch hier im Café.

Ein leises Pling zeigte ihr an, dass der Download des Songs ›Irgendwo auf der Welt‹ abgeschlossen war. Irre, dass Tante Katharina diesen Song vor 80 Jahren gehört hat und ich ihn heute problemlos im Café herunterladen kann, dachte sie. Sie hatte ihn gleich in zwei Versionen heruntergeladen. Von den Comedian Harmonists und von Udo Lindenberg. Die DVD seines Projektes über emigrierte Künstler hatte sie bestellt. Die hatte Zeit.

Karina stöpselte die Ohrhörer in das Netbook und hörte die Songs, während sie ihre E-Mails prüfte.

Das kann alles warten, dachte sie und widmete sich den Postkarten, die aussahen, als hätte jemand ein Schwarz-Weiß-Bild mit Wasserfarben leicht eingefärbt. Eine Karte zeigte den Eingang einer Kirche. ›Brunnen und Pfarrkirche‹, stand unter dem Bild.

Sie sah abwechselnd auf den Bildschirm des kleinen Computers und auf die Karten. Inzwischen hatte sie verstanden, dass ihre Großtante alte Postkarten benutzt hatte, um ihre Erlebnisse in den ersten Wochen des Dritten Reiches aufzuschreiben. Warum ihre Großtante die Karten an sich adressiert hatte, konnte Karina sich nicht erklären. Ihr Vater vermutete, dass seine Tante sich damit schützen wollte, falls die Gestapo das Haus durchsuchte. Immerhin arbeitete sie bei einem Juden und ihr Bruder war Kommunist und in die Niederlande geflohen.

Karina sah auf die Uhr. Ihre Freundin hätte schon längst ankommen müssen. ›Ich fahre jetzt los und bin am frühen Nachmittag bei dir‹, hatte Jenny geschrieben. Sie zog die Stöpsel aus den Ohren. Nicht, dass sie einen Anruf überhört hatte.

Karina freute sich auf sie. Mit ihr zusammen würde es mehr Spaß machen, das Rätsel um die Postkarten zu lösen.

Vielleicht gibt es im Internet alte Postkarten, überlegte sie und öffnete den Browser. ›Alte Ansichtskarten‹, tippte sie in das Feld der Suchmaschine. »Unglaublich!«, entfuhr es ihr, als sie die Ergebnisse der Suche sah. Sie schränkte die Suche ein, indem sie den Ortsnamen eingab. Gleich als Erstes wurde ihr eine Seite angezeigt, die vielversprechend klang. Sie öffnete die Seite und war überrascht über die Postkarten, die sie dort erblickte.

»Das gibt es doch nicht!«, murmelte sie und starrte verblüfft auf eine Postkarte mit mehreren Aquarellbildern. »Krankenhaus, Pfarrkirche, Alter Festungsturm«, las sie leise. Genau diese Ansicht war auch auf einer der Postkarten vom Dachboden zu sehen. Auf der Vorderseite dieser Karte hier war die rechte untere Ecke beschrieben wie auf der Karte der Tante. ›Meine Lieben!‹, das konnte Karina auch ohne ihre Übertragungstabelle entziffern. Den Rest konnte sie nicht lesen. »Wahnsinn!«, stieß sie laut aus.

Ein Lachen riss Karina aus ihren Gedanken. Sie hatte nicht bemerkt, dass sich ein Mann an das andere Ende des Tisches gesetzt hatte. Er hatte ein Notizbuch vor sich und einen Stift in der Hand. Allerdings schrieb er nichts, sondern lächelte Karina an. »Was ist Wahnsinn?«, wollte er wissen.

Karina zögerte kurz. Der Mann wirkte so sympathisch wie sein Lachen, daher antwortete sie: »Was man alles im Internet finden kann.«

»Das stimmt, das ist wirklich beeindruckend. Was haben Sie denn gerade gefunden?«, erkundigte sich der Mann und nahm einen Schluck aus dem Kaffeebecher, der neben seinem Notizbuch stand.

»Ich habe gerade alte Postkarten der Stadt gefunden. Da gibt es eine Internetseite, auf der nur alte Postkarten gezeigt werden. Wer gibt sich solche Mühe?«, ließ Karina sich auf das Gespräch ein.

»Darf ich mal?«, fragte der Unbekannte und stand auf, um von der Seite auf den Bildschirm zu schauen. »Wirklich beeindruckend!«, bestätigte er und ging zurück an seinen Platz. »Wer hat die Bilder denn hochgeladen?«

Sie suchte auf der Seite nach dem Impressum. »Fabian Holtkamp«, sagte sie dann.

Der Mann nickte, als würde er den Namen kennen. »Das passt. Der Junge ist ein Computerfreak und hat die Seite sicher für seinen Großvater erstellt. Das ist einer unserer ältesten Einwohner. Er sammelt Postkarten und hat, wie er sagt, schon vor dem Krieg damit begonnen«, berichtete er.

Karina horchte auf. »Wie alt war der Sammler im Krieg?«, wollte sie wissen.

Der Mann sah sie überrascht an. »Zehn oder zwölf Jahre, schätze ich. Interessieren Sie sich für die Zeit besonders oder warum fragen Sie?«

»Ach, nur so«, gab Karina zurück. Sie musste nicht jedem gleich auf die Nase binden, was sie gerade beschäftigte. So gut kannte sie den Mann schließlich nicht. Auch wenn ihr sein Lachen durchaus gefiel.

»Ich heiße übrigens Martin Kleine«, stellte der Mann sich vor. »Ich bin Pfarrer, deswegen kenne ich viele Leute hier.«

»Ich bin Karina Bessling«, erwiderte sie und sah den Pfarrer an. »Sie sind der evangelische Pfarrer, gell?«

Martin Kleine lachte. »Ich weiß zwar nicht, warum das wichtig ist, aber ich bin evangelischer Pfarrer. In der Pfarrei in Gemen, um ganz genau zu sein. Jetzt komme ich gerade von einem Krankenbesuch«, fügte er hinzu. Das interessierte Karina wenig, viel interessanter fand sie, dass ihre Großtante kurz vor ihrem Tod mit ihm telefoniert hatte. Auf ihren Namen hatte er allerdings nicht reagiert. Aber sicher war es schon zwei Monate her, dass Tante Katharina ihn angerufen hatte.

»Kannten Sie vielleicht meine Großtante Katharina Bessling?«, fragte Karina. Der Pfarrer schlug sein Notizbuch auf. Karina versuchte über den Tisch hinweg etwas zu erkennen. Aber mehr als ein alphabetisches Register konnte sie nicht ausmachen.

Ob er sich zu jedem Gemeindemitglied Notizen macht?, überlegte sie und beobachtete genau, bei welchem Buchstaben Martin Kleine das Buch aufschlug. »Bessling,

Katharina«, sagte er schließlich. »Sie war zwar nicht in meiner Gemeinde, aber sie hat mich einmal angerufen, weil sie eine Frage hatte.«

Karina sah den Pfarrer erwartungsvoll an. Sie biss von ihrem Brötchen ab, ohne den Blick von dem Mann am anderen Tischende zu nehmen. Doch der schwieg und rührte in seinem Kaffeebecher.

»Was wollte meine Großtante denn wissen?« Nachdem Pfarrer Kleine nicht weitergesprochen hatte und sie nur nachdenklich anstarrte, platzte die Frage förmlich aus ihr heraus.

»Sie wollte wissen, ob ich ihr etwas über die Familie Schulze-Möllering sagen konnte.« Der Pfarrer sprach langsam. »Im ersten Moment sagte mir der Name nichts, aber dann habe ich mich an einen Vortrag über das Dritte Reich erinnert, in dem der Name erwähnt wurde.«

Wieder schwieg Martin Kleine eine Weile. Karina betrachtete ihn. Er war nur wenige Jahre älter als sie, das wunderte sie. Pfarrer waren in ihrer Vorstellung immer alt. Dieser sah nicht schlecht aus. Er hatte schwarze, kurz geschnittene Haare und trug eine Brille mit einem hellgrauen Metallgestell. Das Gesicht war schmal, wie er überhaupt eher schlank war. Das war Karina sofort aufgefallen, als er sich neben sie gestellt hatte. Er wirkte sportlich. Vielleicht joggte er jeden Morgen einige Kilometer.

»Ich habe Ihrer Großtante versprochen, nachzuforschen, was aus der Familie geworden ist. Dann habe ich erfahren, dass sie gestorben ist und mich nicht weiter darum gekümmert«, fuhr der Pfarrer fort.

»Schade«, seufzte Karina.

»Wieso?«, erkundigte sich Martin Kleine.

»Ach, das ist eine lange und komplizierte Geschichte«, stöhnte Karina und starrte in ihren Kaffeebecher, auf dessen Boden winzige Kaffeepfützen zu sehen waren.

»Ich liebe lange und komplizierte Geschichten«, erklärte Martin Kleine und fügte schmunzelnd hinzu: »Sie sind sozusagen das tägliche Brot eines Pfarrers.«

Karina lachte. »Na gut, wenn Sie gerade Zeit haben. Dann sollten wir uns aber einen weiteren Kaffee holen.«

Der Pfarrer sprang auf und ging zur Theke. »Milch?«, rief er.

»Nein!«, gab Karina zurück. Sie zog den Webstick von ihrem Netbook ab und schob beides in ihre Tasche.

Martin Kleine stellte einen Kaffeebecher vor sie hin. »Dann erzählen Sie mal«, forderte er sie auf, setzte sich und lehnte sich mit dem zweiten Kaffeebecher zurück.

Karina berichtete von dem Auftrag, das Haus der Großeltern und ihrer Großtante auszuräumen, damit es verkauft werden konnte. Sie schilderte, wie sie die Postkarten auf dem Dachboden gefunden hatte und wie sie sie in die 30er-Jahre entführt hatten.

Der Pfarrer hörte ihr aufmerksam zu. Mal trank er einen Schluck Kaffee, dann strich er sich durch das kurze Haar. Als sie von den Postkarten sprach, blitzte es in seinen Augen. Ein sympathisches Blitzen, ganz anders als das nervöse Flackern in den Augen des Verlegers. Der Mann gefiel ihr. Er hatte schöne, gleichmäßige Zähne, darauf achtete Karina bei anderen Menschen besonders. »Zähne sind der Spiegel der Seele«, hatte ihr Großvater immer gesagt, wenn sie sich in den Ferien vor dem abendlichen Zähneputzen drücken wollte. Braune Zähne, braune Seele, hieß es oft, wenn sie nach dem Abendbrot Schokolade genascht hatte.

Ob ihr Großvater damit mehr gemeint hatte als die Schokolade? Sie hatte nie mit ihm über seine Erlebnisse im Dritten Reich gesprochen. Er war 13 gewesen, als Hitler an die Macht kam. Elf Jahre jünger als seine älteste Schwester.

»Damals war Ihre Großtante wie die meisten Frauen ›in Stellung‹, so nannte man das. Zuerst arbeitete sie bei einem Arzt und danach bei einem Buchhändler.«

Karina sah den Pfarrer überrascht an. »Woher wissen Sie das?«

Ein Lächeln ging über das ganze Gesicht des Pfarrers. Karina spürte, wie ein wohliger Schauer über ihren Rücken zog. Das fehlte ihr gerade, dass sie sich in diesem Kaff in einen Pfarrer verliebte.

»Nachdem Ihre Tante angerufen hat, habe ich in unserer Pfarrei ein bisschen herumgefragt. Noch gibt es einige, die den Krieg und die Anfänge des Dritten Reichs miterlebt haben«, erklärte Martin Kleine und lächelte weiter. »Eine unserer Seniorinnen hat mir von Ihrer Tante erzählt. Wenn ich das richtig verstanden habe, hatten beide den gleichen Arbeitgeber. Einen Arzt. Ihre Tante war zuerst dort und unsere Frau Focke irgendwann später. Die beiden haben sich während des Krieges wohl gelegentlich im Kreis der ledigen Frauen getroffen. Nachdem Ihre Tante in ihr Elternhaus zurückgekehrt ist, brach der Kontakt allerdings ab. Frau Focke konnte sich das nicht erklären. Sie hat auch nie herausgefunden, warum Ihre Tante die Stellung bei dem Arzt aufgegeben hat.« Der Pfarrer machte eine Pause, als warte er auf einen Einschub, eine Ergänzung oder einfach eine Ermunterung zum Weitersprechen.

Karina hing mit ihrem Blick weiter an seinen Lippen, bis sie bemerkte, dass sich die Lippen nicht mehr bewegten. »Schade«, sagte sie schließlich, während sie im Kopf ihre Gedanken sortierte. Der Pfarrer war ihr sympathisch. Lange hatte sie keinen Mann getroffen, der ihr auf den ersten Blick derart gefiel. Er machte den Eindruck, als ob er ihr helfen wollte. Und dennoch. Das merkwürdige Verhalten des Verlegers und des Stadtarchivars hatte sie misstrauisch gemacht. In dieser Stadt waren alle irgendwie miteinander verwandt oder bekannt, darüber hatten ihre Eltern oft gesprochen und ihre Großeltern hatten ihnen zugestimmt.

»Hallo? Sind Sie noch da?« Martin Kleines Stimme riss Karina aus ihren Überlegungen. Sie lachte, über diese Erinnerungen konnte sie ruhig sprechen. »Ich dachte gerade daran, dass meine Großmutter früher immer, wenn ich jemanden mitbrachte, herausfinden wollte, ob sie einen der Verwandten kennt.«

Pfarrer Kleine stimmte in das Lachen ein. »Daran musste ich mich auch erst gewöhnen, als ich die Pfarrei übernommen« habe. Anscheinend ist Kleine hier kein seltener Name. Ständig wollte jemand wissen, ob ich von Kleines Jans oder Kleines Tresken war. Anfangs habe ich gar nicht begriffen, was die Leute von mir wollten. Ich komme aus Düsseldorf, da ist nicht jeder mit jedem verwandt, auch wenn jeder jeden kennt.« Er grinste Karina wieder an, seine Augen funkelten.

Karina fiel auf, dass er die Nase kraus zog, wenn er lachte. Wie süß, dachte sie und steckte schnell ihre Nase in den Kaffeebecher, damit er ihre Gedanken nicht an ihrem Gesicht ablesen konnte.

Ihr Handy summte ›Auf de Schwäb'sche Eisebahne‹. Martin Kleine lachte schon wieder. Karina kramte hastig in ihrer Umhängetasche. ›Auf de Schwäb'sche Eisebahne‹, summte das Handy zum zweiten Mal, bis sie es endlich gefunden hatte.

»Ja?«, nuschelte Karina ins Telefon. Sie spürte, wie einige Gäste zu ihr herübersahen.

»Ich bin in einer halben Stunde da!«, hörte Karina nur. Gerade wollte sie Jenny den Weg zum Haus der Großeltern erklären, da fiel ihr etwas ein.

»Am besten fährst du ins Parkhaus am Einkaufszentrum«, bat sie Jenny. »Ich sitze hier in dem Café direkt am Eingang und warte auf dich. Bis gleich«, fügte sie hinzu und beendete das Gespräch. Sie bemühte sich, ein Grinsen zu verbergen. Auf diese Weise konnte Jenny gleich Martin Kleine kennenlernen. »Meine Freundin«, erklärte Karina dem Pfarrer. Diese Auskunft reichte den anderen Gästen, sie nahmen ihre Gespräche wieder auf.

»Ist das hier immer so?«, flüsterte Karina Martin Kleine zu und beugte sich zu ihm herüber.

Er antwortete mit einem Lächeln, das bei Karina ein Ziehen im Bauch hervorrief. »Daran bin ich schuld. Es ist eher ungewöhnlich, dass ich mit einer Fremden hier sitze«, wisperte Martin Kleine. »Da hört man schon mal genauer hin. Hier bleibt nichts lange verborgen. Und Ihr Klingelton ist für diese Gegend auch etwas ungewöhnlich.«

*

Samuel war froh, dass Bruno ihm schon am Wochenanfang erklärt hatte, dass er am Freitag nicht nach Hause fahren würde. Auch wenn das bedeutete, dass er mit dem

Zug fahren musste und es nicht so bequem hatte wie im Auto. Ein Pflaster klebte rechts über seinem Auge und verdeckte die Wunde, die er sich bei einem weiteren Angriff von Studenten zugezogen hatte.

Bruno hätte vielleicht nachgefragt, was geschehen war. Samuel war sich nicht sicher, wie Brunos Vater reagiert hätte. Er behandelte ihn stets freundlich und doch hatte Samuel bei manchen Äußerungen von Doktor Schulze-Möllering ein ungutes Gefühl. Immer wieder fielen Bemerkungen wie: »Wenn alle so wären wie du und dein Vater, dann brauchte man die neuen Gesetze nicht.« Doktor Schulze-Möllering trage ein Parteiabzeichen unter dem Revers, wurde schon seit Jahren im Ort getuschelt. Offen sagte niemand etwas, auch der Arzt nicht.

Samuel versuchte sich in der Ecke des Zugabteils kleinzumachen. Seinen Koffer hatte er unter den Sitz geschoben. Die Mappe mit den Überresten des Stiftes hielt er fest umklammert auf dem Schoß. Neben ihm saß eine alte Frau, die etwas in Zeitungspapier eingewickelt hatte, das unangenehm roch. Nach Metzgerei. Samuel war froh, dass sie beim nächsten Halt ausstieg. Als er jedoch sah, wer sich neben ihn setzte, wünschte er sich die Alte mit ihrem übelriechenden Päckchen zurück. Ein Braunhemd warf sich auf den freien Sitz und streckte die Beine aus. Samuel schob seine Füße unter den Sitz. Soweit es ging, denn dort war sein Koffer verstaut.

Kaum war der Zug wieder angefahren, ließ das Braunhemd sein Kinn auf die Brust sinken. Erleichtert lauschte Samuel dem Schnarchen. Was ihn früher gestört hätte, nahm er nun erleichtert zur Kenntnis. Das Braunhemd achtete nicht auf ihn. »Wer schläft, sündigt nicht!«, hatte seine Mutter manchmal gesagt, wenn sie sah, wie der nörgelnde Nachbar auf der Bank vor dem Haus lag und schlief. Seine Mutter war eine kluge Frau gewesen. Samuel vermisste sie. Manchmal war er aber auch froh, dass sie das, was derzeit geschah, nicht miterleben musste. Er mochte gar nicht daran denken, wie es seiner kleinen Schwester ergangen wäre, wenn sie leben würde.

Samuel spürte, wie Kälte sich in ihm ausbreitete. Er schüttelte sich und stieß dabei unbeabsichtigt seinen Nachbarn an. Mit einem letzten Schnarcher regte er sich und setzte sich gerade hin.

»Is wat?«, schnauzte er Samuel an.

Samuel schüttelte den Kopf. Schon wollte er Nein antworten, Hochdeutsch, wie sein Vater es ihm beigebracht hatte. Dann wurde ihm klar, dass das nur größere Aufmerksamkeit bei seinem Gegenüber hervorrufen würde. »Nä, nix«, hauchte er daher und gab sich Mühe, den Dialekt der Region nachzumachen. Schon als Zehnjähriger hatte er damit begonnen, Plattdeutsch zu lernen, weil die Kinder auf der Straße ihn ausgelacht und ihm nachgerufen hatten: »Du meenz wall, du büs wat Betteret.« Das Braunhemd neben Samuel nickte nur und schloss wieder die Augen. Ehe Samuel erleichtert aufatmen konnte, hielt der Zug an und ein weiterer Mann in SA-Uniform stieg ein. Die rote Binde mit dem weißen Kreis, aus dem das Hakenkreuz hervorstach, wirkte bedrohlich. Nicht zum ersten Mal wünschte sich Samuel die Fähigkeit, sich unsichtbar zu machen.

»Mensch, Karl, wie geht diet?« Das neue Braunhemd brüllte so laut, dass alle im Zug mithören konnten. Er blieb neben Samuels Nachbar stehen und stieß ihn an.

»Wat is dann loss?«, knurrte Karl und öffnete langsam die Augen. »Kass mie nich schlopen loten?«, brummte er und sah Samuel an.

Da bekam er einen weiteren Stoß von dem neuen Braunhemd. »Gehört denn to die?«, wollte der Hinzugekommene wissen. Er schwieg kurz, zog die Nase hoch und fügte dann hinzu: »Denn rök as ne Jud!«

Samuel zuckte zusammen und ärgerte sich gleichzeitig. Sein Zusammenzucken war so etwas wie eine Bestätigung. Er hatte in den letzten Monaten viel gehört, aber dass ihm nachgesagt wurde, er rieche wie ein Jude, das war neu. Was unterscheidet den Geruch eines Juden von dem eines Nicht-Juden?, fragte er sich. Auf die Antwort musste er nicht lange warten.

»De Juden rukt no Blood«, behauptete das Braunhemd, das noch immer im Gang stand und seine Weisheiten in das ganze Abteil posaunte. »Dat kümp dorvan, dat de Blood drinkt.« Dabei verzog er ebenso angeekelt das Gesicht wie Samuel. Allein bei der Vorstellung, er müsste Blut trinken, wurde ihm schlecht.

»Wat kiekse?« Der SA-Mann hatte Samuels Blick bemerkt. »Worüm sits du un ick stoh hier. Lot mie äs sitten!«, forderte er Samuel auf und sah ihn mit dem gleichen durchdringenden Blick an wie die Braunhemden an der Uni.

Samuel griff unter den Sitz. Er wollte seinen Koffer hervorholen. Der Klügere gibt nach, dachte er.

»Denn Koffer kasse stohn loten«, rief das Braunhemd, »denn brukse nich mehr!« Dabei lachte er schallend.

Samuel sah, dass diese Bemerkung selbst seinem Nachbarn unangenehm war. Die anderen Fahrgäste, die den

Mann im Gang vorher neugierig beobachtet hatten, sahen wieder vor sich und betrachteten ihre Knie.

Samuel hatte Glück. Gerade als er aufstehen wollte, hielt der Zug mit einem Ruck an. Der SA-Mann stieß gegen die Abteiltür. »Driet«, brüllte er und hielt sich den Kopf.

Kaum merklich hob Samuels Nachbar seine Beine an, als wollte er Samuel Platz machen. Der zog den Koffer unter der Bank hervor und schob sich an das andere Ende des Abteils, während der SA-Mann im Gang sich den Kopf rieb und leise schimpfte.

Erleichtert sah Samuel, dass er in Steinfurt war. Hier musste er in die Nordbahn umsteigen. Ängstlich blickte er sich um, ob das Braunhemd ihm gefolgt war. Der Zug fuhr bereits weiter, außer Samuel waren nur drei junge Frauen auf dem Bahnhof, die sich untergehakt hatten und kicherten, als hätten sie etwas Schönes erlebt.

Samuel ließ sich auf die nächstbeste Bank auf dem Bahnsteig fallen und atmete aus. Erst jetzt bemerkte er, dass er vor Angst die Luft angehalten hatte. Er drückte den Koffer und die Tasche an sich und schaute sich vorsichtig um. Sein Blick fiel auf die Banklehne. ›Nicht für Juden‹, las er und erstarrte.

8

25SH5693
Ich mag gar nicht mehr durch die Stadt gehen. Überall starrt er mich an. Heute hat er auf einem Plakat eine rote Fahne mit einem Hakenkreuz drauf in der Hand. Das ganze Plakat war voller Hakenkreuze und am Himmel war ein heller Schein, fast wie der Heiligenschein auf dem Jesusbild, das ich letztens bekommen habe. Mit dem Blümchenrand sieht das Plakat ganz harmlos aus.

25SH5693
Manchmal ist der Reichspräsident mit auf dem Plakat. Der Hindenburg sieht ganz nett aus, den würde ich wählen. Aber diesen komischen Hitler. Nein, der gefällt mir nicht. Schon diese Frisur sieht so geleckt aus. So sieht doch keiner aus, der arbeiten muss. Da sind die Haare durcheinander, wenn er sie nicht mit Seife festklebt. Und dann dieser Schnäuzer. Ich muss immer lachen, wenn ich den sehe. Der sieht aus, als hätte er sich ein Stückchen Kaninchenfell unter die Nase geklebt.

25SH5693
Ich hoffe, dass die anderen das auch so sehen und ihn nicht wählen. Ich weiß schon, was ich wähle. Mir hat das Plakat von der Deutschen Staatspartei am besten gefallen. ›Bewahrt Deutschland vor Abenteuern!‹, steht da. Das will

ich auch, keine Abenteurer und keine Abenteuer, höchstens welche, die ich mir selbst aussuche. Mit einem Boot auf dem Aasee fahren. Davon hat Samuel erzählt, als er nach Münster gezogen ist. Dann steht da ›Statt Reden – Arbeit!‹ auf einem Plakat. Das stimmt doch, Leute, die nur reden, schaffen nichts. Dieser Hitler redet doch nur und das viel zu laut! Ich möchte gerne wissen, was der in seinem Leben schon gearbeitet hat. Der sieht doch aus, als wäre er immer krank gewesen und hätte sich vor der Arbeit gedrückt.

Karina saß mit ihrer Freundin Jenny vor dem Kamin.

»Mensch, das ist echt knifflig, diese Karten zu entziffern!« Jenny sah ihre Freundin bewundernd an. Sie enträtselte mühsam ihre erste Karte mithilfe von Karinas Tabelle. Trotzdem war sie nicht immer sicher. »Diese Schrift macht mich wahnsinnig«, stöhnte sie und warf sich nach hinten in den Sessel. Sie zog ihre Beine auf die Sitzfläche und eine Decke bis zu den Schultern hoch. »Gibt es keinen Übersetzer für so etwas?«, knurrte sie missmutig.

»Du wolltest mir doch unbedingt helfen«, entgegnete Karina. Sie war inzwischen nicht mehr sicher, ob der Besuch ihrer Freundin eine gute Idee war. Schon im Café hatte Jenny den Pfarrer schamlos angeflirtet. Karina hätte sich nicht gewundert, wenn sie ihm gefolgt wäre und nicht ihr.

Zu Hause hatte Jenny von Martin Kleine geschwärmt, bis Karina sie anfuhr: »Ich dachte, du wolltest mir helfen und dir nicht den nächstbesten Mann angeln!«

Zum Glück hatte Jenny eingelenkt und sich die Postkarten gegriffen, die auf dem kleinen Tisch neben dem Kamin lagen.

»Vielleicht sollten wir uns die Arbeit aufteilen«, empfahl Jenny. »Du übersetzt die Karten und ich recherchiere im Internet, welche Informationen ich zu dem, was deine Tante schreibt, finde.«

Karina verzog das Gesicht. Auch ihre Freude am Enträtseln der Karten war inzwischen ein wenig geschmälert. Die ersten Karten waren spannend gewesen, doch dann beschrieb ihre Tante den Alltag als Köchin, der Karina überhaupt nicht interessierte.

»Von mir aus«, quetschte Karina schließlich hervor, um gleich darauf vorzuschlagen: »Wäre es nicht besser, wenn ich dir die Übersetzungen diktiere und du sie gleich in den Rechner eingibst?« So konnte sie zwei Fliegen mit einer Klappe schlagen, die Karten leserlich aufbereiten und später selbst im Internet recherchieren.

Jenny sah wenig erfreut aus. Sie schob mit Daumen und Zeigefinger ihre dunkelblonden Haare zurück. Karina schmunzelte. Das tat Jenny immer, wenn sie auf eine Frage nicht sofort eine Antwort geben wollte. Jenny setzte sich an den kleinen Tisch, auf dem das Netbook stand. »Mensch, der wackelt aber.« Sie stand auf und zog ein Buch aus dem Regal, das am nächsten stand. »Remarque. Im Westen nichts Neues«, las sie. »Hört sich so an, als könnte ich das getrost unter den Tisch legen, oder?«

Karina achtete nicht darauf. Sie diktierte den Text der Karte, die sie gerade in der Hand hielt. Als sie fertig war und die nächste Karte zur Hand nehmen wollte, bremste Jenny sie. »Lass uns doch mal schauen, ob wir die Wahlplakate im Internet finden«, schlug sie vor und öffnete den Browser der Suchmaschine. Ehe Karina etwas sagen konnte, hatte sie bereits ›Wahlplakate‹ und ›1933‹ eingegeben.

»Mensch, guck doch mal«, rief Jenny so aufgeregt, dass Karina aufsprang und sich hinter sie stellte, um die Seiten auf dem Netbook anzuschauen. »Da ist das Plakat, das deine Tante beschrieben hat. Genau der Blümchenrand«, sprudelte Jenny hervor.

»Und da sieht Hitlers Schnurrbart wirklich aus wie ein Fellstück, das angeklebt wurde!« Begeistert suchte Karina nach weiteren Ähnlichkeiten zu dem, was die Tante beschrieben hatte. Jenny scrollte weiter. »Plakate aus den Landkreisen«, las sie gelangweilt.

»Lass mich mal«, sagte Karina und nahm ihrer Freundin das Netbook aus den Händen. Sie setzte sich in ihren Sessel und klickte sich durch die alphabethische Übersicht. Schließlich hatte sie die Plakate aus der Heimatstadt ihres Vaters gefunden.

»Johann Schulze-Möllering – ein SA-Mann der ersten Stunde!«, las sie leise und starrte auf das Plakat, das einen Soldaten vor einer roten Fahne mit einem Hakenkreuz zeigte. Der Oberkörper füllte das ganze Plakat aus. Der Mann trug eine seltsame Kopfbedeckung, die unter dem Kinn mit einer Art Gürtel befestigt war.

»Oh Mann, wenn die Männer damals alle so aussahen. Dieser Topf auf dem Kopf ist doch total uncool«, lautete Jennys Kommentar, nachdem sie sich aus ihrem Sessel aufgerappelt und sich geräuschvoll hinter Karina gestellt hatte.

Karina scrollte weiter. Auf einem Plakat der Kommunistischen Partei entdeckte sie den Namen ihres Großonkels. »Georg Bessling«, las sie laut. »Sieh mal, Jenny, das ist der Bruder meines Großvaters. Er ist direkt nach dem Reichstagsbrand ausgewandert und nie wiedergekommen.«

»Clever, dein Großonkel!« Jenny nickte anerkennend.
»Ich habe mal ein Buch über Kommunisten und andere Kritiker im Dritten Reich gelesen. Das war schon heftig, was die mitgemacht haben.«

Karina sah Jenny überrascht an. Sie hätte nicht gedacht, dass ihre Freundin Bücher über den Nationalsozialismus las. Eher Bücher über Naturschutz, Umweltschutz oder Greenpeace. Seit Jenny Biologie studiert hatte, war sie in mancher Hinsicht richtig radikal geworden. Als ob nicht jeder wusste, dass das Ozonloch immer weiter wuchs und viele Pflanzen und Tiere gefährdet waren. Jenny hatte sich entschieden, Biologielehrerin zu werden und als zweites Fach überraschend Ethik gewählt. »So kann ich den Schülern klarmachen, dass sie es sind, die etwas ändern müssen.« Sie schaffte es sogar, ihrem Promi-Vater und dessen reichen Freunden Geld für die Beteiligung an einem Öko-Bauernhof abzuschwatzen. Dort lebte sie nun. Nur auf ihr Auto wollte sie nicht verzichten. Und auf Männer nicht, wie Karina feststellen musste, als Jenny wieder anfing, von Martin Kleine zu schwärmen. Sie ließ sie reden und versuchte, den Gedanken an den gut aussehenden Pfarrer aus ihrem Kopf zu streichen.

»Der Name Schulze-Möllering taucht auf einer der Karten auf. Ich glaube, das war der frühere Chef von Tante Katharina, der, der ihr ›Mein Kampf‹ empfohlen hat. Kein Wunder, wenn er ein SA-Mann der ersten Stunde war. Damals lebten die Menschen ja wirklich auf einem Minenfeld. Man musste überall damit rechnen, dass sich jemand als Hitler-Anhänger entpuppte. Ätzend!« Karina klappte das Netbook zu. »Mir reicht es für heute«, entschied sie. »Lass uns lieber eine Pizza essen und die Stadt unsicher machen.«

Jenny nickte. »Vielleicht treffen wir ja deinen netten Pfarrer wieder!«

Na, super, dachte Karina. Und sie hatte den Anstoß gegeben.

Ihre Freundin sprang auf und lief in das Zimmer, in dem Karina sie einquartiert hatte. Es war die frühere gute Stube, das Wohnzimmer, das nur an Sonn- und Feiertagen benutzt wurde. Karina beobachtete, wie Jenny in ihren Kleidern stöberte. Mit leichtem Unmut sah sie, wie ihre Freundin eine weiße, schmale Jeanshose und ein kurzes Top anzog. Das hätte sie nie gewagt. Und dann noch das Oberteil, das nur aus Ärmeln zu bestehen schien.

»Meinst du, das gefällt diesem schicken Pfarrer?«, fragte Jenny.

Karina antwortete nicht. Sie bürstete sich kurz die dunkelblonden Haare und tauschte den Haarreif gegen ein Tuch aus. An ihrer Kleidung änderte sie nichts, ihr sportliches T-Shirt im Allerwelts-Look und die Jeans mussten reichen. Sie hatte auch gar nichts anderes zum Anziehen.

Goldmarie und Pechmarie, dachte sie bedrückt, als sie sich neben Jenny vor den Spiegel stellte. Sie konnte nur hoffen, dass sie Martin Kleine nicht in der Kleinstadt-Pizzeria begegneten und dass er nicht auf Frauen wie Jenny stand. Langsam ließ sie sich von Jenny aus dem Haus und in ihren schicken kleinen Sportwagen schieben. Ihre Tante musste bis zum nächsten Tag warten. Was machte ein Tag schon aus nach so vielen Jahren?

*

»Samuel! Für dich!«, rief Jakob Weizmann in den Hausflur. Samuel ging langsam die Treppe hinunter. Seit er in Münster studierte, gab es in seiner Heimatstadt niemanden mehr, der sich mit ihm verabredete. Wenn er ehrlich war, war das auch schon vorher nicht der Fall. Umso mehr wunderte er sich, dass ihn jemand sprechen wollte. Seit Bruno bei ihrem letzten gemeinsamen Kinobesuch seine neuen Freunde in den braunen Hemden gefunden hatte, sahen sie sich höchstens noch in Münster beim Frühstück in der Arztvilla. Wie lange das gehen würde, wusste Samuel nicht. Bruno versuchte, seinen Vater zu überreden, ihn in das Haus der Burschenschaft Welfenia ziehen zu lassen. Dann wäre er, Samuel, überflüssig. Was nützte Brunos Vater ein Spion, der nicht spionieren konnte?

»Mensch, Samuel!« Überrascht sah Samuel Bruno an, der direkt neben der Eingangstür stand und ihn angrinste, als wären sie noch immer die dicken Freunde aus der Kindheit.

»Komm mit, wir wollen einen draufmachen«, forderte Bruno ihn auf.

Samuel zögerte und ging mit schweren Schritten in den Laden. Er wusste, was es hieß, wenn Bruno einen draufmachen wollte. Trinken bis zum Umfallen. Samuel konnte nicht begreifen, wie man Freude daran fand, zu torkeln und zu lallen und am nächsten Tag nicht zu wissen, was man getan hatte.

»Warum gehst du nicht mit deinen neuen Freunden?«, gab Samuel zurück. Das Wort Braunhemden verkniff er sich.

Bruno sah Samuel belustigt an. »Die verstehen doch gar nicht, was ich vorhabe. Dazu muss man sich mit Büchern auskennen. So wie du!«

Für einen Moment fühlte Samuel sich geschmeichelt. Wenn Bruno etwas mit Büchern machen wollte, konnte der Abend doch noch ganz gut werden.

»Ich habe eine Idee!« Die Art, wie Bruno bei diesen Worten grinste, schürte in Samuel den Verdacht, dass er keinen harmlosen Leseabend im Sinn hatte.

Bruno ging durch den Laden, als suchte er nach einem bestimmten Buch. »Dachte ich es mir doch«, sagte er schließlich und zog eine Ausgabe von ›Im Westen nichts Neues‹ von Erich Maria Remarque aus dem Regal. Samuel hatte es gelesen, direkt nachdem es erschienen war. Eine eindringliche Empfehlung seines Vaters. »Damit du weißt, wie der Krieg wirklich ist«, hatte er gesagt. Was wollte Bruno mit dem Buch?

»Im Kino läuft heute Abend der Film dazu«, erklärte Bruno und schob den Band zurück ins Regal. »Ich dachte, wir könnten ihn zusammen anschauen.«

Samuel war wieder auf der Hut, er lehnte sich unschlüssig an den Türrahmen und beobachtete jede Geste Brunos. Irgendetwas hatte Bruno vor. Da bemerkte Samuel, wie sich die Taschen von Brunos Mantel bewegten. Er bildete sich ein, ein leises Fiepen zu hören.

»Was ist das?«, fragte er und deutete mit dem Kinn auf Brunos Taschen. Bruno tat zunächst so, als verstünde er Samuel nicht. »Ein Buch«, sagte er, doch sein Feixen verriet, dass er sehr wohl verstanden hatte, worauf Samuel anspielte.

»In deiner Tasche fiept etwas!« Samuel stellte sich gerade hin und verschränkte die Arme abweisend vor der Brust, um Bruno zu zeigen, dass er ihm nichts mehr anhaben konnte und er nicht mehr kuschen würde.

Bruno griff in die Tasche und holte etwas heraus. Er hielt die Hand über den Büchertisch und öffnete sie. Eine weiße Maus mit roten Augen starrte Samuel an. Er spürte, wie Panik in ihm hochstieg. Schon als Kind hatte er Angst vor Mäusen gehabt.

»In Berlin haben Leute bei der Uraufführung des Filmes von diesem Volksverräter weiße Mäuse laufen lassen!« Bruno sah ihn noch immer an. »Ich habe gedacht, das könnten wir hier auch machen.«

Samuel wusste nicht, wie er reagieren sollte. Nicht nur, dass er Angst vor Mäusen hatte, ihm machten solche Scherze auch keinen Spaß mehr.

»Komm, stell dich nicht so an«, drängte Bruno ihn. »Früher haben wir doch ganz andere Sachen gemacht. Denk nur daran, wie wir Frösche aufgeblasen haben.«

Daran wollte Samuel lieber nicht denken. Die Standpauke, die er sich von seiner Mutter anhören musste, konnte er heute noch herunterbeten.

Er sah, wie Bruno ihn mit zusammengekniffenen Augen fixierte, und sagte: »Ach so, du meinst, du bist nicht mehr gut genug, um etwas mit mir zu unternehmen?«

Samuel fiel nichts ein, was er entgegnen konnte. Trotzdem öffnete er den Mund, doch ehe er zu Wort kam, meinte Bruno: »Du hast recht. Das ist eine Nummer zu groß für dich.«

Entsetzt beobachtete Samuel, wie Bruno die Maus ergriff. Ihr Quietschen verriet ihm, dass Bruno zu fest zugedrückt hatte. Er sah lieber nicht hin.

»Wir könnten den Film trotzdem ansehen«, murmelte er.

Doch Bruno schüttelte nur den Kopf. »Lass mal, ich glaube, mein Vater hat es ohnehin nicht gerne, wenn ich mir einen amerikanischen Film nach dem Buch dieses Feiglings anschaue, der Deutschland einen Tag nach Hitlers Ernennung zum Reichskanzler den Rücken gekehrt hat! Außerdem ...«

Den Rest des Satzes ließ Bruno offen, aber Samuel ahnte, was er sagen wollte: ›Außerdem sieht mein Vater es ohnehin nicht gerne, wenn ich mich mit dir abgebe.‹

9

26SH5693
Was soll ich nur machen? Heute war Berta von nebenan bei uns. Einfach so. Mitten am Tag kam sie in meine Küche spaziert, als ob sie eine feine Dame wäre und nicht arbeiten müsste. Als ich sie gefragt habe, wieso sie einfach weggehen kann, hat sie nur gesagt: »De Melzers sünt doch Juden. De könnt froh sien, dat ick öwerhaupt bliew.« Ich darf gar nicht daran denken. Zum Glück war Herr Weizmann unten im Laden.

26SH5693
Berta ist extra gekommen, um mich zu fragen, ob ich in die Frauenschaft eintreten möchte. Zuerst dachte ich, das wäre ein Verein für Frauen, die nicht verheiratet sind. Es gibt nämlich einen Mütterverein, in dem sind nur verheiratete Frauen, auch wenn sie noch keine Kinder haben. Da könnten ja bald Kinder kommen, hat man mir gesagt, als ich Mitglied werden wollte. Mir würde das Spaß machen, einmal in der Woche zu einem Treffen zu gehen und wie die Männer am Stammtisch mit anderen Frauen zu reden.

26SH5693
Berta ist begeistert von dieser Frauenschaft. Sie geht schon länger dahin. An den Abenden bekommen sie Tipps fürs

Kochen und andere Sachen im Haushalt. Oft singen sie zusammen oder machen Spiele. Manchmal gibt die Leiterin ihnen Tipps, wie man sich einen Mann angelt. Solche Tipps brauche ich nicht. Ich habe meinen Gerhard, immerhin haben wir uns schon einmal geküsst. Aber es wäre schon schön, wenn ich jemanden fragen könnte, wenn ich nicht weiß, wie ich einen Fleck wegkriege oder wenn der Kuchen verbrannt ist.

26SH5693
Erst als Berta mir das Blatt hingehalten hat, habe ich gesehen, dass das ein Naziverein ist. Ich habe mich herausgeredet und gesagt, ich müsste das zuerst mit Gerhard besprechen, weil wir bald heiraten wollen. Das war eine gute Idee. Berta wollte genau wissen, wann wir heiraten und ob Gerhard schon um meine Hand angehalten hat. Ihr Blatt und ihre Frauenschaft hat sie darüber ganz vergessen. Dann hat zum Glück Herr Weizmann gerufen. Berta war schon draußen, da hat sie mir zugeflüstert: »Ick hör to denn nächsten Ersten bie de Melzers up. Du sös die uk gau ne neie Stellung söken. Dat met de Juden, dat wöd nix mehr.«

Als Karina und Jenny von ihrem Ausflug in die Stadt zurückkamen, blinkte die rote Leuchte des Anrufbeantworters.

Karina starrte den roten Knopf an. Wer sollte sie hier anrufen? Jeder wusste, dass sie nur auf ihrem Handy oder per E-Mail erreichbar war. Neugierig drückte sie auf die Taste zum Abspielen der Nachricht.

›Martin Kleine‹, schallte aus dem Lautsprecher des Telefons.

Jenny stieß Karina in die Seite. »Hey, er will sich mit mir verabreden. Wetten?«

Karina wunderte sich darüber, wie selbstverständlich Jenny davon ausging, dass sich die Welt um sie drehte. Sie hörte, dass Martin Kleine eine Telefonnummer nannte und sah, dass Jenny bereits ihr Handy aus der Tasche zog und die Telefonnummer abspeicherte. Mist, dachte sie. Sie hatte nicht mitbekommen, was er gesagt hatte. Sie drückte die Abhörtaste erneut.

›Martin Kleine. Ich habe mich ein bisschen umgehört‹, erklang die Stimme des Pfarrers leicht verzerrt. ›Ihre Großtante war nicht nur Köchin in der Familie, der bis 1933 der Buchladen gehört hat. Sie hat ihn danach selbst geleitet. Die Familie ist über Nacht verschwunden. Der Vater Jakob Weizmann und sein Sohn Samuel. Zuerst dachte man, die Nazis hätten sie geholt und mit den anderen Juden weggebracht. Aber wissen Sie was, das ist etwas kompliziert. Rufen Sie mich doch bitte zurück, dann können wir uns treffen.‹ Martin Kleine nannte seine Telefonnummer und verabschiedete sich mit einem altertümlichen ›Auf Wiederhören‹, das Karina schon lange nicht mehr gehört hatte. Auch das war ein Relikt aus den Anfängen des Telefons. So wie das ›Vielen Dank für den Anruf‹, das ihr Vater an jedes Telefonat hängte.

»Na, das war wohl nichts mit einem Date!« Karina konnte es sich nicht verkneifen, ihrer Freundin diese Bemerkung mit einem gehässigen Unterton zuzuwerfen. Doch die ließ sich davon nicht beirren. »Ist doch egal«, meinte sie nur. »Ich habe seine Telefonnummer. Dann rufe ich ihn eben an.«

Karina sah auf die Uhr. Es war fast Mitternacht. »Aber nicht mehr heute«, stellte sie fest. Sie sah ihrer Freundin an, dass sie protestieren wollte.

Doch dann lenkte Jenny ein. »Vermutlich muss er morgen früh raus. Obwohl ich ja schon wissen möchte, was es mit deiner Großtante und diesen Juden auf sich hatte. Wer weiß, vielleicht war deine Großtante ein Nazi!«

Karina sah ihre Freundin mit einem seltsamen Blick an. Ob sie sie ärgern wollte? Doch in Jennys Gesicht glaubte sie, nur ehrliche Neugier zu erkennen, die sich über den träumerischen Blick gelegt hatte, den sie bekam, wenn sie von Martin Kleine sprach.

Ob ich auch so blöd aussehe, wenn ich verliebt bin?, fragte sich Karina. Sie schob den Gedanken beiseite und hörte sich ein weiteres Mal die Nachricht des Pfarrers an. Sie versuchte, diese Information mit ihren bisherigen Recherche-Ergebnissen zusammenzubringen. Am liebsten hätte sie Martin Kleine sofort angerufen.

»Ich gehe schlafen.« Jenny gähnte und rieb sich die Augen. »Landluft macht müde«, scherzte sie und verschwand in der guten Stube.

»Handtücher liegen im Badezimmer«, rief Karina ihr nach. Sie schaltete die Stehlampe neben dem Kamin an und überlegte, ob sie das Feuer erneut anfachen sollte.

Als Teenager hatte sie dieser Kamin total genervt. Sie hatte darüber gelästert, wie altmodisch er war, wenn sie mit ihren Eltern zurück nach Stuttgart in ihre moderne Wohnung fuhr. Heute ließen sich viele Leute sogar nachträglich einen Kamin in die Wohnung einbauen. Ihr gefiel das leise Knistern, das Flackern und der leichte Geruch nach verbranntem Holz.

Sie lachte. Ich werde eben alt, dachte sie. Sie nahm ihr Netbook aus der Tasche und war froh, dass sie Jenny die Übertragungen der Karten diktiert hatte. Nun konnte sie überfliegen, was ihre Großtante geschrieben hatte. Soviel war klar, Tante Katharina hatte zuerst bei einem Nazi gearbeitet und dann in einem jüdischen Haushalt.

Aus den Karten konnte Karina nicht erkennen, wie viel ihre Großtante über die Judenverfolgung wusste. Auf jeden Fall konnte sie Hitler nicht leiden, da war es eher unwahrscheinlich, dass sie in seiner Partei war. Aber was verband sie mit dem Abbruchhaus in der Innenstadt und warum reagierten einige Leute zurückhaltend, wenn sie danach fragte? War das die übliche Zurückhaltung der Westfalen Fremden gegenüber?

Die Mappe! Die hatte sie ganz vergessen. Sie kramte in der Umhängetasche. Papa hat recht, das ist wirklich ein lederner Müllbeutel, dachte sie, als sie sah, was sich in der Tasche alles angesammelt hatte.

Die Mappe ist doch groß, die kann nicht einfach verschwinden, ärgerte sie sich. Sie ging in Gedanken die Stationen des Vormittags durch. Nach der Rückkehr aus der Stadt hatte sie die Mappe aus dem Kofferraum genommen. Aber wo war sie geblieben? Für einen Moment dachte sie, jemand wäre im Haus gewesen.

»Ich sollte echt keine Krimis anschauen«, brummte Karina, als sie die Unterlagen unter dem Anzeigenblatt fand, in dem sie am frühen Abend nach einem italienischen Restaurant gesucht hatte.

Sie schlug die Mappe auf. Bereits die kleine Schrift auf

den ersten voll beschriebenen Seiten machte sie müde. Sie blätterte weiter und entdeckte ein Dokument, das wie ein Vertrag aussah.

»Kaufvertrag«, entzifferte sie das Wort, das oben auf der ersten Seite in dicken schwarzen Großbuchstaben stand. Sie erinnerte sich an ihren Mietvertrag im Studentenwohnheim, auch da standen unter der Überschrift zwei schmale Blöcke mit dem Namen und der Adresse des Vermieters und ihrem eigenen Namen und der Adresse ihrer Eltern. Sie verglich dieses Bild mit dem Schriftbild des Kaufvertrags. In dem ersten schmalen Block tauchte die Ziffer 6 auf, das war die Hausnummer des alten Hauses in der Vennestraße. Wenn sie das Wort, das darunter stand, richtig entziffert hatte, dann war das der Ortsname, der auch in dem zweiten schmalen Block auftauchte.

Das, was über dem Ortsnamen stand, sagte Karina nichts, bis auf die Zahl, die der Hausnummer des Hauses der Großeltern entsprach, in dem sie gerade saß. Die ersten beiden Buchstaben des Namens darüber waren identisch mit denen im Kaufvertrag.

»Das heißt sicher Katharina Bessling«, beschloss Karina, doch mit wem hatte ihre Tante einen Kaufvertrag abgeschlossen und worüber? Karina ärgerte sich über die Druckschrift, die schwerer zu lesen war als die deutsche Schrift. Sie verglich die Buchstaben von Katharina Bessling mit dem oberen Namen. Der zweite Buchstabe musste ein A sein, die letzte Silbe des Nachnamens konnte ›mann‹ bedeuten.

Karina holte ein Blatt Papier und malte für jeden Buchstaben einen Strich. Sie trug alle Buchstaben ein, die sie sicher entziffern konnte.

›_ a _ _ _ _ ei _ mann‹, stand auf dem Zettel. »Das habe ich schon mal gelesen«, grübelte Karina laut und stand auf. Dann setzte sie sich wieder hin und betrachtete auf ihrem Netbook die Übertragungen der Karten.

»Weizmann! Das ist es!«, jubelte Karina und fragte sich im gleichen Augenblick, worüber sie sich freute. Sie hatte einen Namen entziffert und wusste, dass es einen Kaufvertrag zwischen einem Weizmann und ihrer Tante gegeben hatte. Worum es in dem Vertrag ging, wusste sie nicht, und ob es sich bei dem Weizmann um den Vorgesetzten ihrer Großtante handelte oder seinen Sohn, das ging aus dem Dokument nicht hervor.

Karina sprang auf. Sie suchte im Dokument nach einem Datum. Wegen der Schrift war sie sich sicher, dass es aus der Zeit vor dem Krieg stammen musste. Andererseits hatte sie keine Ahnung, wie lange hier in der Provinz und eigentlich überall in Deutschland diese merkwürdige Schrift benutzt worden war.

Da! Na, wenigstens ist das Datum in normalen Zahlen geschrieben!, dachte Karina erleichtert. »8. Mai 1933!«, las sie leise. »Wenn ich in Geschichte besser aufgepasst hätte«, ärgerte sie sich, »dann wüsste ich, was damals in Deutschland los war. Auf jeden Fall war Hitler schon an der Macht. Aber wann haben die Judenverfolgungen begonnen?« Sie kämpfte mit sich, ob sie Jenny wecken sollte. Die hatte schließlich erklärt, sie hätte gerade erst ein Buch über das Dritte Reich gelesen.

Während Karina mit sich kämpfte, ob sie ihre Freundin aufwecken sollte oder nicht, wurde ihr die Entscheidung abgenommen. Das Telefon läutete so laut, wie nur die alten Apparate mit ihren zusätzlichen Verstärkern für die Klingel läuten konnten. Und diese zusätzliche Klingel war ausgerechnet in der guten Stube angebracht, in der Jenny schlief. Geschlafen hatte, besser gesagt. Als Karina den Hörer abnahm, wusste sie nicht, wem sie zuhören sollte: ihrer Freundin, dessen Stimme wütend und verschlafen klang, oder Pfarrer Martin Kleine, der sich noch zorniger anhörte.

*

Nach seinem letzten Besuch in der Buchhandlung hatte Samuel Bruno ein einziges Mal gesehen. An dem Tag, an dem der Fahrer ihn abholte. Mitten in der Woche. Am 14. Februar. Der 14. und der letzte eines Monats waren Umzugstage, das hatte Samuel bereits mitbekommen. Nur am Monatsanfang und zur Monatsmitte hätte er ein neues Zimmer beziehen können. Er hatte selbst mehrfach versucht, ein preiswerteres Zimmer zu finden, seitdem Brunos Vater angedeutet hatte, dass er demnächst seine Spitzeldienste nicht mehr benötigte. Wann immer Samuel eine Haustür geöffnet wurde, wurde sie mit den Worten: »Das Zimmer ist bereits vergeben!« sofort wieder geschlossen. Anfangs dachte Samuel, es läge daran, dass er die Aushänge immer zu spät fand. Doch dann hörte er, dass ein Kommilitone genau das Zimmer bekommen hatte, das man ihm verwehrt hatte – obwohl er erst zwei Tage später vorstellig geworden war.

»Wohin ziehst du?«, wollte Samuel von Bruno wissen, der nicht nur den Kleiderkoffer, sondern auch eine Kiste voller Bücher an ihm vorbeizerrte. Auch die alte Schreibmaschine, die Bruno von seinem Vater fürs Studium erhalten und die er ihm bereitwillig ausgeliehen hatte, trug er an Samuel vorbei.

»Es tut mir leid, da musst du deine Arbeiten wohl wieder mit der Hand schreiben!« Die Art, in der Bruno diesen Satz sagte, versetzte Samuel einen Stich. Er wusste sofort, dass dies unwiderruflich das Ende ihrer Freundschaft bedeutete und fragte sich augenblicklich, was sie überhaupt verbunden hatte. War er nicht nur ein nützlicher Kamerad für Bruno gewesen?

Samuel blieb in der Tür seines Zimmers stehen, als wollte er sich damit quälen, dass sein Vielleicht-Freund ging und ihn seinem Schicksal überließ. Wie sollte er ohne die Schreibmaschine eine ordentliche Arbeit abgeben? Dass das sein kleinstes Problem war, bemerkte Samuel erst, als der Zimmerwirt vor ihm stand.

»Wann werden Ihre Sachen abgeholt?«, wollte er wissen und sah Samuel durch diese seltsame Halbbrille an, die Bruno immer Brille am Stiel nannte. »Sie wissen ja, dass heute der letzte ist! Bis heute Abend um 20 Uhr müssen Sie Ihr Zimmer geräumt haben!«, sagte der Vermieter so laut, dass Samuel sich umsah, ob außer ihm jemand im Flur stand.

»A-aber ich habe mein Zimmer gar nicht gekündigt!«, stammelte Samuel und winkte Bruno nach, der sich mit einem »Bin weg« an ihm vorbeigeschlichen hatte. Auf halber Treppe fiel etwas aus dem Papierstapel, den Bruno unter dem Arm hielt.

Samuel sprang hinterher und griff danach. Gleichzeitig ging Bruno in die Hocke, um das dünne rote Heftchen mit dem Reichsadler darauf aufzuheben.

Samuel musste nicht fragen, er wusste auch so, was das

war. Das Hakenkreuz sagte alles. Er schlug es dennoch auf. »Nationalsozialistische Deutsche Arbeiterpartei«, las er. »Mitgliedsbuch für Bruno Schulze-Möllering. Stand oder Beruf. Cand. Theol.« Mehr musste er nicht lesen. »Seit wann?«, brach es aus ihm heraus, doch Bruno beachtete ihn nicht. Er nahm Samuel das Heft aus der Hand, drehte sich um und ging wortlos die Treppe herunter.

Samuel starrte ihm nach. Vom Treppenabsatz über ihm erklang scharf die Stimme des Zimmerwirts. »Es tut mir leid! Kollege Schulze-Möllering hat das Zimmer gekündigt. Ich habe Sie ohnehin nur ihm zuliebe aufgenommen. Ich muss an mich und meine Familie denken.« Der Mann sah Samuel mit einem Bedauern an, das Samuel falsch vorkam. Am liebsten hätte er ihm vor die Füße gespuckt, er konnte sich aber beherrschen. Noch befand sich alles, was er besaß, in dem Zimmer hinter dem Mann. Er nickte stumm und ging mit schweren Schritten die wenigen Treppenstufen hinauf.

»Ich werde um 20 Uhr fertig sein«, flüsterte er, ohne seinen Zimmerwirt anzusehen. Er wusste nicht, wohin er gehen sollte. Früher hatten er und seine Kommilitonen aus Spaß davon gesprochen, auf einer Parkbank zu übernachten. »Welche Bank nimmt jeden auf?«, hatten die anderen Studenten gewitzelt. »Die Parkbank«, hatten sie sich selbst geantwortet und laut gelacht.

»Eine Decke gehört in jeden Studentenkoffer«, hieß es ein anderes Mal. »Mit einer Decke und einer Flasche Bier wird jede Parkbank zum Himmelbett!«

Seit er die Schrift auf der Bahnhofsbank in Steinfurt gesehen hatte, wusste Samuel, dass das für ihn nicht mehr zutraf. Die Erlebnisse in den letzten Wochen hatten ihm gezeigt, wo sein Platz war. Nicht in einem Haus der Burschenschaft Welfenia, nicht in dem möblierten Zimmer einer Münsteraner Arztfamilie, nicht einmal auf einer Parkbank.

10

2AD5693
Der Reichstag hat gebrannt! Heute Nacht. Gerhard ist durch den Laden in die Küche gekommen, um mir das zu sagen. Das hat er noch nie gemacht. Meist kommt er durch die Haustür. Herr Weizmann hat nichts dagegen, dass ich Besuch bekomme. »Hauptsache, die Arbeit wird getan«, sagt er immer und: »Solange ich nicht hungern muss, kann Ihr Freund Sie gerne besuchen!« Dabei lacht er freundlich. Ein netter Mann, der Herr Weizmann. Gar nicht so, wie die Juden überall beschrieben werden. Na gut, er hat braune Augen und dunkle Haare, aber das haben andere auch.

2AD5693
Ich verstehe nicht, woran die Braunhemden dunkelhaarige Deutsche von dunkelhaarigen Juden unterscheiden wollen. Außerdem sind Juden doch auch Deutsche, oder nicht? Jetzt behaupten sie, die Kommunisten hätten den Reichstag in Brand gesteckt. Gerhard hat gesagt, dass Georg weg ist. Er ist nach Holland gefahren mit dem Fahrrad. Doktor Schulze-Möllering und die anderen aus seiner Partei haben Georg schon lange auf dem Kieker, das habe ich wohl gemerkt. Jedes Mal, wenn der Doktor bei uns war, um ein Buch zu kaufen, hat er mich gefragt: »Hat dein Bruder es sich schon anders überlegt, Katharina?«

2 AD 5693

Nur gut, dass wir oft nach Holland gefahren sind und Georg dort Freunde hat. Die helfen ihm. In Holland hat dieser blöde Hitler nichts zu sagen. Gerhard überlegt, ob er auch dorthin fährt. »Ein Künstler passt nicht in eine Partei«, hat er schon früher zu Georg gesagt. Seit mich Berta für ihre Partei anwerben wollte, wiederholt er das dauernd. Als ob ich ihn überreden wollte. Ich bin doch froh, dass er damit nichts am Hut hat. Es reicht, dass ich mir um Georg Sorgen mache.

Karina hatte das Feuer im Kamin doch wieder in Gang gebracht. Da saß sie nun mit Martin Kleine und ihrer Freundin Jenny, die zu ihrem Erstaunen auf jegliche Annährungsversuche verzichtete. Gemeinsam starrten sie auf den Ausdruck einer E-Mail, den Martin in der Hand hielt.

»Es tut mir leid, dass ich Sie so spät gestört habe«, sagte der Pfarrer, »aber eine solche E-Mail bekomme ich nicht alle Tage und es war für mich gleich klar, dass es um Sie oder besser um Ihre Tante geht.«

»Das ist schon okay«, beruhigte ihn Karina. »Lesen Sie noch einmal vor, was der Typ geschrieben hat.«

»Halt dich raus! Diese neugierige Gans sorgt für genug Aufregung wegen dem Haus!«, las Pfarrer Kleine.

Karina schüttelte sich. »Woher weiß der Typ, dass wir über das Haus und meine Tante gesprochen haben?«, fragte sie laut in die Stille hinein, die nur durch das gelegentliche Knacken des Holzes im Kamin gestört wurde.

»Wir haben uns in dem Café getroffen, da wird man ja

wohl nicht abgehört. Wir sind doch hier nicht in der DDR. Big Brother is watching you, oder was?«, schimpfte sie und sah Martin Kleine an, als könnte er ihr darauf eine Antwort geben.

Der Pfarrer lachte unsicher. »So weit ist es wohl nicht, aber hier achtet eben jeder auf jeden. Da bleibt nichts geheim, schon gar nicht, wenn ein Pfarrer mit einer hübschen jungen Frau im Café sitzt.« Er zwinkerte Karina zu.

Jenny stöhnte. »Das gibt's doch echt nicht. Das ist ja schlimmer als die Tochter eines Promis zu sein.«

Karina wusste, wovon ihre Freundin sprach. Sie war selbst einmal Zeugin geworden, wie ein Fotograf versuchte, über die Hecke in den Garten der Praxis von Jennys Vater zu gelangen. Jennys Vater war Schönheitschirurg und besonders bei prominenten Frauen beliebt.

Der Pfarrer schmunzelte über Jennys Bemerkung. Ein Lächeln, das Karina einen Stich versetzte. »Nach unserem Gespräch habe ich mich umgehört. Ich hatte ohnehin ein Treffen mit der Leiterin des Seniorenkreises und dem Vorstand des Presbyteriums. Da habe ich mich erkundigt, ob jemand weiß, was aus der Buchhandlung Weizmann im Krieg geworden ist.« Martin Kleine lächelte Karina verschmitzt an. »Ich habe zu einer kleinen Notlüge gegriffen und behauptet, ich dächte darüber nach, einen Artikel über die Buchhandlungen für das Jahrbuch zu schreiben.« Dann wurde er wieder ernst. »Merkwürdig. Ich habe Sie gar nicht erwähnt. Nicht einmal den Namen Ihrer Großtante. Ich habe bewusst nur die Buchhandlung genannt und trotzdem bezieht sich die E-Mail auf Sie. Auch wenn ›Gans‹ eine wenig schmeichelhafte Bezeichnung ist.« Er grinste.

Seit sie aus dem Schlaf gerissen wurde, hatte Jenny drei Tassen Kaffee getrunken. Das Koffein sorgte dafür, dass sie wieder hellwach und kampfbereit war. So schien es Karina zumindest. Jenny nutzte die Vorlage des Pfarrers sofort für einen Einschub, der Karina niemals eingefallen wäre. Und selbst wenn, sie hätte ihn nicht ausgesprochen.

»Vielleicht meinte der Typ ja mich!«, bemerkte Jenny und sah den Pfarrer an. Dabei klapperte sie mit den Augenlidern, wie Karina es nur aus alten Spielfilmen kannte. Als Teenager hatte sie das einmal vor dem Badezimmerspiegel geübt, es aber schnell wieder aufgegeben.

Das war wohl eine gute Entscheidung gewesen, denn Martin Kleine beachtete Jenny nicht weiter. Er starrte in das Kaminfeuer und dachte nach. »In dem Café saß am Nachbartisch die Frau eines Presbyters, daran erinnere ich mich. Sie hat mich gegrüßt. Sonst war da niemand, den ich kenne. Aber das heißt ja nichts, einen Pfarrer kennt jeder in der Stadt. Aber ich kenne natürlich nur diejenigen, mit denen ich direkt zu tun habe, die mich ansprechen oder die mir irgendwie auffallen.« Er stutzte für einen Moment und hielt sich die Augen mit der rechten Hand zu, als wollte er nicht, dass Bilder von außen die Bildfetzen im Kopf durcheinanderbrachten.

»Da war jemand«, sagte er wenig später. »Als ich den Kaffee geholt habe, stand er am Brotstand. Ich habe ihn nur aus den Augenwinkeln gesehen, als ich die Bestellung aufgegeben habe. Als ich wieder hinsah, war er weg.« Er nickte. »Das war Pelle Maibaum.« Der Pfarrer sah Karina fragend an.

Sie zog die Schultern hoch. »Der Name sagt mir gar nichts!«

»Pelle Maibaum ist freier Journalist. Deswegen erinnere ich mich auch an ihn. Er sollte über unser Pfarrfest schreiben, kam dann erst, als es schon fast zu Ende war, hatte eine Alkoholfahne und wurde ziemlich laut, als ihm einer der Ehrenamtlichen nicht sofort auf seine Frage antwortete«, erklärte Martin Kleine.

Karina sah, dass seine Augen blitzten und er sich ein Grinsen verkneifen musste. Das muss ja eine lustige Frage gewesen sein, die Pelle Maibaum gestellt hat, dachte sie, als Jenny sich auch schon einmischte. Sie hob die Hand und schob ihre blonden Haare nach hinten, wobei ihre Figur unter dem dünnen Seidenbademantel mehr als deutlich zur Geltung kam. »Was hat dieser Pelle denn gefragt?«, erkundigte sie sich mit einer Stimme, die nach Jennys Vorstellung wohl sexy klingen sollte. Jetzt war es Karina, die sich das Grinsen verkneifen musste, obwohl auch sie gerne die Antwort auf Jennys Frage gewusst hätte.

Pfarrer Kleine ging nicht darauf ein. »Interessant finde ich, dass Pelle Maibaum nicht nur für Jo Tengelkamp arbeitet, sondern auch die PR-Arbeit für dessen Bruder Katte macht.« Als er sah, dass Karina ihn ratlos anschaute, erklärte er: »Katte Tengelkamp war Boxer, er will, dass man ihn KT nennt.« Der Pfarrer lachte. »Er hat wohl zu viel Dallas geguckt und sieht sich als neuen JR. So benimmt er sich auf jeden Fall. Er hat überall seine Finger drin und wenn etwas nicht so klappt, wie er will, dann findet er einen Weg, damit doch alles zu seinen Gunsten abläuft.«

»Hört sich so an, als würde er auch Drohmails schreiben«, mischte Jenny sich wieder ein, ehe ihre Freundin etwas sagen konnte. Karina warf Jenny einen wütenden

Blick zu, doch die lächelte nur und sah Martin Kleine an, als wollte sie ihn wie eine Spinne mit ihren Fäden einwickeln.

Karina stellte erleichtert fest, dass der Pfarrer weiterhin vor allem mit ihr sprach und Jenny nur gelegentlich mit einem freundlichen Blick streifte. Sie gab sich Mühe, ebenso aufreizend zu lächeln wie ihre Freundin. Doch dann ließ sie es. Sie hatte keine Zeit, sich mit ihrer Freundin um einen Mann zu streiten. Es gab eine Drohmail und die war längst nicht so harmlos wie die Versuche, sie im Verlag und im Stadtarchiv abzuwimmeln. Im Gegenteil, sie rückte die Versuche von Jo Tengelkamp und Klaus Westerburg in ein ganz anderes Licht.

»Sagen Sie, Herr Kleine, wissen Sie zufällig, ob sich Jo Tengelkamp und der Stadtarchivar kennen?« Karina sah den Pfarrer neugierig an. Das würde erklären, warum Klaus Westerburg plötzlich so abweisend wurde, nachdem er die Akte über das Haus ihrer Tante durchgesehen hatte.

Martin Kleine zuckte die Schultern. »Keine Ahnung. Vielleicht sind sie zusammen im Schützenverein. Ich versuche das herauszufinden«, versprach er.

»Dieser Jo Tengelkamp hat mich gebeten, ihm die Postkarten zu zeigen. Ich habe versprochen, mich wegen eines Termins zu melden.« Karina sah die beiden anderen fragend an. »Was meint ihr?« Jenny lehnte sich zurück. Karina kam es vor, als lauerte sie auf die nächste Gelegenheit, sich Martin Kleine in Erinnerung zu bringen, da sie über Jo Tengelkamp nichts sagen konnte. »Das war merkwürdig. Als er Tante Katharinas Namen hörte, wurde er aufmerksam. Zuerst schienen die Karten ihn nicht zu interessieren«, ließ sie das Gespräch Revue passieren. »Als ich dann erwähnte, dass die Karten beschrieben sind, kam es mir vor, als wollte er die Karten unbedingt haben. Ob er eine Story wittert oder etwas anderes dahintersteckt, das ist mir nicht so ganz klar.«

»Vielleicht sucht er nur nach einer tollen Geschichte. Es passiert nicht jeden Tag, dass 80 Jahre alte Postkarten gefunden werden«, sinnierte der Pfarrer und griff nach den Blättern, die Karina niedergeschrieben hatte. Dann grinste er. »Am besten Sie gehen mit diesen Blättern zu ihm. Da steht nichts drin, was sie nicht veröffentlichen könnten. Dann sehen Sie, wie er reagiert.«

Die Idee gefiel Karina. »Das mache ich«, stimmte sie zu, »und Jenny kommt mit, vier Augen sehen mehr als zwei.«

Jenny horchte auf, als sie ihren Namen hörte. »Klar, mache ich das.« Dabei sah sie jedoch nicht Karina, sondern Martin Kleine an.

Karina verdrehte die Augen. Langsam ging ihr Jennys Verhalten auf die Nerven und sie fragte sich erneut, ob es wirklich eine gute Idee war, sie herzubitten. Aber da war sie Martin Kleine auch noch nicht begegnet.

»Ich sollte jetzt gehen.« Der Pfarrer sah auf die Uhr und stand auf. »Ein paar Stunden Schlaf wären nicht schlecht, ich habe morgen schon früh eine Beerdigung.« Er stockte und dachte nach. »Wie wäre es, wenn Sie zu dem Begräbnis kommen?«, fragte er. »Es wird einer der Bewohner des Seniorenheims beerdigt. Da kommen sicher viele ältere Gemeindemitglieder. Das ist meistens so.«

Karina nickte. »Ich komme!« Sie sah Jenny fragend an.

»Wie spät ist die Beerdigung denn?«, erkundigte sich diese.

»Um halb neun«, antwortete Martin, während er seine Jacke überzog. Jenny gähnte. »Och nee«, murmelte sie.

Karina versteckte ihr Grinsen, indem sie rasch zur Seite sah. Ihre Freundin war schon immer ein Morgenmuffel, daran konnten auch tolle Männer nichts ändern.

»Ich bin pünktlich da«, versprach Karina. »Das ist vielleicht besser, allein kommt man schneller ins Gespräch.«

Martin Kleine nickte. »Wir sehen uns«, verabschiedete er sich von Jenny und folgte Karina in den Flur.

»Ich hoffe, Sie können gut schlafen, nach dieser ganzen Aufregung«, sagte er zu ihr, als er vor der Haustür stand. Dabei sah er sie mit einem Blick an, der Karina lange nicht einschlafen ließ.

*

Samuel half seinem Vater, die Bücher umzuräumen. »Brecht nach hinten, Bonsels nach vorn«, gab der Vater vor. Samuel fand es merkwürdig, dass sein Vater ausgerechnet diese »schwachsinnigen Bücher«, wie er sie sonst immer nannte, in der vordersten Reihe haben wollte.

»Flake nach vorn, Feuchtwanger«, Jakob Weizmann stockte mitten in seinen Anordnungen. »Vielleicht sollten wir den lieber gleich wegräumen«, sagte er und nahm das Buch ›Jud Süß‹ selbst aus dem Regal. »Joseph Süß Oppenheimer, das war einer von uns«, murmelte Jakob Weizmann.

Samuel sah seinen Vater überrascht an. Bisher war ihm nie wichtig gewesen, dass er Jude war. Er war es, wie er auch Kaufmann war und Buchhändler und Vater, Schützenbruder und Rotkreuzhelfer. Er ging gelegentlich zum

Beten in die Synagoge am Nonnenplatz, aß koscher und hielt den Schabbes ein.

»Das verstehst du nicht«, sagte Jakob Weizmann, als er Samuels verstörtes Gesicht sah. »Das erzähle ich dir, wenn wir Zeit haben.« Er seufzte und legte das Buch auf den Tisch. »Ich fürchte, wir werden bald viel Zeit haben.«

Samuel ahnte, was sein Vater meinte. Die neue Verordnung des Reichspräsidenten hatte auch Auswirkungen auf die Bücher und Zeitungen, von deren Verkauf Jakob und Samuel Weizmann lebten. In den letzten Wochen waren bereits einige Stammkunden ausgeblieben. Samuel wusste, dass Doktor Schulze-Möllering seinen Fahrer ins Ruhrgebiet schickte, um dort Zeitungen und Bücher zu beschaffen. ›Den Stürmer‹, diese Zeitung, die auf einmal alle lesen wollten, durften sie nicht verkaufen. Als ›Volksfeinde‹. Stattdessen konnten sie sich ansehen, wie die Leute gegenüber am Stürmerkasten neben dem Schuhgeschäft stehen blieben. Die Buchstaben der Überschriften waren so groß, dass sie sie über die Straße hinweg lesen konnten.

»Er«, dabei deutete Jakob Weizmann auf das Buch von Leon Feuchtwanger auf dem Tisch. »Er ist sicher einer der Ersten, der verboten wird. Er ist Jude, schreibt über Juden, etwas Schlimmeres kann es für die Braunen doch nicht geben.« Jakob sank auf den Stuhl, der immer im Laden stand, damit die Kunden gemütlich in den Büchern schmökern konnten, und seufzte. »Es wird leer werden, wenn alle jüdischen Autoren wegkommen!«

»So weit ist es noch nicht!« Samuel hockte sich neben seinen Vater und versuchte ihn zu beruhigen. »Warte erst einmal ab«, sagte er und merkte, dass seine Stimme nicht überzeugend klang. Er erinnerte sich an seine Erlebnisse in Münster und an Bruno, dessen Stimme auf einmal ganz anders geklungen hatte, nachdem Samuel erfahren hatte, dass er in die Partei eingetreten war, und dass er zu den Braunhemden gehörte, zu denen Samuel niemals gehören konnte. Selbst wenn er es wollte.

»Und? Wisst ihr es schon?« Bei diesen Worten wurde die Ladentür aufgeworfen. Mit lautem Krachen flog sie gegen den Tisch, der vor dem Fenster stand. Einige Bücher in der Auslage kippten um oder fielen herunter.

»Da hat es sicher die Richtigen getroffen«, brüllte Bruno und betrat mit einem lauten Lachen den Laden.

Samuel schrak zusammen, nicht einmal in der vorlesungsfreien Zeit hatte er seine Ruhe vor ihm. Was wollte der hier? Sollte er doch bei seinen Braunhemden in Münster bleiben. Aber Samuel wusste genau, warum es Bruno immer wieder in seine Heimatstadt zog. Hier war er der Sohn eines Arztes, in Münster war er einer von vielen. Hier fand er immer jemanden, den er quälen konnte. Im Zweifel ihn.

Er sah sich um. Niemand konnte ihnen zu Hilfe kommen, wenn nicht gerade ein mutiger Kunde den Laden betrat. Zum Glück schien Bruno allein zu sein.

»Nachdem eure Freunde in Berlin den Reichstag angezündet haben, wird es auch für euch brenzlig.« Bruno lachte laut. »Ich wollte nur mal schauen, ob ihr noch da seid!«, polterte er weiter. »Hätte doch sein können, dass ihr euch verpisst habt. Ihr seid doch alle Schisser. Den Reichstag anzünden. Wenn dem Führer was passiert wäre!« Er trat mit seinem klobigen Stiefel gegen den kleinen Tisch, der mitten im Laden stand.

»Ihr seid also noch da! Verändert hat sich auch nichts,

was?« Bruno ließ den Blick durch die Buchhandlung schweifen und bemerkte den Stapel mit Büchern von Feuchtwanger, die Samuel auf den Boden gelegt hatte. »Schau an, dieser Jude darf auf dem besten Platz liegen!« Er trat gegen den Stapel und drehte sich lachend um. »Ach, das wollte ich nicht. Soll ich die Bücher wieder aufschichten?« Er sah Samuel direkt in die Augen.

Samuel kam es vor, als könnte er in Brunos Augen lesen. ›Denkt nur nicht, dass ich euch davonkommen lasse‹, schienen die Augen zu sagen. ›Egal, was früher gewesen ist. Jetzt gehöre ich zu denen, die das Sagen haben.‹

»Lass nur«, unterbrach Jakob Weizmann die wortlose Unterhaltung. »Wir wollten sie gerade wegräumen. Sie passen nicht in die Zeit.«

Samuel hätte seinen Vater am liebsten geschüttelt für diesen Satz. Wie konnte er die Bücher verraten, die er mit Begeisterung gelesen hatte? Dann sah er Brunos hellbraunes Hemd, die dunkelbraune Hose, oben weit und unten eng, und diese Stiefel, die nicht wie Fußbekleidung, sondern wie Waffen wirkten, und verstand seinen Vater.

»Dann will ich mal wieder!« Bruno war näher gekommen und baute sich direkt vor Samuel und seinem Vater auf. Er stellte sich gerade hin und wirkte größer als sonst. »Von der neuen Verordnung habt ihr ja gehört, was?«

Das war keine Frage, sondern eine Feststellung. Wer hatte nicht davon gehört?

»Das kommt davon, wenn man sich mit uns anlegt. Ruckzuck ist man weg vom Fenster. Wartet nur ab, ihr kommt auch bald dran!«

Für Samuel sah es so aus, als wollte Bruno den Arm hochstrecken und gleich ›Heil Hitler!‹ rufen. Doch Bruno tat so, als müsse er seine Haare zurechtlegen, die ähnlich frisiert waren wie die Hitlers. Wortlos verließ er den Laden, nicht ohne ein weiteres Mal gegen den Tisch zu treten. Diesmal fester, sodass ein Bein abbrach und die Bücher vom Tisch rutschten. Weder Samuel noch sein Vater reagierten schnell genug, um sie aufzufangen.

11

8AD5693
Ein Viertel bei uns hat für ihn gestimmt. Heute stand es in der Zeitung. Zuerst dachte ich, das wäre ein Glück und wir wären ihn los. Dann habe ich gesehen, dass fast die Hälfte der Deutschen ihn gewählt hat. 43,9 Prozent! Ich kann gar nicht glauben, dass woanders so viele so denken wie er. Immerhin hat mehr als die Hälfte ihn durchschaut. Aber was nützt uns das.

8AD5693
Bis jetzt hat er uns verschont. Ab heute wird es ernst. Ich weiß gar nicht mehr, was ich hoffen soll. Er will das zurück, was die Deutschen nach dem Krieg abgeben mussten. Ob er das so einfach bekommt? Soll ich hoffen, dass es einen Krieg gibt und er besiegt wird? Ich erinnere mich, wie es im letzten Krieg war. Die Alten haben gedacht, wir Kinder hätten nichts gemerkt. Bei uns zu Hause gab es genug zu essen. Das haben wir selbst angebaut. Wir mussten nie Essen kaufen. »Wat nich bie uss wöss un wat wie nich sölws maken könnt, dat giwt nich!«, hat Mutter immer gesagt und Großmutter auch.

8AD5693
Es war nicht schlecht, was Mutter und Großmutter machen konnten. Ah, dieses Apfelkompott. Wie die Äpfel zuerst

gekocht wurden und ich dann die Flotte Lotte drehen durfte. Das könnte ich heute auch machen, aber Samuel und Herr Weizmann mögen kein Apfelkompott. Da mache ich aus den Äpfeln, die ich von zu Hause mitbringe, lieber Apfelpfannkuchen.

8AD5693
Wer weiß, wie lange ich Apfelpfannkuchen für Herrn Weizmann und Samuel machen kann. Gestern habe ich gesehen, wie sich auf dem Kirchhof zwei Männer unterhalten haben. Als ich an ihnen vorbeiging, haben sie aufgehört zu sprechen. Mir kam es so vor, als hätte der eine mit seinem Kopf auf mich gezeigt.

»Dag uk, mien Deern!« Karina erschrak, als ein alter Mann sich plötzlich neben sie stellte und sie ansprach. »Ick do die nix«, sagte er, als er sah, wie Karina zusammenzuckte. Er verzog seinen Mund zu einem Grinsen, das Karina erneut erschauern ließ. In dem runzeligen Gesicht klaffte ein Loch an der Stelle, an der Menschen üblicherweise Zähne besaßen. »Jo, jo, dat Oller!« Karina war erstaunt, dass sie den Mann trotz der fehlenden Zähne gut verstehen konnte. »Ick häb miene Tande vergäten«, fuhr der Mann fort.

Karina sah sich suchend um. Am liebsten hätte sie dem merkwürdigen alten Mann den Rücken zugedreht. Ihre gute Erziehung hinderte sie daran. Außerdem die Erinnerung an ihren Großvater, der vor seinem Tod nach kurzer Krankheit auch sehr alt ausgesehen hatte.

»Säch es, büs du nich de kleene Bessling?« Karina hatte sich gewünscht, dass die alte Frau, die sich ihr näherte, sie von dem Mann erlösen würde. Stattdessen sprach sie sie an, als müssten sie sich kennen. Innerlich dankte Karina ihren Großeltern dafür, dass sie sich untereinander immer im Platt des Münsterlandes unterhalten hatten.

Ehe sie antworten konnte, mischte sich der zahnlose Mann ein. »Du häs rächt, Lisbeth. De Deern süht ut wie Besslings Kotrin dümols!«

Karina fragte sich, über wen die beiden sprachen. In ihrer Liste der Familienmitglieder gab es keine ›Kotrin‹. Es gab lediglich ihre Großtante Katharina und sie selbst. Sie hieß ebenfalls Katharina, zumindest offiziell, hatte den Namen aber schon als Teenager in Karina geändert. Mit Verspätung fiel ihr ein, dass ›Kotrin‹ womöglich Katrin heißen sollte, kurz für Katharina. So wie die beiden wirkten, konnte es durchaus sein, dass sie von ihrer Tante sprachen.

»Ich heiße Karina Bessling«, stellte sie sich eilig vor. »Eigentlich heiße ich Katharina wie meine Großtante, die hier aufgewachsen ist.« Karina wartete gespannt, wie die alten Leute auf diese Information reagieren würden. Beide nickten.

»Dat häb ke mie dacht«, sagte die Frau. Sie hielt Karina die Hand hin. »Ick bün Lisbeth Oenning.« Die Frau stockte kurz und fuhr dann auf Hochdeutsch fort: »Elisabeth Oenning. Ich bin mit Ihrer Tante zur Schule gegangen.«

Karina schätzte die Frau höchstens auf 80. Ihre Tante wäre in wenigen Monaten 100 Jahre alt geworden.

Elisabeth Oenning lachte, als sie die Verblüffung in Karinas Gesicht erkannte. »Ich bin 94«, sagte sie. »Als ich in die Schule kam, war Katharina schon eine von den

Großen. Sie durfte hinten sitzen, als ich ganz vorn sitzen musste. Das war kein guter Platz. Der Lehrer hat alles gesehen, was man falsch gemacht hat. Die Großen hatten es besser, die konnten ihre Fehler schnell mit dem Schwamm wegwischen. Bevor Herr Hasenkamp etwas merkte. Ich war damals die Erste, die das E schreiben konnte. War ja kein Wunder, war ja der erste Buchstabe von meinem Namen.«

»Lisbeth!« Der Mann mit den eingeklappten Lippen stieß die Frau mit seinem Gehstock an. »Dat interessärt de Deern doch nich, wie dat bie die in de Schole wass!«

Karina stimmte ihm in Gedanken zu. Laut sagte sie: »Das ist ja interessant. Wie war meine Großtante denn so?« Als sie das Leuchten sah, das über das Gesicht der Frau ging, fuhr sie fort. »Wissen Sie auch, warum sie weggegangen ist und was 1933 geschehen ist?«

»Lott doch de ollen Tieden!«, schnaubte der zahnlose Mann, so gut es ohne Zähne ging. Dabei stieß er mit seinem Stock auf den Sandboden des Friedhofs. »Komm met!«, zischte der Mann Elisabeth Oenning zu, während er sich wegdrehte und murmelte: »Ümmer de ollen Tieden!«

Karina sah, dass die alte Frau zögerte, ob sie dem Mann folgen sollte. Dann hakte sie sich bei Karina ein.

»Ach, hören Sie nicht auf den!«, tröstete sie Karina. »Der weiß schon, warum er so ist, wie er ist, und dass er keine Zähne mehr im Mund hat, geschieht ihm grad recht. Hat schließlich genug an Zähnen verdient und erst am Zahngold. Damals!«

Karina sah ihre Begleiterin verwundert an, doch ehe sie nachfragen konnte, was es mit den Zähnen auf sich hatte, schlug Elisabeth Oenning vor: »Kommen Sie doch einfach mit zum Kaffee.« Ohne eine Antwort abzuwarten, schob sie Karina zum Ausgang des alten Friedhofs.

Karina versuchte, sich zwischen den Grabsteinen zurechtzufinden. Irgendwo musste das Grab der Großeltern sein. Die Großtante hatte darauf bestanden, dass sie in Frankreich beerdigt wurde. Obwohl sie zurück in ihre Heimat gekommen war, wollte sie hier nicht begraben sein.

Ihr Vater hatte sich furchtbar geärgert, er hing zwar nicht an seiner Heimatstadt, aber die Forderung, die seine Tante in ihrem Testament hinterlegte, fand er übertrieben.

»Selbst Sally Landau, einer der Juden, den sie vertrieben haben und der sicher einiges mitgemacht hat, wollte hier begraben werden«, hatte er geschimpft. Allerdings konnte er nichts gegen die Forderung der Tante tun, die den Begräbniswunsch zur Bedingung für die Erbschaft gemacht hatte.

Karina hatte das völlig vergessen. Sie hatte dem keine Bedeutung beigemessen, aber jetzt bot es einen Hinweis darauf, was hier in den 30er-Jahren geschehen war. Erstaunlich, dass ihr Vater das wusste. Er hatte nie den Eindruck vermittelt, dass er sich besonders für die Stadt oder gar die Juden in der Stadt interessierte. Vor einigen Jahren war er mit ihr zu einer Lesung der Schwester von Willi Graf gegangen, einem Mitglied der Weißen Rose. Aber über den Nationalsozialismus in seiner Heimatstadt hatte er nie gesprochen. Ob er sich sorgte, dass seine Eltern Nazis gewesen waren? Immerhin war sein Onkel Kommunist und von den Nazis verfolgt worden. Aber das musste nichts heißen, das war Karina klar.

»Kommen Sie!« Karina hatte vergessen, dass sie auf dem Friedhof stand. Die alte Frau neben ihr stampfte abwechselnd mit den Füßen auf, um sich zu wärmen. Karina sah zurück und dachte daran, warum ihre Großtante auf einer Beisetzung in Frankreich bestand. Dort durfte man sich in seinem eigenen Garten beerdigen lassen. Tante Katharina besaß zum Erstaunen aller ein Grundstück in der Nähe von Paris, das sie als ihre letzte Ruhestätte ausgewählt hatte.

›Auf dem Friedhof kann man sich seine Nachbarn noch weniger aussuchen als im Leben‹, hieß es in dem Testament. Karina verstand, was die Verstorbene damit sagen wollte. Schon ihre Großmutter hatte manchmal über die Nachbarschaft auf dem Friedhof gemeckert, wenn sie mit ihr das Grab des Großvaters besucht hatte. Ihr sagten die Namen auf den Steinen nichts, doch ihre Großmutter hatte scheinbar schlechte Erinnerungen an die dort Beigesetzten.

Sie beschloss, das Grab ihrer Großeltern bald zu besuchen und sich die Nachbargräber anzuschauen. Doch zunächst stand ihr ein Leichenschmaus bevor, zu dem sie nicht eingeladen war.

»Guten Tag, Frau Oenning«, riss eine Männerstimme sie aus ihren Gedanken. Sie spürte, wie sich eine leichte Röte über ihr Gesicht schob, als sie die Stimme erkannte.

»Da haben Sie sich ja die jüngste und hübscheste Besucherin ausgesucht, was?«, fuhr Pfarrer Kleine fort und zwinkerte ihr zu. Karina war nicht sicher, ob er damit Frau Oenning oder sie meinte.

»Das ist die kleine Bessling«, erklärte die Elisabeth Oenning.

Der Pfarrer nickte. »Wir haben uns gestern schon kennengelernt.« Er beugte sich zu der alten Frau und sagte verschwörerisch: »Hat sich das denn nicht bis zu Ihnen herumgesprochen?«

Die Frau schüttelte den Kopf. »Sie wissen ja, an mir geht so manches vorbei.«

»Kommen Sie doch mit zum Kaffee, Frau Bessling«, schlug Martin Kleine vor. »Als Vorstand des Altenheims, in dem die Verstorbene gewohnt hat, bin ich sozusagen der Gastgeber. Nicht wahr, Frau Oenning?«

Elisabeth Oenning nickte. »Sie möchte wissen, was mit Ihrer Tante war. Albrecht ist schon weggelaufen.« Sie zeigte auf den Mann mit dem Stock, der wenige Schritte vor ihnen herging. »Der hat wohl Angst, dass seine eigene Vergangenheit wieder ans Licht kommt«, murmelte sie leise, aber gut hörbar.

*

Samuel lief ruhelos in der Buchhandlung auf und ab. Er sollte in Münster sein, auch in der vorlesungsfreien Zeit warteten dort Termine und Aufgaben. Doch die Erfahrungen während der letzten Heimfahrt im Zug hinderten ihn daran. An Bruno wollte er gar nicht denken. Seit seine Partei am Sonntag eine deutliche Mehrheit erreicht hatte, war er für Samuel nicht mehr zu sprechen.

Dabei hatte er ihm mit 14 lebenslange Freundschaft geschworen. Im Nachhinein war er froh, dass Bruno auf die Blutsbrüderschaft verzichtet hatte. Anfangs hatte er davon geschwärmt, dass sie sich wie in den Romanen gegenseitig in einen Finger ritzen und die blutende Stelle aneinanderpressen sollten, damit ihr Blut sich vermischte.

Samuel lachte verächtlich, als er daran dachte. Vielleicht war es schon damals sein jüdisches Blut gewesen, das Bruno umgestimmt hatte. Er konnte Brunos Vater vor sich sehen, wie er seinem Sohn drohte: »Wehe, du wagst es, dein reines Blut mit dem dieses Judenbengels zu vermischen.« Ob er Judenbengel gesagt hätte?

Niemand hatte jemals zu ihm Judenbengel gesagt. Seine jüdischen Kommilitonen berichteten davon, dass ihnen schon, als sie klein waren, Judenbengel nachgerufen wurde. Lag es daran, dass es in seiner Heimatstadt weniger Nationalsozialisten gab? Immerhin hatten hier nur 25 Prozent Hitler gewählt, während es in ganz Deutschland durchschnittlich 43 Prozent waren. War er von der Überzahl der Nicht-Nazis bisher geschützt worden?

Ein Stöhnen und ein Knirschen rissen Samuel aus seinen Gedanken. Erschreckt sah er auf. Sein Vater hatte sich gegen die Lehne seines alten Stuhles geworfen. Für einen Moment hatte Samuel Angst, sie könnte auseinanderbrechen, so laut war das Geräusch. Dann vergaß er diesen Gedanken über der Sorge um seinen Vater, der kreidebleich war. Seine Hände zitterten und ließen die Zeitung rascheln. Samuel lief ein Schauer über den Rücken, dieses Rascheln schien ihm ein Symbol für die Unruhe ihres Lebens.

»Was ist?«, stieß Samuel hervor und machte einen großen Schritt auf seinen Vater zu. Dieser schüttelte nur den Kopf und ließ die Zeitung los. Er zog seine Hände zu sich heran und betrachtete sie, als gehörten sie nicht zu ihm.

»Es ist so weit!«

Samuel konnte seinen Vater kaum verstehen, so leise sprach er. »Was ist so weit?«, wollte er wissen, während er durch die Tür nach draußen spähte. Es war kein Mensch zu sehen. Kein Wunder. Um diese Zeit saßen alle beim Abendessen zu Hause bei ihren Familien. Katharina hatte schon zweimal gerufen, doch sein Vater hatte nicht darauf reagiert.

»Hier!« Jakob Weizmann schaffte es nicht, seinem Sohn die Zeitung zu übergeben. Er deutete mit dem Kopf auf das Blatt vor sich und ließ sich wieder in den Stuhl zurückfallen. Das erneute Knirschen rief eine Gänsehaut bei Samuel hervor.

»Du solltest den Stuhl reparieren«, bemerkte er, während er näher kam und nach der Zeitung griff.

»Das lohnt sich nicht mehr«, flüsterte Jakob Weizmann.

Samuel wusste nicht, wo er hinsehen sollte, auf das blasse Gesicht seines Vaters oder die Zeitung. Er entschied sich, die Bemerkung erst einmal nicht zu beachten und ein Blick in das Blatt zu werfen. Schließlich blieben seine Augen an dem Wort ›Beschlagnahmung‹ hängen.

»Meinst du das?«, fragte Samuel und hielt seinem Vater die Zeitung vor das Gesicht, während er mit seinem Zeigefinger auf das Wort deutete.

Jakob Weizmann nickte nur. »So wird es von nun an weitergehen. Wart's nur ab! Was ihnen nicht in den Kram passt, wird beschlagnahmt, verboten, wenn nicht sogar verbrannt. Wer kann das schon sagen.«

Samuel wusste nicht, was er sagen sollte. Wie sollte er seinen Vater trösten, wo er selbst erlebt hatte, wer jetzt das Sagen hatte und wozu diese Braunhemden imstande waren. Er war froh, als er Katharinas Stimme hörte. »Das Essen wird kalt!«, rief sie nun schon zum dritten Mal. Was auch kommen würde, essen mussten sie immer.

12

16AD5693
Herr Weizmann lag auf dem Sofa, als ich gegangen bin. Er ist heute Nachmittag einfach umgekippt, als er die Zeitung gelesen hat. Zum Glück war Samuel nicht in Münster. Er hat mir geholfen, seinen Vater nach oben zu tragen. Er war ganz blass und hat kaum Luft bekommen. Wir mussten den Doktor holen. Samuel wollte nicht zu ihm gehen. Da musste ich hinfahren.

16AD5693
Zuerst dachte ich, der Doktor würde nicht mitkommen. »Was willst du noch bei dem Juden?«, hat er gesagt und »Es lohnt sich doch gar nicht mehr, so einem zu helfen.« Mir wird schon wieder schlecht, wenn ich an seine Worte denke. Aber dann ist er doch gekommen. »Wegen unserer alten Freundschaft«, hat er gesagt und mir dabei in die Wange gekniffen.

16AD5693
Als er dann bei Herrn Weizmann war, hat er ihm gesagt: »Sie dürfen sich nicht aufregen! Ihr Herz, Sie wissen doch, dass es keine Aufregungen verträgt!« Das sagt er so leicht! Wer ist denn schuld daran, dass Herr Weizmann sich aufgeregt hat. Diese Nationalsozialisten. Pah, wie sich das schon anhört. Und der Doktor gehört zu ihnen.

16AD5693

Ich habe mir angesehen, was Herr Weizmann gelesen hat, als er umgefallen ist. ›Brandanschlag auf jüdisches Kaufhaus‹, lautete die Überschrift. In Reken haben sie das Kaufhaus Lebenstein angezündet. Herr Levinstein, dem das Kaufhaus gehört, ist ein Freund von Herrn Weizmann. Einmal in der Woche treffen sie sich. Dann kommt Herr Levinstein mit seinem Auto aus Reken. An dem Abend muss ich länger bleiben, damit der Chauffeur etwas zu essen bekommt. Wenn ich lesen würde, dass das Haus meiner Freundin angezündet wurde, würde ich auch umfallen, obwohl mein Herz in Ordnung ist.

Karina und Martin saßen vor dem Kamin und starrten in die Flammen.

Jenny war wieder abgereist, nachdem Karina von der Beerdigung zurückgekehrt war. Der fehlende Komfort in dem alten Haus, in dem Karinas Großeltern und auch ihre Großtante viele Jahre keine Neuerungen vorgenommen hatten, wirkte auf Jenny deprimierend. »Es tut mir leid, aber ich halte diese dunklen Wände, Möbel und Teppiche nicht mehr aus«, hatte sie sich bei Karina entschuldigt. Diese konnte das sogar verstehen. Wenn für sie nicht viele Gegenstände mit Erinnerungen an ihre Großeltern verbunden wären und manches seit der Kindheit ihres Vaters nicht geändert worden war, hätte sie sich auch unwohl gefühlt.

»Und du hast ja jetzt diesen schniekеn Pfarrer, der dir hilft.« Karina hatte Jenny angemerkt, dass sie enttäuscht und erleichtert war, dass Martin Kleine sich mehr für Karina zu interessieren schien.

Mit diesem schnieken Pfarrer saß Karina nun am Kamin und ging die Gespräche bei dem Kaffeetrinken nach der Beerdigung durch.

»Hat Frau Oenning Ihnen etwas über Ihre Tante erzählt?« Martin Kleine tastete, ohne hinzusehen, nach der Bierflasche, die neben ihm auf dem Boden stand. Er goss den Rest aus der Flasche in das Glas, ohne Karina aus den Augen zu lassen.

»Sie ist mit meiner Tante in die Schule gegangen«, erzählte sie. »Komisch, dass früher alle Schüler in eine Klasse gingen. Heute versucht man mühevoll gegen viele Widerstände, genau das wieder einzuführen.«

»Überall wird das auch nicht so gewesen sein«, warf Martin Kleine ein und nahm einen Schluck.

Karina grinste, als sie den weißen Schaumschnurrbart sah, der sich auf seiner Oberlippe gebildet hatte. Einen solchen Bart hatte ihr Großvater oft gehabt. Ihre Eltern tranken nur Wein, wie das echte Schwaben taten, Trollinger oder Riesling, je nach Jahreszeit und Stimmung.

»Tante Katharina ist in einem winzigen Ortsteil aufgewachsen«, fuhr Karina fort.

»Bauernschaft nannte man das damals«, unterbrach Martin Kleine und wischte sich den Schaum vom Mund.

»Dann eben Bauernschaft. Da hat es nicht viele Kinder gegeben, hat Frau Oenning gesagt. Deshalb waren sie alle in einer Klasse. Es gab acht Bankreihen. In der ersten Reihe saßen die Erstklässler, in der zweiten die Zweitklässler und so weiter. Nach den Sommerferien rückten die Schüler eine Reihe nach hinten. Ob daher wohl der Begriff Sitzenbleiben kommt? Die Kinder blieben ja buchstäblich auf ihren Stühlen sitzen.« Karina kuschelte sich in ihren Sessel und zog die Decke enger, die sie trotz des Kamins um sich gelegt hatte.

»Damals begann das Schuljahr nach den Osterferien«, korrigierte Martin Kleine sie. Als er ihren genervten Blick über die neuerliche Verbesserung sah, fügte er hinzu: »Mein ältester Bruder ging zur Schule, als der Schuljahresbeginn umgestellt wurde. Er hat immer damit angegeben, dass er zwei Kurzschuljahre hatte. Das eine Schuljahr ging von April bis Ende November und das nächste von Dezember bis Juli.« Martin Kleine schwieg und dachte nach. »Mein Bruder ist im Januar 1960 geboren, dann muss das 1966 und 1967 gewesen sein. Meine Schwester, die zwei Jahre jünger ist, hatte kein Kurzschuljahr.«

»Solche Schuljahre hätte ich auch gerne gehabt.« Karina grinste. »So ein Schuljahr dauerte ja gerade mal ein halbes Jahr. Kein Wunder, dass Ihr Bruder damit angegeben hat. Wann sind Sie denn geboren?« Die Frage war Karina so herausgerutscht. Erschrocken schlug sie die Hand vor den Mund.

Doch Martin Kleine lachte. »Nicht, dass Sie denken, ich wäre auch schon so alt – ich bin ein Nachkömmling, wie man hier so schön sagt. Meine Mutter war 20 bei der Geburt meines Bruders und 42, als ich zur Welt kam. Um ganz genau zu sein, wurde ich genau an dem Tag geboren, als meine Schwester ihren Abiball hatte. Die Zeugnisvergabe hat meine Mutter noch mitbekommen und dann ist sie gleich ins Krankenhaus gerast.«

Karina hatte blitzschnell ausgerechnet, dass Martin Kleine drei Jahre älter war als sie. Der passende Altersunterschied, hätte ihre Großmutter gesagt. Karina versuchte, ihr Schmunzeln über diesen Gedanken zu verbergen.

»Warum lachen Sie?«, erkundigte sich Pfarrer Kleine und sah sie an.

Karina wich dem Blick aus. »Ach nichts«, entgegnete sie schnell und berichtete weiter über das Gespräch mit der Mitschülerin ihrer Tante. »Frau Oenning weiß irgendetwas darüber, warum Tante Katharina nicht hier geblieben ist, da bin ich sicher«, sagte sie. »Ich glaube, sie wollte nichts dazu sagen, weil dieser komische alte Mann uns die ganze Zeit beobachtet hat. Er hat genau zugehört, was sie gesagt hat. Sie hat immer wieder unauffällig in seine Richtung gesehen.«

»Das war der alte Krämer. Der kommt zu jeder Beerdigung. Manchmal steht er am Grab, wenn alle weg sind, und murmelt etwas von Zähnen.« Martin Kleine beugte sich vor. Ihr wurde warm. Sie wollte wegsehen, aber ihre Augen gehorchten ihr nicht, als würde Martin sie hypnotisieren.

Wenigstens der Mund funktionierte, so konnte sie mehr stammeln als sprechen: »Frau Oenning hat etwas davon gesagt, dass er genug an Zähnen verdient hat. Aber wie ein Zahnarzt sieht er nicht aus.« Karina stand auf und legte im Kamin Holz nach.

Martin Kleine schüttelte den Kopf und löste seinen Blick von Karina. »Soviel ich weiß, ist der Krämer Handwerker. Er hatte früher ein Amt in der Kolpingsfamilie und da wurden damals nur Handwerker aufgenommen, als es noch ein reiner Gesellenverein war.«

Karina rückte ihren Sessel ein wenig beiseite, ehe sie sich wieder hinsetzte. So saß Martin Kleine nicht mehr neben, sondern fast hinter ihr. Sie kuschelte sich in den Sessel, zog die Beine an und stopfte die Decke um sich.

»Frau Oenning hat mir erzählt, dass meine Tante nach der Schule zuerst bei einem Arzt gearbeitet hat. Sie wusste sogar, wie er hieß. Raten Sie mal?« Karina drehte sich leicht zu Martin Kleine um und bemerkte, dass er sie schon wieder mit diesem Hypnoseblick ansah. Schnell wandte sie den Kopf zurück.

»Keine Ahnung«, antwortete Martin Kleine.

»Schulze-Möllering«, sagte Karina und streckte die Beine auf den Boden. Mit dem ganzen Körper schob sie den Sessel zurück. Es war doch unbequem, wenn der Gesprächspartner hinter einem saß. »Der Name taucht auf einer der Karten auf.«

»Und nach dem Namen hat mich Ihre Tante gefragt«, rief der Pfarrer aufgeregt.

»Meine Tante hat bei Doktor Schulze-Möllering aufgehört, als sie merkte, dass er Nationalsozialist war, glaube ich. Das habe ich mir aus ihren Aussagen über ihn zusammengereimt.« Karina war die Aufregung anzumerken. »Da fällt mir etwas ein. Als ich in der Redaktion war, hat dort jemand angerufen, der Möllering hieß.« Sie schloss die Augen und versuchte, sich an die Situation zu erinnern.

Martin Kleine sah Karina interessiert an. »Wer könnte mehr über die Familien wissen?«, grübelte er halblaut.

»Ich hab's!«, riefen beide gleichzeitig. Zuerst starrten sie sich an und dann lachten sie, als wäre ein Knoten geplatzt. Karina warf sich in ihren Sessel zurück und hielt sich die Seite. »Sind wir blöd!«, schnaufte sie schließlich.

Martin Kleine beruhigte sich eher als sie. »Blöd würde ich nicht gerade sagen, eher albern«, sagte er und grinste Karina an. »Mir ist eingefallen, wer uns weiterhelfen könnte. Mein Bruder arbeitet bei der Landesärztekammer. Da muss es doch eine Übersicht geben, welche Ärzte wann und wo praktiziert haben.« Er schüttelte den Kopf. »Aber das hilft uns nicht unbedingt dabei, jemanden zu finden, der ihn kannte.«

»Wer weiß«, entgegnete Karina. »Mir ist nämlich wieder eingefallen, was diese Pute von der Rezeption des Verlags gesagt hat. Sie sprach von Doktor Möllering. Okay, nicht jeder Doktor ist ein Arzt, aber vielleicht haben wir Glück.« Sie schlug sich gegen die Stirn. »Wir sind doch blöd«, schimpfte sie und sprang auf. Sie suchte nach ihrer Umhängetasche, in dem das Netbook steckte. »Wir brauchen doch nur Schulze-Möllering eingeben, da wird schon irgendetwas kommen. Unglaublich, warum bin ich nicht gleich darauf gekommen.« Karina zog das Netbook aus der Tasche und hätte es fast auf den Tisch geworfen. Doch da hielt eine Hand ihren Arm fest.

»Vorsicht!«, sagte Martin Kleine.

Karina bekam eine Gänsehaut und wusste nicht, ob sie von der Berührung oder von der rauen Stimme des Pfarrers kam. Schon war der Moment vorbei. Martin Kleine ließ Karinas Arm los und sank zurück in den Sessel. »So ein kleiner Computer ist auch nur ein Mensch«, versuchte er zu scherzen.

Karina bemerkte jedoch, dass er genauso verlegen war wie sie. Schnell klappte sie das Netbook auf und tat so, als funktioniere der Internetzugang nicht, weil sie nicht wusste, wie sie reagieren sollte. Angestrengt starrte sie auf den kleinen Bildschirm, wischte mit dem Cursor hin und her und tippte schließlich wahllos einige Buchstaben ein, die sie sofort wieder löschte. Mit fast normaler Stimme murmelte sie nach einiger Zeit »Schulze-Möllering« und tippte den Namen in das Suchfeld.

»100 Punkte«, rief sie Sekunden später und veranlasste damit, dass Martin Kleine mit seinem Sessel ganz dicht neben sie rückte. Schon war die Gänsehaut wieder da.

*

Samuel sortierte die Bücher in den Regalen der Buchhandlung. Sein Vater hatte entschieden, dass die Werke jüdischer Autoren in das kleine Zimmer gebracht wurden, in denen früher die nicht jugendfreien Bücher gestanden hatten, jene Bücher, die Samuel zusammen mit Bruno gelesen hatte. Es schmerzte Samuel, wenn er daran dachte. Er war nicht sicher, ob Bruno jemals mit ihm befreundet gewesen war oder nur so getan hatte, um an den Lesestoff zu gelangen, der für ihn unerreichbar war.

Ein Geräusch im vorderen Teil des Ladens riss Samuel aus seinen Gedanken. »Vater?«, rief er. Als er keine Antwort bekam, ging er mit großen Schritten nach vorn. Er hatte die Glocke der Ladentür nicht gehört. Aber wer konnte schon wissen, was die Braunhemden sich ausdachten. Eine Türglocke am Läuten zu hindern, war sicher eine leichte Übung für sie.

Doch es war kein Mensch zu sehen. Sein Vater hing halb in dem Stuhl, der vor dem Schreibtisch stand und rang nach Luft.

»Vater!«, rief Samuel erschrocken. Er wusste nicht, was er tun sollte. So schwach hatte er seinen Vater nie zuvor gesehen.

»Katharina!« Er riss die Tür zum Flur auf und schrie die Treppe hinauf. »Katharina!«, rief er so lange, bis die weiße Schürze ihrer Köchin am oberen Treppenabsatz zu sehen war.

»Was ist denn los?«, fragte sie und wischte sich die Hände an der Schürze ab.

»Vater!«, stammelte Samuel nur und sah Katharina hilflos an. Sie schob Samuel beiseite und ging mit großen Schritten in die Buchhandlung.

»Herr Weizmann!«, sprach sie ihren Arbeitgeber an, während sie nach dem Knoten seiner Krawatte griff und ihn lockerte. »Hören Sie mich, Herr Weizmann?« Die Stimme der Köchin klang eindringlich.

Wieso nennt sie mich jetzt Herr Weizmann und nicht Samuel?, dachte Samuel und starrte auf seinen Vater und die Frau, die sich über ihn gebeugt hatte und versuchte, ihn mit leichten Klapsen auf die Wangen aufzuwecken. Doch der Vater schlief nicht und war auch nicht ohnmächtig, er schüttelte den Kopf und stöhnte. »Lasst mich!«

»Hilf mir!« Für Samuel klang Katharinas Stimme wie ein Befehl. Da er nicht wusste, was er tun sollte, schien es ihm das Beste, ihren Anweisungen Folge zu leisten.

»Nimm die Beine«, forderte sie ihn auf. Ratlos beobachtete Samuel, wie Katharina seinem Vater unter die Achseln greifen wollte, was dieser jedoch ablehnte. »Selber gehen«, interpretierte Samuel das Gestammel.

Samuel ging neben seinem Vater in die Hocke. »Wir müssen dich tragen!«, erklärte er ihm. Doch sein Vater schüttelte immer wieder den Kopf und wiederholte: »Selber gehen.«

Er war froh, als Katharina sich einmischte: »Also gut. Samuel, du gehst auf die rechte Seite, ich auf die linke, damit er sich auf uns stützen kann.«

Samuel gehorchte ihr automatisch und verfolgte, wie sie sich links neben seinen Vater bückte, sodass dieser seine Hand auf ihre Schulter legen konnte.

»Stützen Sie sich auf uns«, forderte Katharina Jakob Weizmann auf, der weiter schwer atmete.

»Hoch«, zischte Katharina Samuel zu.

Samuel tat es der Köchin nach. So gelang es ihnen, seinen Vater aufzurichten. Mühsam gingen sie Schritt für Schritt zur Treppe, die nach oben in die Wohnung führte.

»Wir bringen ihn in die Wohnstube, die ist näher als das Schlafzimmer«, flüsterte Katharina Samuel zu. Er nickte. Endlich hatten sie das Sofa erreicht. Sie halfen seinem Vater sich hinzulegen.

»Wir brauchen den Doktor«, stellte Katharina fest.

Samuel wurde bleich. Das Haus dieses Nazis würde er nicht betreten, solange es eine andere Möglichkeit gab.

»Geh du!«, sagte er in bestimmendem Ton zu Katharina.

Im ersten Moment schien es, als wollte Katharina widersprechen. Erleichtert hörte Samuel, dass sie schließlich doch »Na gut!« sagte.

Neben ihnen atmete sein Vater unregelmäßig. Ohne ein weiteres Wort verließ Katharina das Wohnzimmer.

Während ihrer Abwesenheit starrte Samuel seinen Vater nur an. Manchmal stöhnte er und wälzte sich auf die Seite. Wenn Katharina nur endlich mit dem Doktor käme.

Als sie das Zimmer wieder betrat, war sie beinahe genauso blass wie sein Vater.

»Was ist geschehen?«, erkundigte sich Samuel aufgeregt. »Kommt er nicht?«

»Doch«, beruhigte Katharina ihn. Samuel bemerkte, wie sie kurz zögerte, als wollte sie weitersprechen, doch dann ging sie wortlos in die Küche.

Wenig später klingelte es an der Haustür. Samuel hörte Katharina und den Doktor miteinander sprechen, dann kam der Arzt die Treppe hinauf. »Sie machen ja Sachen«, scherzte er mit Samuels Vater, als verstünden sie sich prächtig. »Sie wissen doch, dass Sie sich nicht aufregen dürfen«, sagte er, als habe er ein Kind vor sich. Stumm beobachtete Samuel, wie er eine Spritze aus seiner Tasche holte und seinem Vater ein Medikament injizierte. Es dauerte nicht lange, da bemerkte er, dass sein Vater nicht mehr so bleich aussah und leichter atmete.

»Das ist noch einmal gut gegangen!«, bemerkte der Doktor, während er seine Tasche schloss. »Ab jetzt keine Aufregungen mehr!« Er gab Jakob Weizmann die Hand und klopfte Samuel auf die Schulter. Dann drehte er sich um. Samuel sah, wie er Katharina zuzwinkerte. »Die Rechnung schicke ich dann an Fräulein Katharina«, versprach er in einem Ton, der Samuel aufhorchen ließ. Was hatte sie mit diesem Nazi-Arzt zu schaffen?

13

6NI5693
Als ich heute bei Weizmanns ankam, habe ich den Zettel gesehen. Er klebte am Schaufenster und an der Eingangstür. ›Kauft nicht bei Juden!‹, stand da in großen Buchstaben. Ich wollte das Papier abmachen. Außer mir war keiner auf der Straße. Aber als ich vor dem Fenster stand, habe ich Samuel gesehen. Er saß an dem kleinen Tisch, an dem sonst immer sein Vater sitzt, und sah aus, als ob er tot wäre.

6NI5693
Ich habe den Zettel in kleinen Stücken abgerissen, sie haben guten Leim benutzt. Alles habe ich nicht abbekommen. Warum mussten sie auch rotes Papier nehmen. Ich bin sicher, dass das die Braunhemden getan haben. Aber warum? Warum soll man auf einmal nicht mehr bei einem Juden kaufen? Bloß, weil er in eine andere Kirche geht? Diesen Teil von Hitlers Politik verstehe ich nicht. Dass er dafür sorgt, dass die Leute wieder Arbeit bekommen, das ist ja gut. Aber wieso muss er dabei Juden arbeitslos machen?

6NI5693
Ich habe nicht bemerkt, dass Gerhard sich neben mich gestellt hat, als ich die Zettel abgerissen habe. »Sei froh,

dass sonst niemand vorbeigekommen ist«, hat er mir ins Ohr gezischt. Als ich mich umdrehte, torkelten zwei Männer im Zickzack über die Straße und brüllten laut: »Heute kleb ich, morgen hau ich und übermorgen holen wir der Juden ihr Kind!«

6NI5693
Mir fiel sofort ein, wie ich unserem kleinen Anton ›Rumpelstilzchen‹ vorgelesen habe. ›Heute koch ich, morgen brau ich und übermorgen hol ich der Königin ihr Kind!‹ Die Stelle habe ich immer besonders langsam und betont gelesen. Anton hat sich dann an mich gekuschelt, weil er Angst bekommen hat. Am liebsten hätte ich mich an Gerhard gekuschelt, doch die Männer kamen immer näher.

6NI5693
»Weg hier«, hat Gerhard geflüstert und mich am Arm gezogen. Ich habe nur die Straße runter gestarrt und versucht, die Männer mit meinen Gedanken zu verjagen. Irgendwann habe ich Bruno Schulze-Möllering erkannt. Er mich wohl auch, denn er hat gerufen: »Guck mal, das Judenliebchen!« Zum Glück hat Samuel in dem Moment die Ladentür geöffnet. Gerhard hat mich in den Laden geschubst und sich selbst an Samuel vorbeigedrängt.

6NI5693
»Schließ die Tür ab!«, hat Gerhard Samuel befohlen. Samuel hat ohne ein Wort die Tür abgeschlossen, und Gerhard hat uns beide in den hinteren Raum geschoben, den man von außen nicht sehen kann. Aber ich wusste ja, dass Bruno den Raum kennt und konnte nicht mehr auf-

hören zu zittern. Ich zittere schon wieder, aus Angst, wie es weitergeht, wenn jemand wie Bruno, der Priester werden will, mich »Judenliebchen!« nennt und dabei auf den Boden spuckt.

Als es an der Tür klingelte, saß Karina an ihrem Netbook, um eine Liste mit den Namen zu erstellen, die ihr bisher begegnet waren. Im Hintergrund lief ein Schwarz-Weiß-Film mit Marlene Dietrich: ›Der blaue Engel‹. Ein Film aus den 30er-Jahren passte gut zu ihrer Recherche, fand sie.

Martin Kleine stand vor der Tür. »Ich habe etwas gefunden, das Sie interessieren wird«, platzte er heraus, ohne sich mit Begrüßungsformalitäten aufzuhalten.

Karina wusste nicht, worüber sie sich mehr freuen sollte, dass sie neue Informationen bekam, dass sie einen Verbündeten bei ihrer Recherche hatte oder dass dieser Verbündete gut aussah, gut roch und unglaublich sympathisch war. »Setzen Sie sich doch.« Hastig räumte sie die Papierstapel von dem zweiten Sessel vor dem Kamin. »Darf ich Ihnen etwas anbieten?« Sie musste über sich selbst lachen. »Entschuldigung, ich klinge schon wie meine Mutter. Trinken Sie ein Glas Wein mit?«

Martin Kleine schüttelte den Kopf. »Lieber nicht, ich hatte heute schon Messwein und man weiß ja nie. Aber einen Kaffee oder Tee würde ich nehmen.«

Während Karina den Tee aufgoss, blickte er auf die Übersicht auf ihrem Bildschirm. Doktor Schulze-Möllering stand da oben und darunter die Namen seiner drei Kinder Bruno, Johannes und Wilhelmine, von der sie inzwischen herausgefunden hatte, dass sie mit einem

Heinrich Tengelkamp verheiratet war, dem Vater von Jo Tengelkamp. Der Verleger war also ein Enkel jenes Doktors, den Karinas Großtante auf ihren Karten erwähnte.

»Komisch, dass Hanno Möllering den Namensteil Schulze abgelegt hat«, bemerkte Martin Kleine, als Karina mit zwei Teebechern neben ihn trat.

»Das ist mir auch aufgefallen, ich wäre gar nicht darauf gekommen, dass die verwandt sind, wenn ich nicht irgendwo einen Nachruf gelesen hätte, in dem stand, dass Hanno die Praxis seines verstorbenen Vaters übernommen hat, die schon sein Großvater eröffnete. Die Ähnlichkeit der Vornamen Johann, Johannes, Hanno und das Möllering haben mich dann überzeugt«, erklärte Karina. »Frau Reinermann hat mir das bestätigt«, fuhr sie eifrig fort. »Sie ist in der Nähe der Praxis aufgewachsen und kannte Bruno Schulze-Möllering als Jungen. Bis sie in das Seniorenheim gezogen ist, hat Johanna Reinermann in dem Haus ihrer Eltern in der Mühlenstraße gewohnt.«

»Da haben Sie ganz schön viel herausbekommen«, lobte Martin Kleine und schickte ein Lächeln über den Teebecher, das Karina durch den ganzen Körper fuhr.

Karina lächelte vorsichtig zurück. Gleichzeitig stellten sie ihre Becher auf den Tisch und es war nicht klar, ob sich ihre Handrücken zufällig berührten oder ob einer von ihnen nachgeholfen hatte. Karina kam es vor, als hätte sie einen elektrischen Schlag bekommen.

Gerade als sie sich vorbeugen wollte, verkündete der Signalton ihres Netbooks den Eingang einer neuen E-Mail. Sie ärgerte sich über den automatischen Mailabruf, den sie eingestellt hatte. Aber wie hatte sie auch wissen können, dass er mitten in einen solchen Moment platzte. Die

Stimmung war auf jeden Fall zerstört. Karina schüttelte sich enttäuscht und rief das Mailprogramm auf.

»Ah, Jenny hat etwas über Katte Tengelkamp herausgefunden«, sagte sie, darum bemüht, normal zu klingen. Es war gut, eine Freundin zu haben, deren Vater gelegentlich in der Klatschpresse erschien. So ein Vater hatte immer irgendwelche Kontakte, da konnte ihr Versicherungsvater nicht mithalten.

»Er war früher Profiboxer und ist jetzt Trainer in einem Boxclub, der gelegentlich wegen Schlägereien außerhalb des Rings in die Schlagzeilen kam«, murmelte sie, während sie die E-Mail überflog. Sie bemerkte, wie Martin Kleine sich hinter sie stellte und ihr über die Schulter sah. Am liebsten hätte sie sich umgedreht und ihn zu sich herangerissen. Aber er war ein Pfarrer und keiner ihrer Kommilitonen oder irgendein Disco-Besucher, mit denen sie gelegentlich kleine Affären hatte.

»Mmh, das klingt ja nicht nach einer rauschenden Karriere von Doktor Schulze-Möllerings Enkel, was?«, meinte Martin Kleine und setzte sich wieder in den Sessel. Er zog einige Blätter aus seiner Tasche und streckte die Beine so weit aus, dass seine Füße ihr Schienbein berührten. Augenblicklich spürte Karina wieder Wärme in ihr aufsteigen.

»Ich habe auch ein wenig recherchiert.« Der Pfarrer legte den Papierstapel so auf den Couchtisch, dass beide hineinsehen konnten.

Ob das Absicht ist?, dachte Karina, als sie sich vorbeugte und merkte, wie seine Haare ihre Wange berührten. Doch der Gedanke verflog augenblicklich, als sie die Überschrift des Artikels las, den Martin Kleine mitgebracht hatte: ›Nachruf auf Weihbischof Bruno Schulze-Möllering‹.

*

Samuel saß im Wohnzimmer, als er Stimmen hörte.
»Hörst du das?« Samuel unterbrach seinen Vater, der versuchte, bei dem schwachen Schein der Kerze zu lesen. Er sprang auf und stieß gegen den Tisch, als er zum Fenster ging, das auf die kleine Straße in dem sonst beschaulichen Zentrum seines Heimatstädtchens hinausging.

Am Ende der Straße, wo sie am Kornmarkt in die Goldstraße überging, sah er Fackeln, die aussahen, als schwebten sie wie Irrlichter durch die Stadt. Wenn es nur Irrlichter sind, dachte Samuel. Die tiefen Stimmen, die aus der Richtung kamen, ließen anderes vermuten. Er sah, wie Männer mit Fackeln vor dem Schaufenster des Goldschmieds stehen blieben.

»Gib mir mal den Topf«, hörte er einen Mann, der einen Arm ausstreckte, während er mit dem anderen gegen die Schaufensterscheibe drückte. Samuel konnte erkennen, wie jemand dem Mann einen dicken Pinsel reichte. Er strich damit über die Schaufensterscheibe, ein anderer legte ein Blatt auf die Stelle.

Die Männer johlten und Samuel zuckte zusammen. Das bedeutete nichts Gutes. Er wusste, dass der Goldschmied Jude war, früher hatten sie sich oft in der Synagoge am Nonnenplatz oder beim Rabbiner in der Mühlenstraße getroffen.

»Los, zu Weizmann!« Samuel erkannte Brunos Stimme.

»Was ist denn da?« Jakob Weizmann stellte sich neben seinen Sohn ans Fenster. Die Fackeln waren inzwischen so nahe gekommen, dass Samuel die Männer in ihrer dunklen Kleidung erkennen konnte. Bei manchen blitzte das Parteiabzeichen im Schein der Fackeln auf.

»Geh weg da!« Samuel duckte sich, damit sein Schatten von außen nicht zu sehen war. In Zeiten wie diesen war es besser so zu tun, als wäre man nicht zu Hause. Widerstand würde alles nur schlimmer machen.

Sein Vater stellte sich neben das Fenster und spähte hinaus. »Bruno ist dabei«, sagte er leise.

»Da ist doch Licht!«, hörten die beiden unten eine Stimme. Jemand rüttelte an der Haustür. Samuel beeilte sich, die Kerze auszublasen.

»Da ist nichts!«, rief ein anderer.

»Willi Schulze«, flüsterte Jakob. Samuel hatte die Stimme des Schreinergesellen, der ihnen die Regale repariert hatte, auch erkannt. »Ich wusste gar nicht, dass der zu denen gehört«, murmelte er und sah seinen Vater fragend an.

»Das war sicher nur eine Spiegelung unserer Fackeln«, hörten die beiden erneut die Stimme des Schreinergesellen. »Lasst uns sehen, dass wir schnell fertig werden, ehe uns einer sieht.«

Jemand lachte laut. Samuel zuckte zusammen, das war Brunos Lachen, daran gab es keinen Zweifel. »Und? Was soll uns schon passieren?«, höhnte Bruno. »Wir setzen doch nur um, was die Regierung beschlossen hat. Keiner soll bei Juden kaufen.«

Samuel erinnerte sich an den Vortag. Kurz vor Ladenschluss, als er einer Frau ein Buch einwickelte, gab es auf der Straße einen lauten Krach. »Was machen die denn da?«, fragte die Kundin, als auch schon die Tür aufging und ein Mann in SA-Uniform sie anbrüllte: »Wissen Sie denn nicht, dass Sie nicht bei Juden kaufen dürfen?«

Die Frau wurde blass und zuckte zusammen. Sie schüttelte den Kopf. Der Mann hielt ihr ein Plakat vor die Nase.

»Deutsche! Wehrt Euch! Kauft nicht bei Juden!«, konnte Samuel lesen. Er erinnerte sich an die Schrift, die bereits bedrohlich aussah.

»Mist, das klebt nicht!«, riss ihn eine Stimme auf der Straße aus den Gedanken. Er konnte sehen, wie der Kleisterpinsel, mit dem eben noch auf die Schaufensterscheibe des Schmuckladens gestrichen worden war, nach vorn gereicht wurde.

»Schade, dass niemand zu Hause ist.« Wieder Brunos Stimme. »Ich würde gerne die Gesichter sehen, wenn die merken, dass es ihnen nun endgültig an den Kragen geht.«

»Komm weiter!«, forderte ihn die Stimme des Schreinergesellen auf und wenig später war es ruhig vor dem Haus.

»Ich geh runter!«, rief Samuel aufgebracht und ging mit großen Schritten zur Zimmertür. Sein Vater hielt ihn auf. »Lass, davon wird es nicht anders. Und wer weiß, vielleicht wartet nur einer darauf, dass wir uns vor die Tür wagen.« Sie wussten beide, wen der Vater meinte, doch sie sprachen nicht weiter darüber, sondern gingen ins Bett und fanden keinen Schlaf.

14

12NI5693
Unfassbar! Heute sind Braunhemden in den Laden gekommen. Mit einer Hakenkreuzbinde am Arm. Meine Hand zittert so, dass ich fast nicht schreiben kann. Herr Weizmann hatte sich hingelegt und mich gebeten, solange im Laden zu bleiben, bis Samuel wieder zurückkam. Er war nach Münster gefahren, um seine restlichen Sachen zu holen. Ich weiß nicht, was geschehen ist, aber Samuel will nicht mehr studieren. »Ich muss hierbleiben!«, sagt er immer, wenn ich ihn frage, und Herrn Weizmann habe ich nicht gefragt, der hat Kummer genug.

12NI5693
Als die Männer in den Laden kamen, habe ich zuerst gedacht, sie wollten Bücher kaufen. Sie haben mich freundlich gegrüßt und sind an den Regalen entlang gelaufen. »Sind das alle Bücher?«, haben sie mich gefragt. Das kam mir komisch vor, weil die Männer so richtiges Hochdeutsch sprachen. Noch mehr als der Doktor. Die meisten sprechen bei uns Platt, sogar der Propst spricht manchmal Platt, obwohl er studiert hat.

12NI5693
Mir kam es so vor, als wollten die Männer etwas ganz Bestimmtes finden. Einer von ihnen ist zwischendurch

nach draußen gegangen und hat sich die Reste von dem roten Zettel an der Fensterscheibe angeguckt. »Wer hat das entfernt?«, hat er dann gefragt. Entfernt, das Wort habe ich zuletzt von der Frau des Doktors gehört. Ich habe so getan, als könnte ich die Männer nicht verstehen und immer wieder gefragt: »Kann ick uh hälpen?« Zuerst hat das auch gut geklappt. Doch dann hat Herr Weizmann gerufen: »Katharina, kannst du mir die Zeitung bringen?« Herr Weizmann spricht oft hochdeutsch. Er ist aber auch nicht hier geboren, sondern hierher gezogen, als er seine Frau geheiratet hat.

12NI5693
Die Männer sind in die Richtung gegangen, aus der Herr Weizmanns Stimme kam. Ich konnte nichts machen, außer hinter ihnen herlaufen. Auf der Treppe kam ich nicht an ihnen vorbei und dann waren sie schon im Wohnzimmer, wo Herr Weizmann auf dem Sofa lag. »Mitkommen!«, haben sie gebrüllt, als ob Herr Weizmann sie nicht hören konnte. Ich habe zwischen ihnen hindurchgesehen. Herr Weizmann wurde bleich. Er hat die Decke weggeschoben und nach Luft geschnappt. Er hat nichts gesagt, ist nur aufgestanden und hat sich vor sie hingestellt.

12NI5693
Einer der Männer hat ihn am Arm gefasst und vor sich her gestoßen. Fast hätte er mich dabei die Treppe hinuntergeworfen. »Am besten schließen Sie ab und gehen nach Hause, Katharina!«, hat Herr Weizmann zu mir gesagt und mich dabei angesehen, als würde er Geheimsprache sprechen. Zuerst habe ich gar nicht verstanden, was er

mir sagen wollte. Erst als er weg war, habe ich begriffen, was er nicht gesagt hat. Er hat Samuel nicht erwähnt und wollte auch nicht, dass ich etwas von ihm sage, damit die Männer ihn nicht auch holen.

Karina fuhr in das Parkhaus am Aegidiimarkt, Martin hatte ihr den Tipp gegeben. Sobald Karina an Martin Kleine und den vergangenen Abend dachte, war sie verwirrt. Hinter ihr hupten schon die nächsten Autos, weil sie es nicht schaffte, den Parkschein aus dem Gerät an der Einfahrt zu ziehen. Sie öffnete die Tür ein wenig und streckte ihren Arm aus. Endlich hatte sie das Ticket. Sie wollte losfahren und würgte dabei den Motor ab, was die Wartenden mit einem weiteren Hupkonzert quittierten.

Schließlich fuhr sie erleichtert auf den ersten freien Parkplatz und suchte den Ausgang.

»Können Sie mir sagen, wie ich zum Diözesanarchiv komme?«, sprach sie ein Ehepaar an, das ihr entgegenkam.

»Ach, das ist nicht weit. Gehen Sie einfach links die Straße, das ist der Bispinghof, runter bis zum Ende und dann links in die Georgskommende«, erklärte ihr die Frau und zeigte ihr die Richtung.

Karina folgte dem Rat und stand wenige Minuten später vor der Tür des Archivs. Sie hatte sich genau zurechtgelegt, was sie sagen wollte. Es war Martins Idee gewesen, so zu tun, als wollte sie für eine Examensarbeit recherchieren.

»Das wirkt immer gut und keiner fragt so genau nach«, hatte Martin ihr erklärt. »Wenn die in der Kirche das Stichwort NS-Zeit hören, werden sie manchmal nervös. Dann erreichst du nichts.« Karina verließ sich auf sein Wort, schließlich hatte er deutlich mehr Erfahrung im Umgang mit kirchlichen Behörden.

»Guten Tag, mein Name ist Karina Bessling«, stellte sie sich dem Mann an der Information vor. »Ich suche Informationen über einen Ihrer Weihbischöfe. Für meine Examensarbeit. Mein Vater kommt aus der gleichen Stadt wie Bruno Schulze-Möllering«, fügte sie hinzu, um ihre Bitte zu unterstreichen. »Er hat erzählt, dass er mit einem Verwandten des Bischofs in die Schule gegangen ist und nun möchte ich ihm eine Freude machen und meine Examensarbeit über diesen Bischof schreiben.«

Die Geschichte klang selbst in Karinas Augen nicht sehr glaubhaft, vermutlich kaufte der Mann an der Information ihr gerade deshalb die Begründung ab. Als sie hinzufügte, dass sie nur für kurze Zeit bei ihrer Freundin in Münster weilte, stand er auf und brachte sie zu der Sachbearbeiterin, die das Zeitschriftenarchiv und die Nachlässe betreute.

»Die junge Dame schreibt ihre Examensarbeit über Bischof Schulze-Möllering«, erklärte der Mann der Sachbearbeiterin, sodass Karina darauf verzichten konnte, ihre Geschichte ein zweites Mal aufzutischen.

»Ich bin Gesa Wolbering«, stellte sich die junge Frau vor und versuchte unauffällig unter dem Tisch ihre Schuhe anzuziehen. Als sie merkte, dass das nicht klappte, sagte sie: »Entschuldigen Sie bitte. Wir haben hier kaum Publikumsverkehr und die Schuhe sind neu.«

Gesa Wolbering führte sie eilfertig in einen Raum voller dicker Bücher, die sich als Jahresausgaben diverser Zeitschriften entpuppten. Zwischen den Regalbrettern befanden sich Schubladen und auf den Tischen standen mehrere Computer.

»Hier bewahren wir den Nachlass auf, der nicht katalogisiert ist«, erklärte Gesa Wolbering und zog eine Schublade auf. »Das hier ist aus dem Arbeitszimmer von Bischof Schulze-Möllering. Er hatte bis zu seinem Tod vor zehn Jahren ein Büro, das haben wir geräumt und alles hier eingelagert. Seine Neffen haben kein Interesse an den Unterlagen.«

Karina zeigte sich beeindruckt, dass die Sachbearbeiterin die Informationen auswendig herunterspulen konnte.

»Ganz so ist es auch nicht«, lachte Gesa Wolbering. »Hier oben in der Schublade liegt eine entsprechende Information darüber, zusammen mit einer Übersicht über die Familienmitglieder, damit wir nicht jedes Mal recherchieren müssen, wenn jemand Ansprüche stellt. Aber stöbern Sie einfach in den Unterlagen. Die Familie zeigt, wie gesagt, kein Interesse, dann spricht sicher nichts dagegen, dass Sie sie in Ruhe durchsehen.«

Das war mehr als Karina erwartet hatte. Vielleicht fand sie in den Unterlagen Hinweise auf die Jugend- und Studentenzeit des Bischofs. Sie blieb allein in dem Raum zurück und sah die Papiere in der Schublade durch. Es waren Unterlagen aus der Zeit als Bischof, ein paar Postkarten aus früheren Pfarreien, aber keine persönlichen Briefe oder Aufzeichnungen. Karina war enttäuscht. Es wäre auch zu schön gewesen. Sie notierte sich das Todesdatum und suchte in den alten Theologiezeitschriften und Kirchenzeitungen nach Bruno Schulze-Möllering. Sie scrollte eine Seite nach der anderen durch.

Die Stichwortsuche ergab mehrere hundert Ergebnisse, die sie nacheinander aufrief. Immer wieder der Weihbischof bei einer Firmung in Stadt x und dann wieder in

Dorf y. Sie fand auch den Nachruf, den Martin ihr gebracht hatte. Sie zwang sich, den Gedanken an Martin beiseitezuschieben und las den Nachruf erneut. Kein Hinweis auf seine Rolle in der Nazi-Zeit, sein Wirken als Weihbischof wurde gepriesen. Für die Kirche begann sein Leben erst nach der Priesterweihe.

Lustlos scrollte sie weiter. Sie wollte bereits aufgeben, als ihr Blick an einer Notiz aus dem Mai 1988 hängenblieb. Dort wurde erwähnt, dass Bruno Schulze-Möllering womöglich braunen Schmutz an den Füßen hatte. Das war die Zeit, in der genauer hingesehen wurde, welche Rolle jemand im Dritten Reich gespielt hatte. Bis in die 70er-Jahre hinein konnte es sein, dass auch ehemalige Nazis wichtige Positionen bekleideten. Karina vergrößerte den Artikel und suchte nach dem Namen des Journalisten, der ihn geschrieben hatte: Pelle Maibaum.

Wieder dieser Name, dachte Karina. Sie ließ sich den Artikel ausdrucken, in der Hoffnung, dass Martin mehr wusste.

Eine angenehme Wärme zog sich durch ihren Körper, als sie an Martin dachte. Hier konnte sie sich ein paar Minuten gönnen, um an den vorigen Abend zu denken. Als sie ihn hinausbegleitete, hatte er sie geküsst. Sanft, als wollte er testen, ob sie auch nicht zerbrach. Wie sollte sie, sie hatte doch schon seit ihrer ersten Begegnung darauf gewartet. Viel mehr war nicht geschehen, auch wenn sie nichts dagegen gehabt hätte. Er hatte sie nur mit seinen zauberhaften Augen angesehen, ihr über die Wange gestrichen und ihr viel Erfolg in Münster gewünscht. Männer waren schwer zu verstehen. Pfarrer gar nicht.

*

Samuel drückte sich in die Hausecke, er wollte auf keinen Fall, dass man ihn sah. Es war ohnehin schwer genug, spätabends durch Münster zu gehen, ohne dass er angesprochen wurde. Aber er musste wissen, was sich hier tat, damit er rechtzeitig handeln konnte, und folgte Bruno schon den ganzen Abend.

Über dem Kino, das Bruno gerade laut mit seinen Freunden verließ, flackerte die Schrift des Films, der dort gezeigt wurde: ›Der blaue Engel‹. Das war klar, dass Bruno sich den Film anschauen musste. Sie hatten gemeinsam im Hinterzimmer der Buchhandlung das Buch gelesen und Bruno hatte nicht mit anzüglichen Bemerkungen gespart.

»Die würde ich nicht von der Bettkante stoßen«, rief Bruno großspurig. Er lief mitten auf der Straße, als gehörte ihm die Stadt. »Kommt, lasst uns schauen, ob wir Weiber auftreiben!«, forderte er seine Freunde auf, die versuchten, weniger auffällig zu wirken.

»Lasst uns lieber eine Altbierbowle im Pinkus trinken«, hörte Samuel einen der Männer sagen. Sofort änderte Bruno seine Meinung und ging voran. Samuel hatte den Eindruck, als redete sein früherer Freund unterwegs immer wieder auf seine Begleiter ein. »Unverschämtheit«, verstand er nur und: »Denen werde ich es zeigen.«

Das hörte sich nicht friedfertig an und Samuel war froh, dass Bruno in Münster war. Weit weg von seinem Vater und der Buchhandlung.

Samuel hatte Glück. Die Männer wählten einen freien Tisch direkt vor einem Fenster, so konnte er draußen hören, was sie sprachen. Er musste nur aufpassen, dass keiner der wenigen nächtlichen Passanten auf ihn aufmerksam wurde.

»Es ist unglaublich, dass die diesen Roloff und nicht mich zum Leiter des Ausschusses gewählt haben«, schimpfte Bruno lauthals und knallte sein Glas auf den Tisch. »So ein Weichei. Ich hätte denen schon gezeigt, wie man diese jüdischen, ekelhaften Bücher zu Asche macht.«

Samuel zuckte bei den Worten zusammen. Ausgerechnet Bruno, der mit ihm im Hinterzimmer mehr verbotene Bücher gelesen hatte als jeder andere, spuckte diese Töne. Unfassbar.

»Woher hast du das?«, fragte einer von Brunos Begleitern. Samuel versuchte durch den Fensterspalt zu erkennen, worum es ging.

Bruno hielt ein Blatt Papier in der Hand und las so laut vor, dass die anderen Gäste im Pinkus aufmerksam wurden. »Erstens: Jeder Student säubert seine Bücherei von derartigen, durch eigene Gedankenlosigkeit oder Nichtwissen hineingelangten Schriften.*«

»Hör auf, Bruno.« Der Student, der direkt neben Schulze-Möllering saß, versuchte ihn zu besänftigen. Doch statt leiser zu werden, stand Bruno auf und las weiter: »Zweitens. Jeder deutsche Student säubert die Büchereien seiner Bekannten und sorgt dafür, dass ausschließlich volksbewusstes Schrifttum darin heimisch ist.*«

Samuel nahm sich vor, gleich am nächsten Tag alle Bücher jüdischer Autoren wegzuschaffen. Sie standen zwar versteckt im hinteren Raum, den sein Vater abgeschlossen hatte, aber er hatte keinen Zweifel, dass Bruno bald bei ihnen auftauchen würde.

»Die werden schon sehen, was sie davon haben«, brüllte Bruno weiter. »Ich werde ganz allein einen Karren voller Bücher aussortieren.«

Endlich war es seinen Begleitern gelungen, ihn auf die Bank zu zwingen und ihm das Blatt zu entreißen. »Das gehört in die Studentenschaft und nicht in die Kneipe«, sagte einer ernst und schob das Blatt in seine Hosentasche. »Mensch, das kommt vom Propagandaamt, du kannst das nicht einfach unterschlagen.«

»Unterschlagen!« Bruno ereiferte sich schon wieder. »Wenn dieser Arsch nicht gewesen wäre, hätte ich jetzt das Sagen in dem Kampfausschuss, dann wäre ich Leiter der Aktion gegen den undeutschen Geist. Das ist meine Aufgabe.«

Seine Begleiter sahen sich um. Samuel bemerkte, dass alle anderen Gäste ihre Gespräche wieder aufnahmen. Bis draußen vor dem Fenster spürte er die Beklommenheit der Anwesenden. Doch er wusste auch, dass niemand etwas erwidern würde. Das konnte gefährlich sein, keiner wusste, wer am nächsten Tag zum Gruppenführer oder Gauleiter befördert wurde oder einen anderen hohen Posten in der Partei einnahm.

Bedrückt schlich Samuel zum Bahnhof. Er wagte nicht, in die Straßenbahn zum Bahnhof zu steigen. Früher hatte er die rote Linie oft genommen und sich den Fußweg erspart, heute lief er lieber.

Wenn er Glück hatte, war der letzte Zug noch nicht weg. Er musste so schnell wie möglich nach Hause, um die Buchhandlung auf den möglichen Besuch von Bruno vorbereiten. Seit Bruno in das Verbindungshaus gezogen war, ließ er sich nur noch alle zwei Wochen in seiner Heimatstadt blicken. Nicht wenige waren erleichtert darüber, hatten sie doch den Eindruck, der Sohn wollte seinen Vater in Parteitreue und Deutschtum übertreffen.

15

17NI5693
Als ich heute Morgen kam, war niemand da. Herr Weizmann ist weg. Samuel ist nicht nach Hause gekommen. Die Zeitung lag vor der Tür. Ich wollte sie gerade holen, da sprach mich Berta an. Ich habe sie nicht mehr gesehen, seit sie wegen dieser Frauengruppe da war. »Dor kas es sehn, wat denn Hitler för de kleenen Lö döht«, sagte sie und zeigte auf die Zeitung. ›Hitler erklärt den 1. Mai zum Staatsfeiertag‹, las ich. »Un wat häs du dorvan?«, fragte ich Berta und entdeckte an ihrem Kleid das Abzeichen der Partei, das ich vom Doktor kannte.

17NI5693
Berta schwärmte davon, was dieser Hitler in der kurzen Zeit alles geschafft hatte. »Ick nämm mie denn freen Dag, dat sägg ick die«, sagte sie und schaute dabei grimmig drein. Ich wusste, dass ihre Herrschaft ziemlich streng war und kniepig mit der Freizeit. Ganz anders als Herr Weizmann. Wenn ich nur wüsste, ob es ihm gut geht. Und Samuel.

Erschöpft stellte Karina den Motor aus. Die Fahrt nach Münster hätte sie sich sparen können. Der Besuch im Diözesanarchiv hatte sie nicht weitergebracht. Sie konnte nur hoffen, dass Martin etwas mit der Notiz von diesem Pelle Maibaum anfangen konnte.

Sie stieg aus dem Auto und ging zum Haus. Etwas war merkwürdig. Auf den ersten Blick fiel ihr nicht auf, was es war. Dann sah sie, dass eine der Butzenscheiben in der Haustür fehlte.

Hatte sie das am Morgen übersehen? Sie schloss die Tür auf und bemerkte den Stein und die Scherben, die im Flur lagen. Ein mulmiges Gefühl breitete sich in ihr aus.

»Hallo!«, rief sie laut, um sich selbst zu beruhigen und einen möglichen Eindringling zu warnen. Stille. Sie nahm den Stein aus den Scherben und fand den Zettel, der mit einem Gummiband an dem Stein befestigt war.

»Verschwinde! Sonst trifft der nächste Stein dich!«, las Karina. Sie spürte, wie sich die Härchen auf ihren Armen aufstellten und ein Angstkloß sich in ihrem Magen breitmachte. Zuerst die E-Mail an Martin und nun dieser Stein. Was hatte das alles zu bedeuten?

Sie überlegte, ob sie die Polizei oder zuerst Martin anrufen sollte. Er war der einzige Mensch, den sie hier kannte. Außer den alten Leuten, aber die konnten ihr hier kaum helfen.

Entschlossen zog Karina die Tür wieder zu und setzte sich in ihr Auto. Sie sah sich aufmerksam nach allen Seiten um, während sie die Telefonnummer des Pfarrers wählte.

»Martin Kleine!«, hörte sie wenig später seine Stimme. Sie hatte keine Gedanken dafür, ob sie süß klang oder Reaktionen in ihr auslöste. Sie war einfach nur froh, seine Stimme zu hören und nicht mehr allein zu sein.

»Jemand hat eine Scheibe eingeworfen und eine Drohung hinterlassen.« Karina wunderte sich, dass sie diese

Information so ruhig weitergeben konnte. Doch ihre Hand zitterte und als Martin versprach, sofort zu kommen, schluchzte sie auf.

»Ganz ruhig, ich bin doch gleich da«, versprach der Pfarrer.

Karina ließ das Telefon sinken. Wie dunkel es hier war. Ganz anders als in der Großstadt, die sie gewohnt war. Die erste Karte ihrer Tante fiel ihr ein. Nun konnte sie erahnen, wie ihre Tante sich gefühlt haben musste. So ganz allein mit der schwarzen Erde, wie sie es auf der ersten Karte beschrieben hatte. Auch, wenn sie immer noch nicht wusste, was genau geschehen war.

Mit Unbehagen saß sie im Auto und starrte das dunkle Haus an. Es kam ihr so vor, als starrte es zurück. Dunkel und abweisend. Um sich zu beruhigen, schaltete Karina das Radio ein. Sie konnte nicht aufnehmen, was dort gespielt wurde, bis Martin endlich kam. Aber es hatte sie beruhigt.

Zusammen gingen sie um das Haus herum. Es stand weit von den Höfen entfernt, jeder konnte sich ohne Aufsehen nähern.

»Hier ist niemand!«, stellte Martin schließlich fest und bat Karina, die Haustür aufzuschließen.

»Hallo!«, rief er wie Karina eine halbe Stunde zuvor. Auch er bekam keine Antwort. Karina schaltete das Licht ein und prüfte mit Martin jeden Raum. Vom Keller bis zum Dachboden. Alles war wie sonst, nur das Fehlen der kleinen Butzenscheibe in der Haustür zeigte, dass etwas geschehen war.

»Du hast eine Nachricht.« Martin wies auf den Anrufbeantworter, dessen Lämpchen rot blinkte. Karina drückte auf den Knopf, um die Botschaften abzuhören.

›Hey, Karina, hier ist Jenny, melde dich doch mal‹, erklang die vertraute Stimme ihrer Freundin. Karina wollte sich schon abwenden, da ertönte eine weitere Nachricht: ›Ich hoffe, Sie haben die Warnung verstanden. Und wenn Sie Unterlagen haben, vernichten Sie diese!‹

»Die Stimme ist verstellt«, bemerkte Martin und bat Karina, die Nachricht noch einmal abzuspielen. »Eindeutig. Schade. Aber du solltest die Polizei einschalten.«

Karina dachte nach. »Okay, aber morgen reicht auch noch. Ich bin so fertig.«

»Dann bleibe ich aber noch ein bisschen«, erklärte Martin. Karina spürte wieder diese Wärme, die er immer in ihr auslöste. Sie nickte stumm und sah ihn nur an.

»Heute würde ich ein Glas Wein mit dir trinken«, sagte Martin und zog sie an sich. »Allerdings dürfte ich dann nicht mehr Autofahren«, ergänzte er mit einem schelmischen Grinsen.

Karina antwortete mit einem Kuss, ehe sie sagte: »Mmh, bestimmt gibt es in diesem Haus ein Gästezimmer.«

Ihr Blick fiel auf die Unterlagen, die sie im Tresor ihrer Großtante gefunden und fast vergessen hatte. »Ein Glück, dass dieser Typ nicht im Haus war«, sagte sie und bat Martin, die Papiere durchzusehen, während sie den Wein holte.

Als sie zurückkam, war Martin in den Kaufvertrag vertieft. »Interessant«, murmelte er, als Karina neben ihm saß. »Ich finde keinen Kaufpreis. Das ist merkwürdig. Am besten frage ich morgen meinen Bruder, was es damit auf sich hat. Er ist Rechtsanwalt und kennt sich mit solchen Dingen aus.«

Karina öffnete einen vergilbten Umschlag, auf dem sie weder Adresse noch Absender fand. Einige alte Fotos und Zeitungsausschnitte fielen heraus. Alle in derselben Druckschrift, in der auch der Vertrag verfasst wurde.

Sie hob die Ausschnitte auf. »Kannst du das lesen?«, fragte sie und hielt Martin die Papiere hin.

»Hast du ein Glück, dass ich Pfarrer bin«, antwortete er mit einem Lächeln, das bis an die Augen reichte. »Wir mussten so etwas im Studium lesen. Aber jetzt weiß ich ja, wofür das gut war.«

»Zum Verkauf stehen«, las er langsam, aber doch mit einer Sicherheit, die Karina beeindruckte. »Es folgt eine Liste mit Häusern und Hausrat«, fasste er den restlichen Inhalt des Artikels zusammen. Er sah das Blatt von allen Seiten an. »Da steht nirgendwo ein Datum, aber wenn du mich fragst, sind das alles Dinge, die Juden gehört haben. Guck dir doch die Namen an: Cohen, Haas, Landau, Gans. Das waren damals typisch jüdische Namen aus der Region. Das hat der Arbeitskreis Jüdisches Leben herausgefunden. Ich fasse es nicht. Der Käufer ist immer Doktor Johann Schulze-Möllering. Der hat sich damals die ganzen Häuser der Juden unter den Nagel gerissen.« Er griff nach einem weiteren Artikel.

»Kauft nicht bei Juden!«, las er und erzählte Karina, dass in dem Artikel davon die Rede war, wie die SA und die SS vor jüdischen Geschäften in Stellung gegangen waren, um zu verhindern, dass Nicht-Juden dort einkauften. »Der Chef deiner Tante wird nicht erwähnt, aber Heymanns, das war damals ein jüdisches Kaufhaus, das alle gerne besucht haben.« Er sah sich die Adresse am Ende des Artikels an, in dem die Leute aufgefordert wurden, keinesfalls dort einzukaufen. »Das Kaufhaus stand in der Mühlenstraße, das ist die Straße, die an der Kirche vorbeiführt.

Karina nickte, die Straße kannte sie, eine Einbahnstraße, vor allem die Zufahrt über die schmale Brücke war lästig.

»Die Brücke gab es schon vor dem Krieg«, erklärte Martin und wies auf den Bildschirm von Karinas Netbook, auf dem ein alter Stadtplan zu sehen war. »Guck hier. Dort etwa war das Kaufhaus und da steht das Haus deiner Tante.«

»Viel hat sich seither aber nicht geändert, oder?« Karina kam es so vor, als seien viele Gebäude noch erhalten.

Martin lachte. »Das sieht nur so aus, weil die beiden Kirchen so dominant sind. Einige Straßen gibt es gar nicht mehr und hier, schau mal, der Marktplatz ist heute an einer anderen Stelle.«

Karina fuhr in Gedanken durch die kleine Stadt, Martin hatte recht, zwischen der Kirche und dem Marktplatz stand eine Häuserreihe, anders als auf dem Stadtplan aus der Zeit, in der ihre Tante hier gelebt hatte.

»Hier, die Klümperstraße, die existiert nicht mehr und die Heilig-Geist-Straße auch nicht, nur die Fassade der Heilig-Geist-Kirche steht noch.« Martin wies auf einzelne Stellen in dem Stadtplan.

Karina sah ihn an. Beeindruckt, wie gut er sich auskannte, obwohl er nicht hier aufgewachsen war.

»Ich arbeite in dem Arbeitskreis mit, da erfährt man so einiges.« Martin lachte und gab ihr einen Kuss, ehe er sich wieder den Zeitungsartikeln widmete. Manche stammten aus der Zeit kurz vor Ausbruch des Zweiten Weltkriegs. Oft stand dort nur, dass Häuser oder Geschäfte die Besitzer gewechselt hatten.

»Merkwürdig, da taucht immer wieder der Name Schulze-Möllering auf.« Martin zeigte Karina den Namen in den Artikeln. Guck mal hier.« Aufgeregt hielt Martin Karina eine kleine Notiz vor die Nase.

Sie versuchte, die Überschrift zu entziffern. »Buchhandlung Weizmann«, las sie, dann fuhr Martin fort: »Am 1. August 1938 schließt die Buchhandlung, die ehemals dem Juden Jakob Weizmann gehört hat und die zuletzt von der Hausangestellten Katharina Bessling betrieben wurde.«

»Wie mein Vater und deine Senioren gesagt haben. Meine Großtante hat die Buchhandlung geleitet«, erinnerte sich Karina. »Lies weiter«, drängte sie. Hier lag der Schlüssel für alles, was heute geschah, das spürte sie, ohne dass sie es genau beschreiben konnte.

»Aber wieso hat sie das Geschäft verkauft, wenn sie es vorher von ihrem Chef bekommen hat?«, fragte Karina. Der Rest des Artikels gab keinen Aufschluss darüber und sie konnte sich nicht vorstellen, warum ihre Tante diese Chance aufgab. Sie entschied, ihren Großonkel erneut anzurufen. Er musste Licht in das Dunkel bringen. Jetzt sollte er verraten, was er wusste. Sie sah auf die Uhr. »Es ist ja schon viertel nach elf«, stellte sie entsetzt fest.

Martin lächelte sie an. »Zeit ins Bett zu gehen«, sagte er mit rauer Stimme. Karina war hin- und hergerissen zwischen der Neugier im Kopf und den Signalen, die ihre anderen Körperteile sendeten.

»Wie spät ist es jetzt in Amerika?«, wollte sie wissen und lachte über Martins verdutztes Gesicht. Sie gab ihm einen Kuss. »Ich will nur schauen, ob ich dort meinen Großonkel erreichen kann. Wegen der Zeitverschiebung, du weißt schon.«

Martin überlegte kurz und sagte dann: »Früher Nachmittag.«

Karina holte das Telefon und wählte die Nummer, die sie vor einigen Tagen im Nummernspeicher entdeckt hatte. Sie kuschelte sich an Martin und war erleichtert, als der Hörer am anderen Ende der Welt sofort abgehoben wurde und eine fröhliche Mädchenstimme ihr auf Englisch mitteilte, dass sie ihrem Großvater den Hörer bringen würde.

*

Samuel war wieder heimlich nach Münster gefahren. Er versuchte, unauffällig in die Vorlesungen zu kommen, was ihm heute gelungen war. Doch er spürte sehr wohl die Blicke der anderen Studenten, die wussten, dass er Jude war.

Nicht mehr viele von ihnen wagten sich noch auf den Campus. Die meisten blieben zu Hause, weil sie wie Aaron und er verprügelt worden waren. Und nicht alle hatten das Glück, dass Professoren sich auf ihre Seite stellten.

Diese Professoren würden ab morgen weniger werden, das war ihm gleich klar, als er das Plakat mit den zwölf Thesen am Eingang gesehen sah. Ein großes weißes Plakat, oben stand in großer roter Schrift ›Wider den undeutschen Geist!‹ und darunter in der gleichen blutroten Schrift ›Die Deutsche Studentenschaft!‹ Das sollte also auch in seinem Namen verfasst worden sein. Noch war er Student, selbst wenn ihm niemand in Münster ein Zimmer vermieten wollte. Student war er auch ohne Zimmer.

»Lass uns wieder gehen«, bat ihn sein jüdischer Mitstudent Daniel Gans und sah sich ängstlich um. »Lies dir nur These elf durch, dann weißt du, was uns erwartet.«

Samuels Blick strich die Thesen entlang bis zur elften: ›Wir fordern die Auslese von Studenten und Professoren nach der Sicherheit des Denkens im deutschen Geiste.‹ Das bedeutete das Ende seines Studiums. Aber wollte er so schnell aufgeben? Er war unsicher, Angst und Trotz kämpften in ihm miteinander. Wenn er an seinen Vater dachte, zog es ihn nach Hause, wenn er an Bruno und seine braunen Kumpanen dachte, regte sich Widerstand, der ihn selbst überraschte.

»Ich gehe trotzdem in die Vorlesung«, sagte er entschlossen.

Daniel zögerte. »Komm, wir gehen lieber«, versuchte er Samuel zu überreden. »Du weißt genau, dass Professor Feinstein Jude ist. Wer weiß, was in der Vorlesung passiert.«

Daran hatte Samuel nicht gedacht, doch nun war er mitten in der Nacht aufgestanden, um möglichst unerkannt nach Münster zu kommen, weil er hier keine Bleibe mehr hatte. Da wollte er nicht kneifen. Vielleicht wird alles doch nicht so schlimm, versuchte er sich einzureden.

Die Vorlesung blieb zunächst erstaunlich ruhig. Samuel glaubte schon, dass alles nur ein dummer Streich war, als junge Männer in SA-Uniform in den Hörsaal stürmten. Er erkannte Bruno Schulze-Möllering, der immer dort zu sein schien, wo es gegen Juden ging.

»Was machen Sie hier?«, schrie er Professor Feinstein an, der am Katheder vor einer Karte der inneren Organe stand.

Der Professor nahm seine Brille ab, als könnte er die Männer sonst nicht sehen. »Ich lehre«, sagte er ruhig.

Das schien Bruno erst recht aufzubringen. »Sie gehören nicht hierher. Juden ist ab heute der Zutritt zur Universität untersagt.«

»Wer sagt das?«, antwortete der Professor. Er wirkte ruhig, doch Samuel konnte aus der ersten Reihe sehen, dass er blass geworden war.

»Wir, die wahren Deutschen!«, brüllte Bruno so laut, dass selbst seine Begleiter zurückzuckten. »Raus hier, sofort.« Er drehte sich zu den Studenten um und brüllte erneut: »Und ihr auch. Juden raus. Ihr vergiftet unsere Sprache und unser Land.« Er zog ein Papier aus der Jackentasche, das genau so aussah wie das, was Samuel bereits am Eingang gesehen hatte.

»Wider den undeutschen Geist«, begann Bruno. »Erstens. Sprache und Schrifttum wurzeln im Volke. Das deutsche Volk trägt die Verantwortung dafür, dass seine Sprache und sein Schrifttum reiner und unverfälschter Ausdruck seines Volkstums sind.*« Er machte eine kurze Pause, als wartete er auf Applaus. Seine Begleiter schrien: »Jawohl, so isses!«

Das spornte Bruno an, weiterzulesen. »Zweitens. Es klafft heute ein Widerspruch zwischen Schrifttum und deutschem Volkstum. Dieser Zustand ist eine Schmach.*«

Samuel sah sich um. In den hintersten Reihen standen die ersten Studenten auf und versuchten unauffällig aus dem Saal zu gelangen. Er wusste, dass es Juden waren. Die ersten Studenten im Publikum unterstützten Brunos Begleiter bei ihrem ›Jawohl. So isses!‹-Ruf.

Bruno fuhr fort: »Drittens. Reinheit von Sprache und Schrifttum liegt an dir! Dein Volk hat dir die Sprache zur treuen Bewahrung übergeben.*«

Samuel gab sich Mühe, unbeteiligt zu schauen, als genau

hier wieder viele »So isses!« riefen. Ausgerechnet sie sollten und wollten sich für die Reinheit der deutschen Sprache einsetzen?

»Viertens. Unser gefährlichster Widersacher ist der Jude und der, der ihm hörig ist.*« Bruno zeigte auf Samuel, der bis dahin gehofft hatte, dass er hinter den anderen SA-Männern, die sich um Bruno geschart hatten, nicht auffiel. »So sieht einer aus!«, schrie Bruno. »Seht ihn euch an.«

Samuel blickte nach unten, er spürte, wie alle ihn anstarrten und bereute, dass er nicht auf Daniel gehört hatte.

Brunos Litanei nahm kein Ende. »Fünftens. Der Jude kann nur jüdisch denken. Schreibt er deutsch, dann lügt er. Der Deutsche, der deutsch schreibt, aber undeutsch denkt, ist ein Verräter. Der Student, der undeutsch spricht und schreibt, ist außerdem gedankenlos und wird seiner Aufgabe untreu*«, zitierte er weiter, während er eine Hand zum Hitlergruß erhob.

Hinter sich hörte Samuel, wie die Sitzbänke nach oben klappten. Er versuchte unter seiner Achsel hindurch in den Hörsaal zu sehen. Mehrere Studenten standen mit ausgestrecktem Arm, als wollten sie jeden Moment »Heil Hitler« rufen. Stattdessen schrien sie inzwischen wie Brunos Begleiter: »Jawohl. So isses.« Die wenigen Studenten, die immer noch saßen, versuchten, sich wie Samuel unsichtbar zu machen oder unauffällig aus der Bank zu schleichen.

Als Bruno zur sechsten These ansetzte, beschloss Samuel, sich das nicht weiter anzuhören. Auch, um sich zu retten. Wer wusste, was geschah, wenn alle Kommilitonen aufgepeitscht von Brunos Rede aus dem Saal wollten.

»Hiergeblieben!«, brüllte Bruno, als Samuel den Saal verlassen wollte. In diesem Augenblick sah er, wie der Professor durch die hintere Tür verschwand und er war nicht der Einzige, der das bemerkte.

»Der Professor haut ab!«, rief jemand aus der hinteren Reihe.

Bruno drehte sich um, seine Begleiter liefen dem Professor hinterher.

Samuel nutzte die Gelegenheit und rannte, so schnell er konnte, aus dem Saal. Bis Bruno und seine Braunhemden bemerkten, dass er weg war, hatte er einen guten Vorsprung. Inzwischen kannte er alle versteckten Gänge und Kammern, in denen er warten konnte, bis sich die Lage wieder beruhigt hatte. Er rang nach Luft, als er einen der dunklen Keller erreichte.

Der Keller lag direkt unter dem Haupteingang. Und weil ein anderer Student dort oben stand und die Thesen verkündete, obwohl sie für jeden sichtbar angeschlagen waren, musste sich Samuel alles erneut anhören. Er versuchte sich die Ohren zuzuhalten, doch die Stimme hallte durch den Raum. Von überall her sprangen ihn die Sätze an, von denen er wusste, dass sie das Ende bedeuteten. Danach würde nie wieder etwas wie vorher sein.

»Sechstens: Wir wollen die Lüge ausmerzen, wir wollen den Verrat brandmarken, wir wollen für den Studenten nicht Stätten der Gedankenlosigkeit, sondern der Zucht und der politischen Erziehung. Siebtens: Wir wollen den Juden als Fremdling achten und wir wollen das Volkstum ernst nehmen. Wir fordern deshalb von der Zensur: Jüdische Werke erscheinen in hebräischer Sprache. Erscheinen sie in Deutsch, sind sie als Übersetzung zu kennzeichnen.

Schärfstes Einschreiten gegen den Missbrauch der deutschen Schrift. Deutsche Schrift steht nur Deutschen zur Verfügung. Der undeutsche Geist wird aus öffentlichen Büchereien ausgemerzt. Achtens: Wir fordern vom deutschen Studenten Wille und Fähigkeit zur selbständigen Erkenntnis und Entscheidung. Neuntens: Wir fordern vom deutschen Studenten den Willen und die Fähigkeit zur Reinerhaltung der deutschen Sprache. Zehntens: Wir fordern vom deutschen Studenten den Willen und die Fähigkeit zur Überwindung jüdischen Intellektualismus und der damit verbundenen liberalen Verfallserscheinungen im deutschen Geistesleben.*«

Die letzten beiden Thesen hörte Samuel nicht mehr, er hatte sich in der Ecke des dunklen, feuchten Unikellers in den Schlaf geweint.

16

19NI5693
Herr Weizmann ist wieder zu Hause. Aber er kann nicht in den Laden gehen. Er ist so schwach. Ich glaube, sie haben ihn im Gefängnis geschlagen. Er sagte nur einen Satz: »Es ist besser, wenn du nicht mehr kommst, Katharina.« Den wiederholt er jeden Tag. Aber ich kann ihn doch nicht im Stich lassen. Samuel gibt sich ja viel Mühe, aber er kann nicht kochen und ordentlich ist er auch nicht. Manchmal schicken die beiden mich aus der Stube, dann höre ich, wie Herr Weizmann stöhnt. Anschließend kommt Samuel mit blutigen Verbänden aus dem Zimmer.

19NI5693
Als ich heute Morgen bei Weizmanns ankam, stand an der Wand neben der Haustür in großen Buchstaben ›Jude‹. Was soll das? Ich verstehe nicht, warum ausgerechnet die Juden an allem schuld sein sollen. Herr Weizmann nimmt doch keinem Arbeit weg. Sogar ein Schaufenster haben sie kaputt geschmissen. Samuel und ich haben es mit Zeitungspapier zugeklebt. Ich habe versucht, jemanden zu finden, der eine neue Scheibe einsetzt. Ohne Erfolg.

Karina parkte ihr Auto vor der Münsterländer Morgenpost neben einem Porsche, wie sie ihn in den letzten Tagen hier noch nicht gesehen hatte. Im Gegensatz zu Stuttgart, wo er ihr an jeder Ampel begegnete. »Ich dachte, hier fahren sie eher Rad«, murmelte sie und betrachtete das Fahrzeug genauer. Als Ingenieurin und gebürtige Stuttgarterin war sie Expertin für diese Edelmarke und pfiff anerkennend. Sie schaute auf das Nummernschild. Ein Frankfurter Kennzeichen mit einer einprägsamen Buchstaben-Zahlen-Kombination: PM-1000.

Sie öffnete die Tür zur Geschäftsstelle der Zeitung und ging an den Empfangstresen.

»Guten Tag. Das ist ja ein schickes Auto«, bemerkte Karina zur Begrüßung.

Die Frau am Empfang wusste gleich, wovon die Rede war. »Das gehört unserem Außenreporter Pelle Maibaum. Unser Chef fährt einen Mercedes.« Bei der Erwähnung des Namens fiel Karina wieder ein, was sie Martin Kleine fragen wollte. Das hatte sie über der Durchsicht der Unterlagen ihrer Tante und anderen angenehmen Dingen, die mit ihrer Recherche nichts zu tun hatten, völlig vergessen. Sie ärgerte sich jedoch nur kurz, hier war sie schließlich direkt an der Quelle.

»Ach, Herr Maibaum arbeitet auch für Sie?«, säuselte sie. »Ich habe doch kürzlich in Stuttgart etwas von ihm gelesen.« Das war zwar gelogen, aber es half.

Die Frau hinter der Informationstheke warf sich stolz in die Brust und strahlte Karina an. »Ja, der Herr Maibaum schreibt für die großen Zeitungen. Er hat mal ganz klein bei uns angefangen, heute ist er Sportreporter, er ist oft im Fernsehen zu sehen und er kümmert sich um Kattes Boxer. Das ist der Bruder von Herrn Tengelkamp, ein ehemaliger Boxer, wissen Sie? Jetzt trainiert er nur noch.«

Karina nickte eifrig und drückte sich die Daumen, dass niemand die Frau in ihrem Redefluss unterbrach. Wenn sie die Zeichen richtig deutete, hatte sie hier einen absoluten Fan von Pelle Maibaum vor sich, und die Chance musste sie nutzen. Sie brauchte nicht einmal Fragen zu stellen, die Informationen sprudelten nur so aus der Empfangsdame heraus. »Katte hat ein Boxstudio in Frankfurt, und PM, wir nennen ihn immer so, macht die PR für den Laden.«

Heute, dachte Karina und sah das ›Pelle Maibaum‹ unter dem Artikel aus dem Diözesanarchiv deutlich vor sich. Aber jeder hat mal klein angefangen, ging ihr durch den Kopf, da sagte die Frau schon: »PM hat als Volontär bei der Kirchenzeitung angefangen, dann hat ihn unser Chef entdeckt.«

»Wie lange ist Herr Maibaum denn jetzt schon hier?«, das interessierte Karina besonders.

»So lange wie ich, wir haben beide zusammen vor etwa 25 Jahren hier angefangen. Damals war alles anders und viel kleiner«, sinnierte die Frau hinter dem Tresen und verlor sich in einem Bericht darüber, wie die Zeitung expandierte. Karina war froh, als das Telefon klingelte und den Redefluss unterbrach. So tief wollte sie in die Geschichte der Zeitung auch nicht einsteigen.

»Moment, ich frage die Dame hier mal«, sagte die Frau ins Telefon und dann zu Karina: »Sind Sie Frau Bessling?«

Karina nickte. Jo Tengelkamp erwartete sie also so dringlich, dass er am Empfang nachfragte? Sie war gespannt, was er zu den Abschriften der Postkarten sagen würde, die sie mit Martin für ihn zusammengestellt hatte.

»Guten Tag, Frau Bessling«, begrüßte Jo Tengelkamp Karina. Dieses Mal wurde sie in sein Büro geführt, das mit einer schalldichten Tür versehen war, wie die Ingenieurin in Karina direkt bemerkte. Ob er nicht wollte, dass jemand mitbekam, was in seinem Büro vorging?

»Nehmen Sie doch Platz. Darf ich Ihnen einen Kaffee bringen lassen?« Karina blieb auf der Hut, gerade weil der Verleger sich viel smarter und freundlicher gab als bei ihrem letzten Besuch.

»Wie gefällt Ihnen denn unser kleines Städtchen?«, erkundigte sich Jo Tengelkamp und schob ihr die Schale mit den teuren Pralinen hin. Karina ließ sich nicht so leicht ködern, und dieses Gesülze zum Einstieg, das in Management-Kursen geübt wurde, konnte er sich auch sparen. Wenn schon Small Talk, dann sollte er ihr etwas über seine Zeitung und seine Familie erzählen.

»Ich habe gerade das Auto von PM vor der Tür gesehen«, sagte sie daher und nutzte absichtlich die in Zeitungskreisen gebräuchliche Abkürzung, um den Eindruck zu erwecken, dass sie Pelle Maibaum persönlich kannte. Um das zu unterstreichen, ergänzte sie: »Ich wusste gar nicht, dass er auch für Sie arbeitet. Da haben Sie ja wirklich hochrangige Kräfte im Einsatz.«

Karina hoffte, dass sie nicht zu dick aufgetragen hatte, doch Jo Tengelkamp schien zu den Männern zu gehören, die Zwischentöne nicht wahrnahmen. Er setzte sich aufrecht hin und entgegnete ebenso stolz wie seine Empfangsassistentin: »Nicht nur das, PM ist erst durch uns dahin gekommen, wo er heute ist. Er hat uns alles zu verdanken.«

Mit Mühe gelang es Karina, ihr Grinsen zu unterdrücken. Wie der Verleger sich aufplusterte! »Ich weiß, ehe er bei Ihnen anfing, war er bei einer kleinen kirchlichen

Zeitung. Kein wirkliches Sprungbrett für einen Reporter, was?« Ehe der Verleger antworten konnte, schob sie nach: »Wie ist PM denn zu Ihnen gekommen?«

Jo Tengelkamp, der schon nach der ersten Frage zu einer Antwort angesetzt hatte, stockte. »Äh«, ließ er mehrmals vernehmen, um dann zu sagen: »Das weiß ich gar nicht mehr.«

»Aber Sie waren damals doch schon Verleger, oder?« Karina klopfte sich innerlich auf die Schulter für diese schöne Frage.

»Ja, mein Vater ist früh verstorben, da habe ich den Verlag übernommen.« Hier fühlte sich Jo Tengelkamp wieder sicher, das merkte Karina gleich.

Fieberhaft überlegte sie, welche Information ihr fehlte. »Das war bestimmt nicht leicht, da waren Sie doch noch jung.«

»Mein Vater ist im Krieg verwundet worden und die Folgeschäden haben ihm den Rest gegeben«, erzählte er.

»Ach, war Ihr Vater nicht mit Wilhelmine Schulze-Möllering, einer Freundin meiner Oma, verheiratet?« Karina tat so, als wäre ihr die Frage soeben eingefallen, dabei stand sie ganz oben auf ihrem inneren Fragenkatalog. Sie ging zwar das Risiko ein, dass das Gespräch auf ihre Tante kam, aber wenn sie auf diese Frage eine Bestätigung bekam, war es das wert.

»Ja, meine Mutter war eine geborene Schulze-Möllering, das stimmt«, antwortete Jo Tengelkamp und griff gleich den Faden zu ihrem eigentlichen Gesprächsthema auf. »Ich weiß nicht, ob sie mit Ihrer Großmutter befreundet war, aber Ihre Großtante hat eine Zeit lang im Haus meiner Großeltern gearbeitet, da sind sie sich vielleicht begegnet.«

Karina lächelte ihn zufrieden an, wobei sie sich nicht so sehr über ihn freute als darüber, dass er sich sehr intensiv mit ihren Familienverhältnissen beschäftigt hatte.

Erstaunlich, was man mit cleveren Fragen alles aus den Leuten herausholen kann, dachte sie und spielte kurz mit dem Gedanken, ins Ermittlerfach zu wechseln. Leider würde dieses aufschlussreiche Gespräch sie ihre gekürzten Abschriften kosten, aber die hatte Martin so geschickt geändert, dass sie nichts Neues enthielten. Vor allem hatte er alle Namen anonymisiert. »Sicher ist sicher«, war seine Begründung. »Medien gegenüber sollte man immer etwas vorsichtiger sein.«

»Das ist mit ein Grund, warum ich mich ausgerechnet für die Postkarten Ihrer Großtante interessiere.«

Karina versuchte sich zu erinnern, was der Verleger zuvor gesagt hatte.

»Ich habe Ihre Großtante zwar nicht gekannt, aber irgendwie gibt es doch eine persönliche Beziehung.« Jo Tengelkamp beugte sich vor und sah Karina eindringlich an. Der Blick passte so gar nicht zu der scheinbar harmlosen Erklärung und Karina fragte sich, was sie überhört hatte und ob es in den Karten etwas gab, das für die Familie des Verlegers wichtig war. Sie konnte sich nicht daran erinnern und nahm sich vor, die Karten unter diesem Aspekt erneut durchzuarbeiten. Doch zunächst schob sie Jo Tengelkamp die Postkartenabschriften hin, die sie bei Martin ausgedruckt hatte.

»Ich habe die Karten abgeschrieben«, erklärte sie, »sie waren in deutscher Schrift, die kann ja nicht jeder lesen.«

Der Verleger wirkte sichtlich enttäuscht. »Ach schade, in einer Zeitung wirkt so eine Originalkarte immer besser als eine Abschrift. Außerdem lautet eine alte Reporterregel: Traue nur den Abschriften, die du selbst angefertigt hast.«

Sein Lachen kam Karina unecht vor. Sie blieb auf der Hut, auch wenn sie mitlachte. Schließlich wusste sie nur zu genau, dass die alte Reporterregel zumindest in ihrem Fall zutraf. »Lesen Sie sich doch erst einmal alles durch«, schlug sie vor. »Wenn Sie etwas veröffentlichen möchten, kann ich Ihnen einen Scan der Karte schicken.« Bis dahin wusste sie sicherlich mehr über die Zusammenhänge.

Karina beobachtete, wie der Verleger die Ausdrucke durchblätterte. »Wenn Sie mich entschuldigen würden«, sagte er völlig unvermittelt, als wäre ihm eingefallen, dass er etwas erledigen musste. »Eine kurze Freigabe in der Redaktion, dann bin ich wieder da.«

Karina trank ihren Kaffee und aß drei der leckeren Pralinen, die pro Stück sicher so viel kosteten wie die Schokolade, die sie sich sonst leistete. Sie staunte, wie sich die Puzzleteile so nach und nach zu Bildern zusammenfügten.

»Da bin ich wieder!« Jo Tengelkamp riss sie aus ihren Gedanken. »Darf ich Sie durch den Betrieb führen?«, fragte er.

Karina war verwirrt, als Ingenieurin konnte sie dem Angebot, eine Druckerei von innen zu sehen, jedoch nicht widerstehen. Gespannt folgte sie dem Verleger und wunderte sich über die Größe des Unternehmens.

Als sie nach dem Rundgang zurück in den Empfangsbereich kamen, fielen ihr die Fotos auf, die dort aushingen. Jo Tengelkamp bemerkte ihr Interesse. »Ja, manchmal bekommen wir prominenten Besuch«, berichtete er.

»Schauen Sie nur hin. Alles, was Rang und Namen hat, war schon hier bei uns in der Redaktion.«

Es waren jedoch nicht die Prominenten, die Karinas Neugier weckten. Es war das Foto einer Männergruppe, die sich um einen Wimpel scharte. Einer von ihnen war Jo Tengelkamp, ein anderer sah dem Stadtarchivar Klaus Westerburg täuschend ähnlich.

Karina zeigte auf das Foto und wollte gerade eine Bemerkung machen, da hörte sie hinter sich das Räuspern eines Mannes. Wie auf ein geheimes Kommando erklärte Jo Tengelkamp die Führung abrupt für beendet: »Ich muss wieder an die Arbeit«, sagte er in einem Ton, der keinen Widerspruch zuließ. »Der nächste Redaktionsschluss kommt bestimmt.«

Ehe Karina antworten konnte, stand sie allein vor den Bildern, während Jo Tengelkamp mit einem Mann hinter der schalldichten Bürotür verschwand. Die Frau hinter der Empfangstheke schien in ein langes Telefonat vertieft, sodass ihr nichts anderes übrig blieb, als das Gebäude zu verlassen.

Fast hätte sie beim Ausparken den Porsche gerammt. Wieso steht der jetzt hinter meinem Wagen?, fragte sie sich. Doch das schien ihr nicht so wichtig wie die Frage, was Jo Tengelkamp und Klaus Westerburg miteinander zu tun hatten. Und wer mit seinem Räuspern den Verleger zum Abbruch der Führung gedrängt hatte.

*

Samuel stand an der Tür und wartete. Das Hausmädchen von Doktor Schulze-Möllering hatte ihn mit den Worten eingelassen: »Die Herrschaften speisen gerade.« Er nahm sich vor, Katharina zu fragen, ob sie auch so geschwollen reden musste, als sie bei dem Arzt gearbeitet hatte.

»Setz dich doch«, sagte die Frau des Arztes, die an einem Kopfende des Tisches saß, und zeigte auf den Stuhl vor dem Fenster. Doktor Schulze-Möllering, Bruno und seine Geschwister nahmen keine Notiz von ihm, als wäre er überhaupt nicht vorhanden.

Hätte Katharina nicht so gedrängt, wäre er niemals hierher gegangen. Aber seinem Vater ging es sehr schlecht, seit er aus dem Gefängnis zurückgekommen war. Die SA-Leute dort hatten ihn misshandelt. Er sprach nicht darüber und wurde täglich blasser. Sie versuchten ihn jeden Morgen zu bewegen, runter in den Laden zu gehen, der immer sein Ein und Alles gewesen war.

Als er am Morgen das Scheppern der Scheibe gehört hatte, war er zusammengebrochen. Zum Glück war Katharina kurz darauf gekommen, sie hatten ihn auf das Sofa gelegt und das Loch in dem Schaufenster mit einer Zeitung zugeklebt. Katharinas Freund Gerhard hatte ihnen heimlich ein wenig Kleister gebracht, sonst hätten sie es nicht geschafft.

»Das war ein Spaß!« Brunos laute Stimme riss Samuel aus den Gedanken. Er war froh, dass sein früherer Freund mit dem Rücken zu ihm saß und er sein Gesicht nicht sehen konnte. »Wie der Professor aus dem Hörsaal geflitzt ist, als wir mit den Thesen reinkamen.«

Samuel sah fassungslos zu Bruno. Wie konnte er das behaupten? Er war selbst dabei gewesen, als der Professor geantwortet hatte. Er war keineswegs sofort aus dem Saal gelaufen.

Samuel öffnete den Mund und schloss ihn gleich wieder. Das brachte nichts, er musste sich zusammenreißen, seinem Vater zuliebe. Der brauchte dringend einen Arzt. Dass Doktor Schulze-Möllering ihn hier sitzen ließ, war Zeichen genug, welche Bedeutung er einem Juden beimaß. Höflichkeit musste man ihm gegenüber nicht walten lassen.

»Kaum haben wir die ersten Thesen vorgelesen, da rannte das jüdische Pack schon aus dem Saal«, fuhr Bruno so laut fort, dass es selbst seiner Mutter zu viel war und sie ihn zurechtwies: »Bruno, wir haben einen Gast!«

Bruno lachte und drehte sich zu Samuel um. »Gast«, sagte er höhnisch. »Eine Laus sitzt da. Die feige Laus war doch die erste, die aus dem Hörsaal gelaufen ist.« Er fixierte Samuel und kniff die Augen zusammen.

Samuel schwieg weiter, er versuchte, seinen Blick nach innen zu richten, auf den Vater, den er retten musste. Er knetete seine Finger, damit niemand sah, wie sehr sie zitterten.

Als Samuel nicht antwortete, wandte sich Bruno wieder seinem Essen zu. »Möchtest du auch ein Stück Schweinebraten?«, fragte er plötzlich mit einem feisten Grinsen.

»Bruno!«, zischte seine Mutter.

Doch der ließ sich von ihr nichts sagen. »Ich verstehe gar nicht, wieso ihr Juden kein Schweinefleisch esst, so ein Braten ist doch lecker. Hast du ihn überhaupt schon einmal probiert!« Bruno stand auf und stieß den Stuhl nach hinten. Das Poltern klang in Samuels Ohren wie ein Schuss, am liebsten wäre er sofort gegangen. Doch Bruno versperrte den Weg zur Tür.

Mit seinem Teller, auf dem ein klein geschnittenes Bratenstück lag, und seiner Gabel in der Hand, kam Bruno immer näher. Er wirkte riesig in seiner braunen Uniform mit der Armbinde, wie er da vor Samuel stand, der sich auf seinem Stuhl kleinmachte und sich dafür hasste, dass er schon wieder vor diesem Wichtigtuer kuschte.

»Hier, iss!«, sagte Bruno in einem Ton, der selbst seine Mutter zum Schweigen brachte.

Samuel kam es vor, als sänke die Temperatur im Wohnzimmer in Millisekunden auf Minusgrade. Bruno hielt ihm das Stück Braten vor den Mund. »Maul auf!«

Samuel wusste nicht, was er tun sollte, er dachte an seinen Vater, aber er wusste auch, dass er auf keinen Fall Schweinefleisch essen durfte.

»Bruno, setz dich sofort hin!« Die Stimme des Doktors dröhnte durch den Raum. Samuel sah, wie Bruno zusammenzuckte und zögerte, ehe er ihm die Bratenstücke ins Gesicht warf, wortlos seinen Stuhl aufhob und sich an den Tisch setzte.

»Hast du das bei dir, was ihr da vorgelesen habt?« Brunos zehnjährige Schwester Wilhelmine unterbrach mit ihrer Frage die beklemmende Stille, die in dem Raum hing. Keiner wagte von seinem Teller aufzusehen, schon gar nicht in Samuels Richtung, der ein Taschentuch aus der Tasche zog und versuchte, sein Gesicht von den Soßenresten zu reinigen.

»Ja, klar!«, antwortete Bruno seiner Schwester.

»Darf ich das abschreiben?«, bat Wilhelmine. »Ich möchte das im BDM vorlesen.«

Bruno nickte. Samuel bemerkte, wie sich die Stimmung entspannte. Er hörte, wie der Doktor mit einem kurzen Tischgebet die Tafel aufhob. »Was willst du hier?«, herrschte er anschließend Samuel an.

Samuel schluckte. »Mein Vater ist krank. Bitte, können Sie nach ihm sehen?« Er zog das Paket hervor, das er unter den Stuhl geschoben hatte. »Ich habe Ihnen auch die neusten Bücher mitgebracht; sie sind gerade erst erschienen.«

Der Doktor murrte, riss dann das Zeitungspapier ab, um sich die Bücher anzuschauen. »Hans Baumann. ›Macht keinen Lärm‹, kenne ich nicht«, sagte er. »Werner Beumelburg. ›Deutschland erwacht. Deutsches Wort, deutscher Geist, deutsche Tat‹, das hört sich schon besser an.« Er schob das Buch beiseite und las weiter. »Hanns Johst, das ist doch der mit dem Theaterstück, das er für Hitler geschrieben hat. ›Mutter ohne Begegnung‹. Na, der Titel klingt nicht so doll, aber ich nehme es mal. Ach, Will Vesper. ›Ein Tag aus dem Leben Goethes‹, ja, das interessiert mich.« Der Doktor legte die Bücher beiseite und sah Samuel an. »Du hast Glück, dass Katharina bei euch ist«, sagte er. Ohne darauf zu achten, ob Samuel ihm folgte, zog er seinen Mantel an, griff den Arztkoffer und verließ das Haus.

17

23 NI 5 693
Jetzt will Gerhard nicht mehr an den Bodensee, sondern nach Paris. »Da sind die Maler und Künstler«, sagt er. Ich habe gelacht, als er das gesagt hat. Da ist er richtig böse geworden. »Du glaubst wohl nicht, dass ich ein Künstler bin«, hat er mich angefaucht. Dabei habe ich das gar nicht gedacht, gut, ein bisschen vielleicht. Ich kenne doch die Bilder von echten Künstlern aus den Büchern bei Herrn Weizmann. Sie sehen ganz anders aus als die Tiere, die Gerhard malt.

23 NI 5 693
Ich habe Angst, wenn er in eine so große Stadt geht. In Paris versteht er doch keinen. Und was man alles hört über Paris und die Frauen. »Hitler ist auch am Bodensee«, hat Gerhard geantwortet, und da ist mir zum ersten Mal klar geworden, dass Hitler überall ist. Überall in Deutschland. Keiner kann ihn verjagen. Deswegen liege ich seit Stunden wach. Ich bin froh, dass Georg in Holland ist, da gibt es keinen Hitler und keine Braunhemden. Er war immer schon gegen alle, die ihm etwas vorschreiben wollten. Auch gegen unseren Vater. Und jetzt will Gerhard nach Paris.

23 NI 5 693
»Komm doch mit.« Gerhard hat mich ernst angesehen, als er das gesagt hat. Er hat sogar schon Pläne gemacht, wie

wir dorthin kommen können. Aber ich kann doch nicht einfach mit einem Mann weggehen. Das gehört sich nicht. Und Georg ist auch schon weg, was soll aus Anton werden und Vater. Die Sprache verstehe ich auch nicht. Aber was mache ich, wenn Gerhard wirklich geht?

Auf dem Weg zum Haus ihrer Großtante fuhr Karina bei Martin vorbei. »Ich habe die Karten eingescannt und sie genau angesehen«, begrüßte er sie. »Ich dachte, vielleicht gibt es eine geheime Botschaft.«

Karina zauste ihm das Haar und lachte. »Du denkst, meine Großtante hat Geheimtinte verwendet so wie ich früher, Zitronensaft mit irgendwas gemischt? Und das Feuer bringt die Botschaft ans Tageslicht?« Erschrocken hielt sie im Spiel mit seinen Haaren inne. »Du hast die Karten aber nicht angezündet?«

Martin griff lachend nach ihrem Arm und zog sie an sich. »Was denkst du denn von mir.« Er küsste sie und hielt sie umfangen, während er ihr die Scans der Postkarten zeigte. »So hast du sie immer bei dir. Am besten deponierst du die Originale irgendwo. Selbst wenn sie nicht wertvoll sind, etwas Besonderes sind sie allemal.«

»Super, aber jetzt nehme ich sie doch lieber mit. Wer weiß, wer bei dir ein und aus geht.« Karina strahlte den jungen Pfarrer an.

Martin stupste sie zärtlich. »Du hast eine schlechte Meinung von uns Pfarrern, was?«

Karina lachte. »Ich dachte eher an deine Zugehfrau und die Leute, die ins Pfarramt kommen.«

Martin stimmte ihr zu. »Hier ist wirklich viel los. Ständig kommt jemand und will etwas von mir. Außerdem ist dreimal in der Woche die Sekretärin da.«

Als sie wenig später vor einem Teller voller Rührei saßen, das Martin schnell zubereitet hatte, erkundigte er sich nach ihrem Tag: »Wie war denn nun dein Treffen mit Jo Tengelkamp?«

»Eigentlich ganz nett, aber auch merkwürdig. Er hat mir unbewusst einige Informationen bestätigt. Er ist ein Neffe von Bruno Schulze-Möllering und er hat bestätigt, dass Pelle Maibaum bei ihm arbeitet.« Sie ließ die Hand mit der Gabel sinken. »Das habe ich gestern ganz vergessen. Den Artikel über Schulze-Möllering und die Bücherverbrennung, den ich im Diözesanarchiv gefunden habe, hat Pelle Maibaum geschrieben.«

»Unser Pelle Maibaum!« Martin sah sie überrascht an. »Ich dachte, der wäre schon immer bei der Münsterländer Morgenpost.«

»Er war zuerst bei einer Kirchenzeitung und ist dann zur Morgenpost gekommen«, erklärte Karina und schob nachdenklich eine weitere Portion Rührei in den Mund. »Ich frage mich gerade, wo der sein Büro hat, ich bin doch durch den ganzen Verlag geführt worden, da gab es kein freies Büro und ganz sicher kein Namensschild für Pelle Maibaum. Das wäre mir aufgefallen.«

»Da hast du aber einen Stein bei Tengelkamp im Brett, was?«, scherzte Martin. »Im Ernst, die Druckerei ist sein Heiligtum. Wir haben schon mehrmals versucht, ihn zu einer Führung für unsere Konfirmanden zu überreden. Er hat sich immer geweigert.«

Karina lachte. »Ich habe eben Chancen bei älteren Herren«, flachste sie. »Das sieht man ja an dir.« Dabei war sie nur drei Jahre jünger als Martin.

Doch Martin ging nicht auf ihren Scherz ein. »Pelle Maibaum ist ein freier Mitarbeiter, ich denke nicht, dass der ein Büro im Verlag hat.«

»Aber ich habe sein Auto vor der Tür gesehen. Der neuste Porsche, danach lecken sich die meisten Männer die Finger«, widersprach Karina.

»War er nicht beim Verleger oder beim Redaktionsleiter?«, wunderte Martin sich.

Karina schüttelte den Kopf. »Im Büro des Verlegers saß ich doch.« Sie schob sich die Haare aus dem Gesicht. »Er könnte im Besprechungszimmer gewesen sein, wo ich das letzte Mal war.« Sie ging in Gedanken die Räume durch. »Der Redaktionsleiter ist im Urlaub. Tengelkamp hat das extra betont, in seinem Büro saß nur eine Assistentin oder so.«

»Das werden wir vor meiner Andacht wohl nicht mehr klären«, seufzte Martin und räumte die Teller zusammen.

»Es ist auch nicht so wichtig«, stimmte Karina zu. »Ich hätte nur gerne mit Maibaum gesprochen. Wo wohnt er denn?«

»Puh, das weiß ich gar nicht«, antwortete Martin, während er seine Jacke zuknöpfte und seine Umhängetasche vom Stuhl nahm. »Nicht hier, sondern irgendwo im Pott oder weiter südlich.«

»Na super, dann muss ich wohl erneut meinen Freund Jo bemühen«, ärgerte sich Karina. »Ach, Quatsch, der hatte doch ein Frankfurter Kennzeichen, so eine Angebernummer, die man sich leicht merken kann. PM 1000. Und vielleicht gibt das Internet ja etwas her.« Sie klopfte auf die

Umhängetasche, in der sich ihr Netbook befand. »Ich fahre nach Hause. Danke, dass du dafür gesorgt hast, dass die kaputte Scheibe ersetzt wird. Ich sollte endlich mit dem Aufräumen fertig werden. Ich habe die Typen vom Sozialkaufhaus um ein paar Tage vertröstet. Am Ende kommen sie gar nicht mehr und wir bleiben auf dem Zeug sitzen.«

Sie verließen zusammen das Haus, nach einer kurzen Umarmung stieg jeder in sein Auto. Karina fuhr auf dem direkten Weg in die kleine Siedlung am Rand der Stadt, in der das Haus ihrer Großtante stand. Schon von Weitem sah sie eine Rauchwolke über den Bäumen, durch das Grün konnte sie das Flackern von Blaulicht sehen. Sie fuhr schneller, kam jedoch nicht bis zum Haus. Die Polizei hatte die Straße gesperrt.

»Sie können da nicht durch«, erklärte ihr ein uniformierter Beamter.

»Ich wohne da«, entgegnete Karina empört. Der Mann ließ sie nicht mit dem Auto passieren, bot ihr jedoch an, das Auto an der Seite zu parken und zu Fuß bis zum Haus zu gehen.

Karina nahm das Angebot an. Es waren nur ein paar Schritte bis zum Haus. »Ein Glück«, entfuhr es ihr, als sie das Gebäude sah. Erstaunlicherweise war der Wohntrakt völlig intakt, lediglich der Schuppen, der nach dem Krieg als Ersatz für einen Keller angebaut worden war, stand nicht mehr.

»Sind Sie die Besitzerin?«, sprach einer der Feuerwehrmänner sie an. Karina nickte. »Da haben Sie aber Glück gehabt, dass zufällig der Paketwagen vorbeikam und das Feuer bemerkt hat«, erklärte der Mann. »Wir vermuten den Brandherd in dem Schuppen.«

»Aber den habe ich nie benutzt, noch nicht einmal betreten.« Karina war außer sich.

»Wir können mit Sicherheit von Brandstiftung ausgehen«, erklärte der Feuerwehrmann.

Karina ging zur Haustür, die halb offen stand. »Waren Sie das?«, rief sie dem Feuerwehrmann zu. Er schüttelte den Kopf. »Wir waren schnell genug hier, da brauchten wir nicht ins Gebäude.«

»Kann ich Ihnen helfen?« Ein Polizist kam näher. »Der Kollege von der Feuerwehr meinte, hier gäbe es ein Problem.«

Karina nickte. Der Polizist ging an ihr vorbei und schob die Tür mit dem Ellbogen auf. Karina sah, dass der ganze Flur verwüstet war. Sämtliche Kleidungsstücke von der Garderobe waren auf dem Boden verstreut. Auf den Jacken und Mänteln lagen die Schubladen der Kommode, in der ihre Großeltern die Gebetbücher aufbewahrt hatten.

»Ich glaube, es ist besser, wenn Sie da jetzt nicht reingehen«, meinte der Polizist und zog sein Funkgerät heraus, um die Spurensicherung zu verständigen.

*

Samuel hatte sich in der Morgendämmerung auf den Weg nach Münster gemacht, dann fiel er nicht so auf. In Münster ging er als Erstes zu dem Verbindungshaus, in dem Bruno wohnte. Sein Fenster war geschlossen, ein Zeichen, dass er noch nicht aufgestanden war. Nachts schloss er das Fenster aus Angst vor gemeinen Überfällen der feigen Juden und Kommunisten, hatte er Samuel erklärt, als sie sich kurz nach seinem Einzug zufällig getroffen hatten. Morgens riss er es auf, um sich abzuhärten, denn ein echter Nazi hat vor nichts Angst, hatte er gesagt, erst recht nicht vor ein bisschen Morgentau oder eisigem Wind, hatte er getönt.

Zum Glück war der Wind in diesem April nicht so eisig, sonst hätte Samuel nicht so viel Zeit damit verbringen können, Bruno auszuspionieren. Er konnte nicht sagen, warum er das tat. Er versuchte sich seinen Leichtsinn damit zu erklären, dass er wissen musste, was seinem Vater drohte. Dass er sich dabei selbst täglich in Gefahr brachte, bedachte er nicht.

Das Fenster wurde weit geöffnet. Samuel brauchte nicht lange zu warten, bis Bruno in seiner SA-Uniform aus dem Haus trat. Samuel musste ausspucken, so schal war der Geschmack in seinem Mund auf einmal geworden. Er verstand Brunos Verwandlung nicht. Wann war aus dem hochnäsigen, aber netten und neugierigen Bruno, mit dem er das Gymnasium besucht hatte, dieser laute, gemeine, ungehobelte Judenhasser und Hitlerfreund geworden?

Er folgte Bruno und musste sich nicht einmal Mühe geben, sich zu verstecken. Bruno stolzierte durch die Straßen, als gehörten sie ihm. Seine hässlichen Stiefel hallten bis zu Samuel, der in sicherem Abstand hinter ihm her lief. Das Rot der Hakenkreuzbinde, die er am Arm trug, schrie Samuel förmlich an. Selbst aus der Entfernung schien Bruno vor Energie und Selbstbewusstsein zu platzen.

»Heil Hitler! Gibt es was Neues?«, brüllte er schon am Eingang der Studentenschaft so laut, dass Samuel weit hinter ihm alles hören konnte.

»Ein Rundschreiben vom Hauptamt für Propaganda«, rief eilfertig ein Student ohne Uniform und Parteiabzeichen.

Samuel, der das Ganze aus sicherer Entfernung beobachtete, wunderte sich, dass dieser Junge überhaupt geduldet wurde. Vermutlich ein Günstling von Bruno, Roloff, Derichsweiler oder einem der anderen Funktionäre, die auf Plakaten auftauchten und große Reden hielten.

»Und, was steht drin?«, schnauzte Bruno den Studenten in einem Ton an, der Samuel dazu brachte, sich ein paar Schritte zurückzuziehen, damit Bruno ihn keinesfalls entdecken konnte.

»Lies selbst.« Was sich der Junge traute. Samuel war beeindruckt. Bruno riss ihm das Blatt aus der Hand. Er überflog schweigend den ersten Teil, dann begann er zu lachen. »Das ist gut.« Für Samuel kicherte er wie ein Mädchen, doch die anderen lachten mit.

»Hört euch das an. Da machen wir mit. Wir werden an allen Hochschulen einen Schandpfahl errichten. Einen klobigen Baumstamm, etwas über mannshoch, auf Hochschulgebiet. An den Schandpfahl werden wir die Erzeugnisse derer nageln, die nicht unseres Geistes sind. Für die Weltbühne dürften zweizöllige Nägel geeignet sein. Für Herrn Stefan Zweig dürften Reißzwecken genügen. Ebenso für Herrn Ludwig und ähnliche Cohns. Für Herrn Tucholsky wären Vierzöller zu empfehlen. Und wir werden diesen Schandpfahl für alle Zeiten stehen lassen.*«
Die Studenten um Bruno schwiegen, als er geendet hatte.

Samuel hielt den Atem an. Wenn er jetzt entdeckt wurde, musste er bei Bruno mit allem rechnen. Er entschied sich für den Rückzug. Ihm genügte, was er gehört hatte. Bruno war mit diesem Schandpfahl beschäftigt. Sein Vater war einige Tage gerettet, dann würden sie weitersehen.

18

23 NI 5693
Anton hat die Kiste mit den Postkarten gefunden, die Herr Weizmann mir letztes Weihnachten geschenkt hat. Zwei Zigarrenschachteln voll. Die, die ich noch nicht verwendet habe. » Was willst du denn damit?«, hat er gefragt. Es sind Karten dabei aus der Zeit vor meiner Geburt. So alt. Das geht ihn nichts an. Noch nicht. Verschicken sicher nicht. Ich kenne gar nicht so viele Leute, an die ich sie schicken könnte. Selbst Berta, die ich schon seit der Schule kenne, würde ich keine Karte schicken. Erst schwärmt sie für so eine komische Operette. Sissy wie die Kaiserin, von einem Fritz Kreisel oder so, und dann findet sie diesen Pinsel-Adolf gut. Die kriegt keine Karte. Nie mehr. Ein Braunhemd mit Busen.

23 NI 5693
»Schreib doch einfach an dich«, hat Anton vorgeschlagen. Wenn er wüsste. Wir sind eine komische Familie. Das liegt bestimmt daran, dass wir am Ende der Welt wohnen, wo kaum einer hinkommt. Als hätte ich die Idee nicht auch schon gehabt. Ich schreibe mir selbst Ansichtskarten. Ich schicke sie aber nicht ab, sondern verstecke sie in der Schublade.

»Die ganze Wohnung ist verwüstet«, berichtete Karina schluchzend bei Martin auf dem Sofa. Während ihrer Arbeit auf den Baustellen hatte sie sich ein dickes Nervenkostüm zugelegt. Aber der gewaltsame Eingriff in ihre Privatsphäre verunsicherte sie. Sie konnte noch immer nicht fassen, was geschehen war. Während sie im Zeitungsverlag und bei Martin gewesen war, hatte jemand die gesamte Wohnung durchsucht und das Nebengebäude in Brand gesteckt.

»Die Polizei vermutet, dass der Einbrecher Spuren verwischen wollte und deswegen das Haus angezündet hat«, erklärte Karina Martin, der genauso fassungslos wirkte wie sie.

»Sie haben Hoffnung, dass sie Spuren finden. Wäre der Paketwagen nicht gewesen ...« Karina konnte nicht zu Ende sprechen.

»Aber was kann der Einbrecher gesucht haben?« Martin legte beruhigend den Arm um Karinas Schulter.

Diese Frage hatte auch die Polizei ihr wieder und wieder gestellt. »Da gab es doch außer dem Fernseher nicht viel«, antwortete Karina. »Sogar das Netbook hatte ich bei mir.«

Martin schwieg eine Weile, dann sagte er: »Und wenn es um die Unterlagen deiner Tante ging?«

Karina wurde blass. Der Stein und die Nachricht auf dem Anrufbeantworter fielen ihr ein. Die anonyme Botschaft, die Martin erhalten hatte. »Tante Katharinas Unterlagen?«

Martin beruhigte sie. »Die habe ich doch heute Morgen meinem Bruder gebracht.«

Das hatte sie in der Aufregung völlig vergessen, die Postkarten waren in ihrer Umhängetasche, der Kaufvertrag war im Tresor. »Aber die Zeitungsausschnitte.«

»Mhm. Stimmt. Die waren im Haus. Aber bist du sicher, dass sie weg sind?«

Karina zog ratlos die Schultern hoch. »Da war solch ein Chaos, ich weiß es nicht.«

Martin stand auf. »Dann sollten wir schleunigst nachsehen, ehe der Einbrecher zurückkommt. Aber vorher«, sagte er, »schicke ich die Scans der Postkarten an meinen Bruder. Sicher ist sicher. Ich glaube zwar nicht, dass sie in das Pfarrhaus einbrechen. Aber das ist mir lieber.«

Karina beobachtete, wie er einen Stick in seinen Computer steckte und die Scan-Dateien kopierte. »Ich schicke die Dateien an meinen Bruder und lösche alles von meiner Festplatte«, erklärte er. »So, nun können sie von mir aus kommen«, sagte er schließlich und schaute Karina so grimmig an, dass sie lachen musste.

»Wenn ich dich nicht hätte«, seufzte sie und ließ sich von der Couch ziehen.

Als sie am Haus eintrafen, war es bereits dunkel. Ein Polizeifahrzeug fuhr langsam vorbei und hielt an, um sich zu erkundigen, was sie bei dem Haus wollten. »Wir suchen wichtige Unterlagen«, beschied Karina ihm.

»Aber da ist kein Strom«, bremste der Polizist ihren Elan. »Den hat die Feuerwehr abgestellt. Sicherheitshalber. Falls eine Leitung beschädigt ist.« Er sah Karinas enttäuschtes Gesicht. »Haben Sie denn keine Taschenlampe bei sich?«, fragte er.

Karina sah Martin an. Sie schüttelten beide den Kopf.

»Dann gehe ich kurz mit«, sagte der Polizist auf dem Beifahrersitz mehr zu seinem Kollegen hinter dem Lenkrad als zu Karina und Martin.

»Polizeiobermeister Wieners«, stellte er sich vor und

ging vor ihnen auf das Haus zu. Karina war froh, dass er sie ins Haus begleitete, auch wenn er fast auf die Schallplatten getreten wäre, die auf dem Boden lagen. Er bückte sich und hob eine der Platten auf. »Da haben sie ja einige echte Schätze«, stellte er fest. »Wenn der Einbrecher die übersehen hat, war das kein Profi«, mutmaßte er.

Martin sah ihm über die Schulter, der Polizist leuchtete auf die Hülle. »Sissy. Operette von Fritz Kreisler«, las Martin. »Noch nie gehört.«

»Ich sammle alte Platten, seit ich eine ganze Kiste voll von meinen Eltern geerbt habe«, erklärte der Polizeiobermeister mit einem entschuldigenden Unterton. »Etwas ungewöhnlich, ich weiß, aber irgendwas haben die.«

Karina betrachtete das Cover. »Wenn Sie wollen, schenke ich sie Ihnen«, meinte sie. »Ich bin froh über alles, was weg ist.« Sie bemerkte, dass der Polizeibeamte mit sich kämpfte. »Ich darf nichts annehmen. Vorteilsnahme im Amt«, druckste er herum und sah die Platte sehnsuchtsvoll an. »Dann nehme ich sie mit und Sie holen sie sich bei Herrn Kleine ab«, schlug Karina vor. »Ein Geschenk von einem Pfarrer ist ja wohl keine Vorteilsnahme, oder?«

Der Polizist zog ratlos die Schultern hoch und schaute unglücklich. Er schien erleichtert, als die Stimme seines Kollegen aus dem Funkgerät erklang. Während er sich mit seinem Partner verständigte, ging Karina zu dem Couchtisch, an dem sie am Abend zuvor die Unterlagen gesichtet hatten.

»Das gibt's ja nicht«, entfuhr es ihr. Um den Tisch herum und in der ganzen Wohnung herrschte ein riesiges Chaos, doch hier lag noch der alte Umschlag mit den Zeitungsartikeln, halb verdeckt unter einem Collegeblock mit ihren Notizen. »Die Unterlagen sind noch da«, jubelte Karina.

»Da haben Sie aber Glück gehabt«, verabschiedete sich der Polizist und entschuldigte sich, weil er zu einem Einsatz musste.

»Im doppelten Sinn«, sagte Martin lachend. »Weil wir Sie getroffen haben und der Einbrecher nicht ganz so genau hingesehen hat.«

Die drei wollten gerade das Haus verlassen, als ein Telefon klingelte.

»Wieso läutet das Telefon? Der Strom ist doch abgestellt.« Polizeiobermeister Wieners sah Karina und Martin fragend an. Karina zog die Schultern hoch. »Haben Sie noch ein altes Telefon?«, hakte der Polizist nach.

Karina nickte. »Ja, im zweiten Schlafzimmer.«

»Dann lasse ich Ihnen meine Taschenlampe hier und hoffe, dass ich sie beim Einsatz nicht brauche«, beschloss der Polizist. Er rannte die Stufen hinunter und sprang in den Einsatzwagen.

Karina drückte sich eng an Martin, der die Taschenlampe hielt, und dirigierte ihn zum Gästezimmer. Sie fand das Telefon versteckt unter Bettwäsche und Handtüchern, die aus einer Aussteuer aus dem letzten Jahrhundert stammen konnten.

»Bessling?«, sagte sie hastig, nachdem sie endlich den Hörer abgenommen hatte.

»Weizmann«, hörte sie und dann wurde ihr schwarz vor Augen.

»Karina, hallo!« Es dauerte eine Weile, bis sie wieder zu sich kam. Sie lag auf dem Bett im Gästezimmer, auf ihrer Stirn ein nasser Lappen. »Karina, hörst du mich?«

Karina nickte. »Was ist passiert?«, wollte sie wissen.

»Du bist einfach umgekippt«, antwortete Martin. »Wann hast du denn eigentlich zuletzt etwas gegessen?«

»Heute Mittag mit dir.« Karina sah Martin verwundert an.

»Das ist fast zwölf Stunden her und viel war das auch nicht«, schimpfte der Pfarrer. »Kein Wunder, dass du zusammengeklappt bist.«

Langsam kam die Erinnerung zurück. Sie stützte sich auf die Ellbogen und wollte aufstehen. »Das Telefon. Da war dieser Weizmann, von dem Tante Katharina immer geschrieben hat.«

Martin drückte sie sanft zurück auf das Bett. »Keine Panik. Ich habe die Telefonnummer aufgeschrieben, du kannst ihn zurückrufen. Und es war auch nicht der Weizmann, von dem deine Tante geschrieben hat, sondern sein Urenkel, also der Enkel von Samuel Weizmann.«

Karina sah Martin verständnislos an. »Wieso Enkel und wieso überhaupt Weizmann?«

»Ich glaube, du brauchst erst einmal etwas zu essen.« Martin griff hinter sich und legte einen Pizzakarton auf Karinas Bauch. »Die Polizei dein Freund und Helfer«, sagte er und grinste. »Dein Taschenlampen-Freund kam genau in dem Moment zurück, in dem ich mit der Taschenlampe durch das Haus geisterte, um ein Waschbecken zu finden. Er hat auch die Sicherung wieder eingeschaltet.«

Erst jetzt fiel Karina auf, dass Licht brannte.

»Er hat angeboten, Pizza zu holen, damit du etwas essen kannst, wenn du wieder zu dir kommst.« Martin reichte ihr ein Glas Cola. »Die hat er mitgebracht, um deinen Kreislauf in Schwung zu bringen.«

Karina trank hastig das Glas leer und verschlang in wenigen Minuten die ganze Pizza. Ihr war nicht aufgefallen, dass sie Hunger hatte. »Und jetzt will ich telefonieren«, sagte sie so bestimmt, dass Martin ihr das Telefon reichte. »Ich muss wissen, was es mit diesen Weizmanns auf sich hat.«

»Dann hoffe ich nur, dass du besser bist in Englisch als ich. Jonathan Weizmann hat nämlich aus Santa Monica angerufen. Die gute Nachricht ist, du kannst ihn unbesorgt anrufen, denn bei ihm ist jetzt heller Tag und er wird gerade seine Kaffeepause hinter sich haben.«

*

Samuel hatte sich entschieden, die Vorlesungen zu besuchen, solange das möglich war. Die zwölf Thesen waren eindeutig, und in der Zeitung hatte er gelesen, dass es ein neues Gesetz gab. Das Gesetz gegen die Überfüllung deutscher Schulen und Hochschulen. Danach durften höchsten fünf Prozent der Studenten einer Hochschule Juden sein. Da viele seiner jüdischen Mitstudenten mittlerweile nach Holland ausgewandert waren, war sich Samuel sicher, dass er noch unter die fünf Prozent fiel. Die Entscheidung lag bei der Unileitung, so hatte er es verstanden.

Bruno hatte das anders verstanden, das wurde Samuel klar, als er den Flur vor dem Hörsaal betrat.

»Na, da ist ja unser kleines Jüdchen«, brüllte Bruno ihm feixend entgegen. Samuel sah, wie sich einige Studenten, die die Vorlesung besuchen wollten, umwandten und einen anderen Eingang nahmen. Hätte er doch nur auch einen anderen Eingang gewählt. Aber wie hätte er wissen können, dass Bruno ihm auflauerte? Hatte er nicht genug mit seinem Schandpfahl zu tun?

»Heil Hitler!«, rief Bruno und reckte den rechten Arm in die Höhe.

Samuel sah sich nach einem Fluchtweg um. Hinter ihm kamen weitere Studenten den Flur entlang. Er saß in der Falle. Rechts von ihm befanden sich die Fenster zum Hof und links die Wand des Hörsaals. Vor ihm stand Bruno.

»Willst du mich nicht grüßen?«, fragte Bruno, und jedem, der in der Nähe stand, war klar, dass das keine Bitte oder Frage war, sondern ein Befehl.

Während Samuel mit sich kämpfte, ob er reagieren sollte und ob ein Hitlergruß ihm schaden konnte, hörte er hinter sich ein Rumoren.

»Oh, da ist ja auch der Judenprofessor«, rief Bruno und ließ von Samuel ab. Er wusste nicht, ob er darüber froh oder entsetzt sein sollte, denn nun quälte Bruno Professor Feinstein.

»Na, wie halten wir es denn mit dem deutschen Gruß?« Brunos Augen blickten eiskalt und seine Stimme klang wie ein Messer, das selbst Gefrorenes zerschneiden konnte. »Wieso bist du eigentlich noch hier, Jude? Ich bin sicher, dass ich dich ganz oben auf der Liste der Professoren gesehen habe, von denen die Uni dringend gereinigt werden muss.« Samuel sah mit Entsetzen, dass Bruno vor Professor Feinstein, der äußerlich ruhig mitten im Flur stehen geblieben war, auf den Boden spuckte. Keiner rührte sich. Samuel erschrak beim Anblick des Professors, der in den letzten Wochen fast alle Haare verloren hatte.

Eine Glocke erklang. Die Glocke des Münsteraner Doms, die die zehnte Stunde schlug. Als ob alle in dem Flur versteinert gewesen wären, setzte wieder hektische Betriebsamkeit ein. Samuel huschte hinter dem Professor in den Hörsaal. Er sah sich um. Bruno war bereits auf dem Weg in sein Theologieseminar, er blieb kurz stehen und schaute zurück. Ihre Blicke kreuzten sich wie zwei Degen vor Beginn eines Zweikampfs. Aber jeder wusste, wer als Sieger hervorgehen würde.

19

3IY5693
Ich war allein im Laden, als sie kamen. Herr Weizmann machte Besorgungen und Samuel war weg. Er ist oft unterwegs. Herr Weizmann versucht herauszubekommen, was er den ganzen Tag macht, seit er wieder zu Hause wohnt. Samuel behauptet, er würde frühmorgens nach Münster fahren und studieren. Aber ich sehe Herrn Weizmann an, dass er das nicht glaubt.

3IY5693
»Wo sind die Bücher?«, *hat Bruno, der Sohn vom Doktor, mich angeschnauzt. An den Doktor darf ich nicht denken, dann muss ich mich übergeben. Immer, wenn er mich trifft, fasst er mich an und sagt:* »Da ist noch eine Rechnung offen, Katharina.« *Ich weiß genau, dass er von dem Tag redet, als Herr Weizmann krank war. Ich weiß auch, was er von mir will. Es wäre nicht das erste Mal, dass er das versucht. Und Bruno. Der ist auch nicht besser.*

3IY5693
»Da!«, *habe ich leise geantwortet, um Bruno nicht zu ärgern. Ich weiß ja, wozu er in der Lage ist. Die Regale standen doch voller Bücher. Er ging darauf zu und riss eins nach dem anderen heraus. Eins warf er mir sogar an den Kopf:* »Ferien vom Ich«, *las ich.* »Das sind nicht

die richtigen Bücher«, schrie er und kam auf mich zu. Er schüttelte mich. »Wo sind die anderen Bücher?« Er stieß mich beiseite und trat gegen die Tür zum hinteren Raum, die seit einiger Zeit verschlossen ist. Doch ehe er sie aufgebrochen hatte, kam Berta in den Laden. Ich war richtig froh. »Wat is dann hier loss?«, fragte sie. Bruno verließ den Laden, ohne uns anzusehen.

Martin hatte Karina eingeladen, bei ihm zu wohnen, weil sie sich nach dem Einbruch in dem abgeschiedenen Haus nicht mehr sicher fühlte. Die Frage, wer bei ihr eingebrochen war, ließ ihr keine Ruhe, sie nagte an ihr, auch wenn sie sich mit Feuereifer auf die neuen Informationen stürzte, die sie von Jonathan Weizmann bekommen hatte. Es war nicht leicht gewesen, seinem schnellen Redefluss zu folgen. Karinas Auslandssemester in den USA kam ihr zugute.

»Stellen Sie sich vor, dank meiner Tante konnten die Weizmanns nach Amerika fliehen und sich dort ein neues Leben aufbauen«, erzählte Karina Elisabeth Oenning und Josefa Reinermann, die ihrer Einladung zu einem Kaffeeklatsch gefolgt waren.

Karina hatte die beiden eingeladen, weil sie die Einzigen waren, die sich gut an die Zeit erinnern konnten und wollten. Freimütig hatten sie bekannt, dass auch sie im Frauenbund der Nationalsozialisten waren wie fast alle Frauen zu der Zeit.

»Ich hätte gerne eine Ausbildung zur Schneiderin gemacht«, vertraute Elisabeth Oenning Karina an. »Aber eine Ausbildung kam für ein Mädchen aus meinem Stand gar nicht infrage. Wir wurden in den Haushalt einer reichen Familie geschickt und gut war es.« Sie lächelte schelmisch und drohte Josefa Reinermann mit dem Finger. »Wehe, du verrätst das. Ich hatte ein Auge auf den jungen Anwalt geworfen und er fand mich wohl auch ganz schmuck.«

Karina lächelte bei dem Wort ›schmuck‹, das ihr bisher nie begegnet war und dennoch war ihr gleich klar, was es bedeutete. Erstaunlich, welche Wörter in den fast hundert Jahren verloren gegangen sind, dachte sie und lauschte dem leisen Geplänkel der beiden Frauen.

»Soll ich erzählen, wie es weiterging?« Karina hörte den beiden zwar gerne zu, aber die Geschichte ihrer Tante war für sie nach wie vor nicht geklärt, selbst nach dem Telefonat mit dem Urenkel Jakob Weizmanns nicht. »Tante Katharina, also meine Großtante meine ich, hat damals Geld beschafft für die Fahrt«, berichtete Karina.

Elisabeth Oenning nickte, als wüsste sie mehr, sagte jedoch nichts, das irritierte Karina. Sie fuhr fort: »Die Weizmanns besaßen kaum etwas und das Haus wollten sie nicht an einen Nazi verkaufen, deshalb haben sie es Tante Katharina geschenkt und dafür diesen merkwürdigen Kaufvertrag aufgesetzt.«

Es hatte lange gedauert, bis Martins Bruder die Einzelheiten des Kaufvertrags entschlüsselt hatte. Jakob Weizmann übereignete Karinas Großtante die Buchhandlung samt Haus bis zu dem Zeitpunkt, an dem er oder einer seiner Nachfahren einen Anspruch darauf erhob. Im Gegenzug verpflichtete sich Katharina Bessling, die Weizmanns zu unterstützen, sofern es ihr möglich war. Es waren keine Beträge und keine Zahlungstermine aufgeführt, nur diese merkwürdigen Klauseln.

Aber Tante Katharina muss doch das Haus abgegeben haben. Wie hätte sie es sonst vor ein paar Jahren kaufen können? Karina verstand noch immer nicht, wie alles zusammenhing. Im Grundbuch war eindeutig der Verkauf in den 90ern eingetragen, aber es gab keine Urkunde oder einen anderen Hinweis, was in den 61 Jahren davor, zwischen 1938 und 1999, mit dem Haus geschehen war. Ihre ganze Hoffnung ruhte auf den beiden alten Frauen, die ihre Großtante gekannt hatten.

»Wissen Sie, an wen meine Großtante das Haus verkauft hat? Das muss 1938 gewesen sein. So viel weiß ich schon.« Elisabeth Oenning wandte die Augen ab. Für Karina der Beweis, dass es ein Geheimnis geben musste. Josefa Reinermann dagegen verneinte überzeugend.

»Wie lange haben Sie eigentlich im Haushalt des Anwalts gearbeitet?«, fragte Karina Elisabeth Oenning. Vielleicht war es genau der Anwalt, der den zweiten Kaufvertrag aufgesetzt hatte.

»Ach, das weiß ich gar nicht mehr«, antwortete Elisabeth Oenning rasch. Zu rasch, wie Karina fand.

»Bis die Nachricht kam, dass der Sohn gefallen ist«, antwortete Josefa Reinermann und erntete einen verärgerten Blick von Elisabeth Oenning. »Das muss kurz vor Kriegsende gewesen sein.«

Karina ging die Zeiten in Gedanken durch. Ihre Tante hatte die Stadt 1938 verlassen, Elisabeth Oenning war zwar jünger als ihre Großtante, aber zu der Zeit sicher schon alt genug, um als Hausmädchen zu arbeiten. Sie war bei einem Anwalt angestellt gewesen, der den Kaufvertrag ausgestellt haben konnte.

Das Stadtarchiv fiel Karina ein. Dort gab es alte Grundbucheintragungen, auch wenn der Archivar versucht hatte, diese vor ihr zu verbergen.

Gleich am nächsten Tag würde sie dort erneut vorstellig werden. Jetzt wollte sie die Gelegenheit nutzen, etwas mehr von den beiden alten Damen zu erfahren. »Warum ist meine Tante ausgerechnet nach Frankreich gezogen?«, erkundigte sie sich.

Als wäre ein Stein von ihrer Seele gefallen, plapperte Elisabeth Oenning los: »Wegen ihres Bruders. Der war doch Kommunist und ist schon 1933 nach Holland geflohen und hat dort Franzosen kennengelernt, die ihn überredet haben, mit nach Frankreich zu kommen. 1938 ist Ihre Großtante ihm nach Frankreich gefolgt. Ich erinnere mich an das Gerede, das es damals gab. Bei uns zu Hause wurde zwar nur darüber getuschelt, aber ich habe das trotzdem mitgekriegt.«

Josefa Reinermann mischte sich ein. »Wissen Sie, Ihre Tante war nicht verheiratet, sie hatte einen Freund, aber der war schon ganz zu Anfang, als Hitler an die Macht kam, nach Frankreich gezogen. Als Alleinstehende war es damals schwer hier.«

Elisabeth Oenning konnte nur zustimmen. »Solange man im Haushalt arbeitete, ging das alles. Aber sie hat die Buchhandlung weitergeführt. Die einen haben gesagt, sie wäre ein Judenliebchen und der Laden wäre eine Brautgabe gewesen, und die anderen haben gemunkelt, sie wäre in der Partei und hätte sich den Laden unter den Nagel gerissen, als die ersten Beschlagnahmungen von Geschäften jüdischer Kaufleute bekannt wurden.«

Karina lief ein Schauer über den Rücken. Das musste eine fürchterliche Zeit für ihre Tante gewesen sein, kein

Wunder, dass sie keine Karten mehr geschrieben hatte. Was auch immer der Grund war, warum sie weggezogen war, sie musste ihn herausfinden.

*

Vor der Buchhandlung von Jakob Weizmann hielt ein schwarzer Mercedes. Samuel hatte gerade hinter Katharina abgeschlossen. Er versuchte, hastig die Lichter zu löschen, sah aber gleich, dass das nichts mehr brachte.

Bruno klopfte so heftig gegen die Glastür, dass sie zu schwingen begann. »Lass mich sofort herein, ich weiß, dass du da bist!«, schrie er und Samuel öffnete ihm rasch, damit sein Vater nichts mitbekam. Seit dem Gefängnisaufenthalt war er schreckhaft geworden und schwach.

»Wo sind die Bücher?« Bruno baute sich drohend vor Samuel auf.

Samuel beschloss, sich dumm zu stellen, auch wenn er ahnte, dass Bruno die Bücher jüdischer Autoren meinte. Er hatte sie schon vor Tagen weggeräumt. Er konnte es nicht übers Herz bringen, die Bücher, die seine Kindheit begleitet hatten, zu verbrennen. Aber er hatte ein gutes Versteck gefunden. Niemand würde sie im Grab eines Fleischermeisters vermuten, das gerade ausgehoben worden war, als Samuel ein Versteck gesucht hatte. Der Friedhof schien ihm dafür am besten geeignet.

»Da sind doch genug Bücher, was willst du denn?«, sagte er forsch und beschloss in dem Moment, dass ihm alles egal war. Er war es leid zu kuschen und hatte keine Lust mehr, sich in seinem eigenen Haus demütigen zu lassen.

»Hier. Lauter Lieblingsautoren deines Führers: Hans Friedrich Blunck, Hans Carossa, Hans Grimm.« Er zählte alle bei Nazis beliebten Autoren auf, die er entdecken konnte. Als das erste Mal von einer Verbrennung der Bücher die Rede war, hatte er alle Buchrücken von Autoren, die als empfehlenswert angesehen wurden, mit einem braunen Punkt gekennzeichnet. Wer die Bedeutung nicht kannte, hielt ihn für Fliegendreck. Nur Samuel wusste, dass es geistiger Dreck war, der damit gekennzeichnet war.

»Ich meine die Juden-Bücher und die von den Schmierfinken, die ihnen jahrelang den Steigbügel gehalten haben«, herrschte Bruno ihn an.

Erst jetzt bemerkte Samuel, dass er in der rechten Hand eine kleine Peitsche hielt. Samuel hatte bisher keinen anderen SA-Mann mit Peitsche gesehen, anscheinend war Bruno der Einzige. Vermutlich wollte er sich von den anderen SA-Männern abheben, die nur einen Dolch in dem Lederkoppel stecken hatten.

Bruno schritt an den Buchregalen entlang und schlug abwechselnd mit der Peitsche gegen seine Stiefel oder einen Buchrücken. Samuels Nerven waren angespannt. Auf einmal kicherte er. So sehr er auch versuchte, das Kichern abzustellen, es klappte nicht. Er krümmte sich vor Lachen. Bruno hielt in seiner Wanderung inne und hob die Peitsche.

»Lachst du über mich?« Da war er wieder, der eiskalte Ton in der Stimme. Samuel konnte nicht antworten. Er kicherte weiter, so wie sie früher über ihre gemeinsamen Streiche gelacht hatten.

Bruno ließ langsam die Peitsche sinken und kicherte nun auch. Zuerst leise, dann immer lauter, schließlich erfüllte sein Lachen den ganzen Laden.

Als hätte Brunos Lachen Samuel ernüchtert, wich sein Lachen mit einem Mal dem Gedanken daran, wie er heil aus der Situation herauskommen konnte. Mit Bruno war nicht zu spaßen, das wusste er inzwischen genau. Er schikanierte die Menschen, wie es ihm in den Kram passte, ob er gerade mit ihnen gelacht hatte oder nicht. Da hupte draußen jemand. Die Straße war schmal, es konnten nur mit Mühe zwei Autos aneinander vorbeifahren. Samuel erkannte den Mercedes 22 von Brunos Vater mitten auf der Straße. So wie Brunos Gelächter Samuel zurückgeholt hatte, so schien die Hupe Bruno daran zu erinnern, wo er war. Die Abstände der Huptöne wurden immer kürzer. Da war wieder der eiskalte Blick. Samuel machte sich klein, während Bruno, als wollte er von seinem Ausbruch ablenken, wahllos Bücher aus den Regalen riss.

»Ich komme wieder«, drohte er und hieb mit der Peitsche auf den Ausstellungstisch. »Und dann will ich das finden, was ich suche. Ist das klar?«

Samuel zweifelte nicht daran, dass Bruno seine Drohung ernst meinte, aber er wusste, dass er ihr nicht mehr Folge leisten konnte, selbst wenn er wollte. Inzwischen war ein steinernes Grabmal über den Büchern errichtet worden, das auch Bruno nicht beiseiteschieben konnte.

20

8IY5693
Herr Weizmann hat sich hingelegt. Samuel ist wieder einmal verschwunden. Wir machen uns Sorgen, aber das interessiert ihn nicht. Die Nazis haben ihn verändert, obwohl er kein Braunhemd ist. Kann er als Jude auch gar nicht sein. Was macht er nur den ganzen Tag? Ich sitze im Laden und passe auf. Es kommt sowieso kaum jemand. Die einen wagen es nicht, bei einem Juden zu kaufen, und die anderen haben kein Geld. Herr Weizmann hat auch keins mehr. Ich habe schon zwei Wochen keinen Lohn bekommen.

8IY5693
Mein Vater schimpft jeden Tag, wenn ich Gemüse mitnehme. Aber Herr Weizmann und Samuel müssen doch auch essen. In der Buchhändler-Zeitung steht, dass die Studenten Bücher verbrennen. Man kann doch nicht einfach Bücher verbrennen.

Karinas Handy klingelte ausgerechnet, als sie sich auf den Weg ins Stadtarchiv machen wollte, um nach alten Zeitungen aus dem Jahr 1933 zu suchen. Im Internet hatte sie entdeckt, dass dort alte Ausgaben der Münsterländer Morgenpost lagern mussten.

»Bessling«, meldete sich Karina, nachdem sie das Handy aus der Hosentasche gefischt hatte.

»Ich wollte gerade auflegen«, sagte eine Stimme, die ihr vage bekannt vorkam. »Könnten Sie vorbeikommen?«

»Und wo bitteschön?« Karina war überrascht, dass sich der Anrufer nicht vorstellte.

»Oh, Entschuldigung, Polizeiobermeister Wieners. Wir haben an der Brandstelle etwas gefunden und würden Ihnen das gerne zeigen.«

Karina entschied augenblicklich, zunächst zur Polizeiwache zu fahren. »Wo muss ich denn hin?«, erkundigte sie sich und ließ sich den Weg zur Polizeibehörde im Kreishaus beschreiben. »Ich bin gleich da!«, verabschiedete sie sich und fuhr los.

»Schauen Sie, diese Plakette haben wir in dem Schuppen gefunden, der abgebrannt ist.« Polizeiobermeister Wieners hielt Karina einen verkokelten runden Gegenstand hin. Als sie genau hinsah, erkannte sie, dass es eine Art Abzeichen oder Aufkleber war, wie er auf Gegenständen klebte, die man nicht bedrucken konnte. Ein Logo oder etwas Ähnliches. Es war nicht mehr vollständig und dennoch erinnerte es Karina an irgendetwas.

»Ich weiß nicht, aber das Symbol kenne ich irgendwoher», sagte sie, auch wenn sie wusste, dass sie damit nur wenig zur Aufklärung beitrug.

»Meinen Sie, es gehört zu Ihrem Besitz?«, erkundigte sich Polizeiobermeister Wieners und drehte das Fragment, das sich in einer der üblichen Beweistüten befand.

Karina sah den Schuppen vor sich. Sie hatte nur einmal kurz hineingeschaut, als sie mit ihren Eltern nach der

Testamentseröffnung das Haus begangen hatte. »Da stand nur eine Schubkarre, ziemlich verrostet, und das übliche Zubehör, das man für die Gartenarbeit braucht«, erinnerte sie sich. Ihre Mutter hatte nachgeschaut, ob es in dem alten, wackeligen Regal etwas Wertvolles oder alte Gifte gab. »Die zerstören die Umwelt und schädigen die Gesundheit«, hatte sie in ihrem Stuttgarter Edelschwäbisch gesagt. Karina hatte sich beschwert, dass sie das allein regeln könne. Aber so war ihre Mutter. Sie hatte immer gerne alles unter Kontrolle.

Auf der Polizeiwache war Karina froh über die Unterhaltung mit ihrer Mutter. Dadurch konnte sie sich genau erinnern, was in dem Regal gestanden hatte. Ein Sack Blumenerde, ein Behälter mit Unkrautvernichtungsmittel, aber nirgendwo sah sie in Gedanken das Symbol, das die Feuerwehr in den Überresten des Schuppens gefunden hatte. Und dennoch wusste sie, dass sie es schon einmal gesehen hatte.

»Darf ich ein Foto davon machen?«, fragte sie und zog das Handy hervor. »Dann kann ich es mir zu Hause in Ruhe anschauen.«

Polizeiobermeister Wieners legte das Tütchen auf den Schreibtisch und strich es glatt, damit das Bild nicht verzerrt wurde. Karina fotografierte das Symbol zur Sicherheit mehrmals. Je öfter sie es fotografierte, umso sicherer war sie, dass sie dieses Logo erst kürzlich hier im Ort gesehen hatte.

Karina verabschiedete sich und versprach, sich sofort zu melden, falls ihr etwas einfiel. Auf dem Weg zum Stadtarchiv holte sie an jeder Ampel das Handy hervor und betrachtete das Bild. Vor dem Rathaus fand sie sofort einen Parkplatz. Sie ging mit schnellen Schritten in das Gebäude und bemerkte erst im letzten Moment, dass sie ihre Umhängetasche vergessen hatte, weil sie so angestrengt auf das Handy gestarrt hatte.

»Nun reiß dich zusammen«, rief sie sich zur Ordnung. Mit Martins Unterstützung würde ihr wieder einfallen, was es mit dem Symbol auf sich hatte.

»Guten Tag, ich möchte ins Stadtarchiv«, meldete Karina sich an der Pforte an und hätte am liebsten gejubelt, als die Frau sagte: »Herr Doktor Westerburg ist heute nicht im Haus, nur die Sachbearbeiterin.«

»Herr Doktor Westerburg hat mir kürzlich schon gezeigt, wo die alten Zeitungen liegen«, log Karina mit einem freundlichen Lächeln.

»Dann wissen Sie ja, wo Sie hinmüssen, gehen Sie einfach rüber«, bat die Frau und Karina zwang sich, nicht vor Freude den ganzen Weg zu hüpfen. Endlich ein Highlight! Wenn ihr jetzt auch noch einfiel, wo sie dieses Zeichen schon gesehen hatte. Sie holte ihr Handy aus der Tasche und schaute das Bild ein weiteres Mal an.

»Ja, klar«, rief sie und wusste es nun ganz genau. Das passte. Am liebsten wäre sie gleich umgekehrt, um der Polizei ihre Eingebung mitzuteilen. Doch die Chance, dass heute nur die Mitarbeiterin im Archiv arbeitete, durfte sie nicht verstreichen lassen.

»Guten Tag, mein Name ist ...« Sie stockte kurz und entschied sich dann, statt ihres echten Namens den zweiten Vornamen und den Mädchennamen ihrer Mutter zu verwenden. Das machte sie gelegentlich, wenn sie an Preisausschreiben teilnahm und wissen wollte, an welche Unternehmen ihre Adresse verkauft wurde.

»Luisa Gänsle«, sagte sie. »Ich recherchiere für eine Facharbeit«, damit war sie schon in Münster gut zurechtgekommen, warum sollte es hier nicht auch funktionieren. »Ich würde gerne die Zeitungen von 1930 bis 1940 ansehen und die Grundbucheintragungen aus der Zeit. In meiner Arbeit geht es um den Eigentumswechsel von Immobilien jüdischer Inhaber.«

Karina war stolz, dass sie sich schnell diesen juristisch klingenden Schwerpunkt der Arbeit ausgedacht hatte. Er überzeugte die Mitarbeiterin, die ohne weitere Nachfragen die gewünschten Zeitungen aus den Regalen holte. Die Suche nach den Grundbucheintragungen fiel ihr schwerer. »Komisch, die Bücher stehen gar nicht dort, wo sie sonst immer stehen«, murmelte sie. Karina ahnte, dass die Unterlagen auf dem Tisch des Archivleiters lagen. Ihr kam jedoch keine Idee, wie sie die Mitarbeiterin dazu bringen konnte, dort zu suchen, ohne sich zu verraten. Also ließ sie sie alles absuchen in der Hoffnung, dass sie auch bei ihrem Chef nachsah.

Derweilen sah Karina die alten Zeitungen durch, sie blätterte langsam die Anfänge der 30-Jahre durch. In einer Zeitung aus dem Sommer 1932 blieb sie an der Rubrik ›Aus dem Polizeibericht‹ hängen. Die Zeitung war in jener Druckschrift, die sie nur schwer entziffern konnte. Sie bereute, Martin nicht mitgenommen zu haben. Sie musste allein zurechtkommen.

Sie überflog einen Vermerk, dass sich keine Beweise fanden, dass Herr Dr. S-M oder sein Sohn die Hausangestellte K. B. vergewaltigt hatten.

Karina sah genau hin. Sicher gab es viele Frauen mit den Initialen K und B, aber ob es so viele Hausangestellte gegeben hatte, die bei einem Dr. S-M arbeiteten?

»Kann ich mir den Artikel kopieren?«, fragte sie die Sachbearbeiterin, die von Regal zu Regal ging und nach den alten Grundbüchern suchte.

»Im Prinzip ja, aber unser Kopierer ist kaputt«, antwortete die Frau. Mist, ärgerte sich Karina, doch dann fiel ihr das Handy ein. Das sollte auch einen Zeitungsartikel lesbar aufnehmen können. Sie zog das Smartphone hervor und fotografierte den Artikel.

Am 2. April fand sie die kurze Notiz über den Boykott jüdischer Geschäfte, die auch in der Ausschnittsammlung ihrer Großtante gewesen war. Außer dem Kaufhaus Heymanns wurde allerdings kein Laden erwähnt.

Sie wollte die Seite gerade zur Sicherheit fotografieren, als die Sachbearbeiterin mit einem dicken Buch hinter ihr erschien.

»Ich habe das Buch gefunden. Es lag auf dem Schreibtisch vom Chef«, sagte die Frau und schaute auf Karinas Handy. Auf dem Display war das letzte Bild zu sehen, das sie auf der Polizeiwache gemacht hatte.

»Das ist doch das Logo von Katte Tengelkamp«, rief sie überrascht. »Was ist denn mit dem Ding passiert?«

Karina sah die Frau überrascht an. »Sie kennen das Logo?«

Die Frau lachte. »Ja klar, mein Sohn Dominik ist ein begeisterter Box-Fan. Mit zwölf wollte er nach Frankfurt ziehen, um Kattes Boxschule zu besuchen. Dominik hat bestimmt 20 oder 30 solcher Buttons, die bekommt man beim Eintritt zu einem Boxkampf von Kattes Schützlingen.«

Karina bedankte sich für die Information. »Ich fotografiere ständig solche Dinge.« Sie hatte das Gefühl, den

Grund für das Foto erklären zu müssen, doch das schien die Sachbearbeiterin nicht weiter zu interessieren.

»Es gibt zu einzelnen Häusern auch noch Handakten«, erklärte sie auf das dicke Grundbuch deutend. »Wenn Sie die brauchen, sagen Sie mir Bescheid.«

Karina nickte. »Mach ich«, entgegnete sie, obwohl sie sicher war, dass die Handakte zu dem Haus, um das es ihr ging, nicht aufzufinden wäre.

Die Sachbearbeiterin ging zurück an ihre Arbeit. Karina konnte das nur recht sein. So konnte sie ungestört den Artikel aus der Zeitung fotografieren und in dem Grundbuch blättern. Die anderen Zeitungen wollte sie sich für später aufheben, falls der Archivar zurückkam oder sie bis zu Ende der Öffnungszeit nicht fertig wurde. Er konnte nichts dagegen haben, dass sie in alten Zeitungen stöberte.

Die Grundbücher waren deutlich aufschlussreicher und Karina hatte das Gefühl, das sich wieder zwei Puzzleteile ineinanderfügten.

*

Samuel fuhr weiter trotzig nach Münster, wo Professor Feinstein ebenso trotzig an seinen Vorlesungen festhielt. Die Bankreihen waren weitgehend leer, außer Samuel wagten sich nur wenige Juden in die Universität, und nur ein paar Studenten, von denen Samuel wusste, dass sie in der Christlichen Jugend engagiert waren, saßen neben ihm in den Bänken.

Der scheinbare Friede währte nicht lange. Professor Feinstein schilderte gerade, was passieren konnte, wenn die Bauchspeicheldrüse nicht richtig arbeitete, da flog die Tür auf und krachte gegen die Wand.

»Mal sehen, wer sich mit den Juden verbündet!« Samuel brauchte gar nicht hinzusehen, er wusste auch so, dass Bruno Schulze-Möllering die Störung verursachte.

Bruno lehnte sich an die Wand und zog demonstrativ einen Spiralblock und einen Bleistift hervor. »Oho, mein alter Freund Samuel Weizmann«, höhnte er. »Wie kommen wir denn schon so früh nach Münster? Wohl heimlich bei einem Juden gepennt, was? Oder einem Judenfreund etwa?«

Samuel tat, als hätte er die Provokation nicht gehört, das war das Beste, was er tun konnte, zumal Professor Feinstein einfach weitersprach, als hätte es die Unterbrechung nie gegeben.

»Und du da, wer bist du?« Bruno versuchte die Stimme des Professors zu übertönen und zeigte auf einen Studenten, der zwei Reihen hinter Samuel saß.

»Ich bin ...«, stotterte der.

Samuel zischte ihm zu: »Antworte nicht.«

Das brachte Bruno so in Rage, dass er von Student zu Student lief, sich vor jedem aufbaute und lauthals seinen Namen verlangte.

»Paul Müller«, sagte der Erste. Samuel zuckte zusammen, er wusste genau, dass der Kommilitone Josef Landau hieß. Doch Bruno schrieb eifrig Paul Müller auf. »Martin Maier«, verkündete der nächste Student, dessen Name in Wirklichkeit Isaak Cohen war. Die anderen hatten das Prinzip schnell verstanden. Samuel hoffte, dass es in der Studentenkartei wirklich mehrere Studenten mit diesen Namen gab, die sie sich ausdachten, und nicht ein völlig

Unbeteiligter Probleme bekommen würde. Bei diesen Braunhemden musste man mit allem rechnen.

»Bruno, nun komm endlich!« In der Tür erschien ein weiterer Student in einem braunen Pullover. »Roloff hat eine Versammlung einberufen, wegen der Post vom Hauptamt.«

Widerwillig wandte Bruno sich von den Studenten ab. Er spuckte vor das Katheder des Professors und rief im Hinausgehen: »Ihr werdet schon sehen, was ihr davon habt!«

Samuel entschuldigte sich damit, dass er etwas Dringendes zu erledigen hätte, und folgte Bruno und dem anderen Studenten. Den Namen Roloff hatte er schon einmal im Zusammenhang mit dieser Aktion gegen den undeutschen Geist gehört. Samuel musste wissen, was es da Neues gab.

Das Hauptamt für Propaganda der Studentenschaft befand sich zum Park hinaus. Samuel hatte die Bank unter dem Fenster schon früher entdeckt und schlich sich gleich dorthin. Die Vorlesungen liefen und es waren kaum Professoren und Studenten unterwegs.

»Das ist eine Frechheit«, hörte er eine unbekannte Stimme mit einem feinen Lispeln. »Ich habe schon den Pfahl zurechtsägen lassen. Genau in der vorgeschriebenen Länge, so groß wie ich.«

Lachen dröhnte aus dem Fenster. »Mensch, es war von mannshoch die Rede und nicht von männleinhoch«, stichelte jemand. Wieder lachten die anderen.

»Ruhe! Heil Hitler!«, rief Bruno, der anscheinend gerade erst den Raum betreten hatte.

»Heil Hitler, Schulze-Möllering, für die Ruhe hier bin ich zuständig!«, entgegnete ein anderer.

»Pah, Roloff, hast du je etwas zustande gebracht!« Brunos Stimme kam näher. »Nicht mal diesen Schandpfahl wolltest du aufstellen.«

»Zu Recht, wie sich jetzt zeigt.« In Roloffs Stimme klang ein Triumph mit, als er vorlas: »Infolge der augenblicklichen politischen Situation hat die Aufstellung des Schandpfahls nicht mehr die gleiche Dringlichkeit wie noch vor zwei Wochen: Sie ist deswegen, soweit nicht bereits geschehen, auf einen Zeitpunkt einstweilen zurückzustellen, der noch angegeben wird und in dem die Aufstellung als symbolischer Akt dringender benötigt wird als im Augenblick. Mit der nächsten Post erhalten Sie ein ausführliches Rundschreiben über Einzelheiten des Professorenboykotts. Vorher ist nichts zu unternehmen.* Das kam soeben von der Studentenschaft aus Berlin«, schloss er seinen Vortrag.

»So eine Scheiße!« Samuel grinste schadenfroh, als er Brunos Stimme hörte. Das geschah ihm recht. Bruno brüllte so laut, dass sich sogar die Passanten in der Nähe umsahen. »Wer hat die denn weichgeknetet. Das gibt's doch nicht. Aber nicht mit uns. Unser Schandpfahl wird stehen! Und wenn ich ihn persönlich bewachen muss!«

Augenblicklich meldete sich die lispelnde Stimme zu Wort. »Der Pfahl ist fertig. Wir brauchen ihn nur aufzustellen.«

»Genau, wir haben schon alles vorbereitet«, ertönte die Stimme eines weiteren Mannes. »Selbst die Zeitungsredaktion ist informiert und hat versprochen, über unsere Aktion zu berichten.«

Samuel konnte nicht sehen, was in dem Raum geschah. Es wurde nicht gesprochen, er hörte nur Schritte und schließlich die Stimme Roloffs. Der Anflug von Zorn war unüberhörbar, als er sagte: »Na gut. Dann belassen wir es dabei und treffen uns am Samstagmorgen wie gehabt auf dem Domplatz. Ich erwarte vollzähliges Erscheinen. Am besten im vollen Wichs, damit wir etwas hermachen.« Es kam Samuel so vor, als wollte Roloff mit der letzten Bemerkung seine Führungsposition herausstellen.

Das Scharren vieler Stühle und Stiefel verriet ihm, dass die Gruppe sich auflöste.

21

10 IY 5693
Heute Mittag klopfte es an der Haustür. In der Mittagszeit. Am Sabbat, der den Juden so wichtig ist wie uns der Sonntag. Ich habe gerade die Bücher in der Wohnung abgestaubt. »Mach mal auf«, hat Herr Weizmann gerufen. Vor der Tür stand Bruno Schulze-Möllering in seinem braunen Hemd und dieser hässlichen Hose. »Ich will Samuel abholen«, herrschte er mich an. Ich wusste nicht, was ich machen sollte. Da stand Samuel auch schon hinter mir und fragte: »Was willst du?«

10 IY 5693
Hinter Bruno sah ich die Kinder, die zur Maitremse liefen und schon auf dem Weg sangen: »Oh Buer, wat kost dien Heu?« Schade, dass ich zu alt war, um mitzutanzen. Das hat mir immer Spaß gemacht. Aber es war auch nicht die Zeit dafür, das merkte ich Bruno an, der sich umdrehte und brüllte: »Kann man denn nicht mal am Samstag seine Ruhe haben?« Nicht einmal vor einem Kinderspaß macht der Halt, wohin soll das führen?

10 IY 5693
»Ich will dich mit nach Münster nehmen, da ist eine sehr gute Veranstaltung«, herrschte Bruno Samuel an. Mir gefiel sein Gesichtsausdruck nicht. Er hat auf Samuel ein-

geredet, dass sie doch alte Freunde wären. Und als der nicht mitkommen wollte, hat er Herrn Weizmanns Kalender, der neben der Haustür hing, von der Wand gerissen und brüllend auf den Boden geworfen. Dann ist er leise geworden. Ich konnte nicht verstehen, was er sagte. Nur sehen, dass Samuel seine Jacke genommen hat und an ihm vorbei aus dem Haus gegangen ist. Ich habe den Kalender aufgehoben und mit nach oben genommen. Auf dem obersten Blatt stand: 10. Iyyvar 5693.

10IY5693
Herr Weizmann hat mir einmal erklärt, dass in seiner Religion die Tage anders gezählt werden. Wenn ich bei Weizmanns bin, schreibe ich die Termine immer so auf. Manchmal auch zu Hause, wenn ich für Vater einen Brief schreiben muss. Er hat sich schon beschwert. Seitdem achte ich immer darauf, wie ich schreibe. Und manchmal schreibe ich das Datum auch extra wie Herr Weizmann.

»Dein ist mein ganzes Herz«, sang Karina auf dem Weg nach Frankfurt. Für lange Fahrten lag immer eine CD mit Songs von Max Raabe und dem Palastorchester im Auto. Sie liebte diese Musik. Dabei konnte sie gut nachdenken und wie jetzt die Fragen sortieren, die sie in Frankfurt klären wollte. Der Tipp, im Archiv des Börsenvereins nach Informationen zu suchen, war von der Buchhändlerin gekommen. Karina hatte sich an sie gewandt, um mehr über die Geschichte des örtlichen Buchhandels zu erfahren. Leider hatte die Frau ihr nicht helfen können, sie hatte lediglich einige alte Jahrbücher des Kreises zu Tage befördert und ihr mitgegeben: »Da gibt es immer mal Artikel über die NS-Zeit hier in der Region.« Nach kurzem Nachdenken hatte sie einige Broschüren der Reihe ›Aus der Geschichte unserer Stadt‹ mit in die Kiste gepackt. Über Langeweile konnte sich Karina seitdem nicht beklagen.

Auf der Autobahn ging ihr vor allem der Polizeibericht aus der alten Zeitung nicht aus dem Kopf. ›… dass Dr. S-M oder sein Sohn die Hausangestellte K. B. vergewaltigt haben.‹

War das der Grund, warum ihre Großtante die Stelle gewechselt hatte? Konnte es sein, dass ein ehrbarer Arzt, auch wenn er in der NSDAP war, sich an seiner Hausangestellten vergriff? Und sein Sohn ebenfalls? Ein angehender Pfarrer?

Wieso hatte ihre Tante dann das Haus mit dem Buchladen ausgerechnet an diese Familie verkauft? Das ergab alles keinen Sinn.

Der Klingelton ihres Handys riss Karina aus den Gedanken. Wie gut, dass sie den Knopf der Freisprechanlage im Ohr hatte. »Bessling!«, meldete sie sich und fuhr auf die rechte Spur, als sie Jennys Stimme vernahm. Wie immer sprudelte sie ihr entgegen und schilderte, was sie in den letzten Tagen gemacht hatte. Aber sie wollte auch wissen, was Karina herausgefunden hatte.

»Puh, das ist eine lange Geschichte«, begann Karina. Sie behielt die anderen Fahrzeuge im Auge und berichtete, was sie über das Haus ihrer Tante erfahren hatte. »Im Grundbuch steht ganz klar, dass Tante Katharina die Buchhandlung von Jakob Weizmann 1938 an Doktor Johann Schulze-Möllering verkauft hat. Dieser Schulze-Möllering hat das Haus erst vermietet und 1958 seinem Sohn Johannes vererbt. Der hatte dort eine Praxis, hat es aber an seinen Kompagnon verkauft. Das war eine Gemeinschaftspraxis.« Karina unterbrach ihren Bericht, um einen Lkw zu überholen. »Von den Erben dieses Arztes hat Tante Katharina das Haus 1999 zurückgekauft. Anfangs hat sie dort gewohnt und versucht, eine kleine Buchhandlung aufzuziehen. Als meine Großeltern starben, ist sie in ihr Elternhaus gezogen. Das Haus in der Vennestraße soll ja abgerissen werden. Dafür hat sie eine Entschädigung bekommen.«

Während Karina wieder auf der rechten Spur einfädelte, erkundigte sich Jenny, wo das Geld von der Entschädigung geblieben war. Eine berechtigte Frage, fand Karina. Denn außer den beiden Häusern, einem Girokonto und einem Sparbuch mit 6.000 Euro war in dem Testament nichts erwähnt worden. Die Entschädigung war sicher größer als 6.000 Euro.

Diese Frage musste sie unbedingt klären, wenn sie zurückkam. »Danke, Jenny«, sagte sie und verabschiedete sich, nicht ohne ihre Freundin auf den neusten Stand zu bringen, was ihre Beziehung zu Martin Kleine betraf. Trotz ihrer eigenen Ambitionen freute sich Jenny hörbar mit ihr. »Ich halte dich auf dem Laufenden«, versprach Karina und beendete das Gespräch.

Während sie weiterfuhr, suchte sie in ihrem Gedächtnis nach weiteren offenen Fragen. Das Logo gehörte zur Boxschule von Katte Tengelkamp, die wollte sie sich anschauen, wenn sie schon in Frankfurt war.

Das konnte sie bald überprüfen. Ihr Navigationsgerät wies sie an, die Autobahn an der nächsten Abfahrt zu verlassen. Als Erstes fuhr sie zum Börsenverein des Deutschen Buchhandels, um in dessen Archiv weitere Informationen über die Buchhandlung Jakob Weizmanns zu finden. Ihre Suche dauerte nicht lange. »Wir haben die alten Unterlagen gerade erst eingescannt«, teilte eine Mitarbeiterin ihr mit und druckte in Sekundenschnelle alles über Jakob Weizmann aus.

Karina war enttäuscht. Die Ausdrucke enthielten nichts Neues. Dass Jakob Weizmann 1933 den Laden an Katharina Bessling übergeben hatte, wusste sie schon. 1938 war die Buchhandlung abgemeldet worden. Das war alles. Sie hoffte, dass der Besuch bei Katte Tengelkamp mehr brachte.

In der Boxschule roch es so stark nach Schweiß, dass Karina am liebsten gleich wieder umgekehrt wäre. Aber sie musste die Chance nutzen, außerdem hatte sie auf dem Parkplatz den Porsche von Pelle Maibaum entdeckt. Vielleicht ergab sich hier eine Möglichkeit, mit ihm persönlich zu sprechen.

»Ich möchte zu KT«, erklärte Karina dem ersten Mann in Sportkleidung, der ihr begegnete. Sie tat bewusst so, als wäre Katte Tengelkamp ein Bekannter, und freute sich, dass ihr Plan aufging.

»Katte ist da ganz hinten am Ring.« Der Mann zeigte in eine Ecke, die man kaum einsehen konnte. Karina war froh, dass sie sich im Internet Fotos von Katte Tengelkamp angesehen hatte. Es wäre peinlich gewesen, wenn er direkt vor ihr gestanden und sie nach ihm gefragt hätte.

Sie ging auf den Ring zu, da hörte sie den Mann hinter sich rufen: »Hey, Pelle, hast du alles für meinen nächsten Kampf?« Abrupt drehte sie sich um und sah, wie der Mann, mit dem sie gerade gesprochen hatte, einem etwa

50-Jährigen in Lederjacke auf die Schulter schlug. Das also war Pelle Maibaum, er sah aus wie Mitte 40, musste aber schon Anfang 50 sein, nach dem, was sie über ihn in Erfahrung gebracht hatte. Im Internet hatte sie merkwürdigerweise kein Foto von ihm gefunden, obwohl er eine Größe in der Box-Branche war.

Maibaum streckte sich und unter dem Ärmel seiner Lederjacke schaute ein Band hervor. Sie sah genauer hin und erkannte ein Schweißband, an das Buttons geheftet waren. Wie kann jemand in dem Alter so herumlaufen?, fragte sie sich. Sie kam nicht mehr dazu, sich selbst eine Antwort zu geben, da stand Maibaum schon vor ihr.

»Ich habe gehört, Sie wollen zu Katte.« Das war keine Frage, sondern eine Feststellung und so, wie Maibaum sie ansah, hatte Karina keinen Zweifel daran, dass er genau wusste, wer sie war.

»Ich war gerade in der Gegend und recherchiere für einen Artikel über die Familie Schulze-Möllering«, antwortete Karina und versuchte, so viel Dreistigkeit wie möglich in ihre Stimme zu legen.

Pelle Maibaum grinste sie an, als wollte er sagen: Und ich nähe meine Lederjacken selbst. »Dann will ich Sie mal zu unserem großen Meister führen.«

Er legte seine Hand um Karinas Schulter. Karina bekam eine Gänsehaut, sie drückte ihre Umhängetasche fest an sich. Zu fest scheinbar, denn Pelle Maibaum fragte: »Haben Sie Angst, dass wir Ihnen die Tasche stehlen? Das brauchen Sie nicht. Hier sind Sie sicher!«

Der Ton ließ Karina zum ersten Mal daran zweifeln, ob der Besuch der Boxschule wirklich eine gute Idee war. Sie dachte darüber nach, wie sie hier ungeschoren herauskommen konnte. Ihr Blick fiel auf das merkwürdige Armband von Pelle Maibaum. Es war übersät mit Buttons, alle zeigten das Logo der Boxschule, nur an einer einzigen schmalen Stelle war das schwarze Band darunter zu sehen. Karina war sicher, dass sich dort bis vor Kurzem noch der Button befunden hatte, der nun in einem Tütchen auf der Polizeiwache lag.

Sie beschloss, kein Risiko einzugehen. Sie täuschte einen Hustenanfall vor und war selbst überrascht, welche schauspielerischen Fähigkeiten in ihr schlummerten. Immerhin war sie so überzeugend, dass Pelle Maibaum sie von einem jungen Mann zur Toilette führen ließ. Zwar schärfte er ihm ein, sie auf jeden Fall zurückzubringen, dachte aber nicht daran, dass die Besuchertoiletten direkt neben dem Eingang lagen und der junge Mann wenig Lust daran hatte, zu warten, bis Karinas Hustenanfall abgeebbt war. Als sie hinter der Toilettentür verschwand, versprach sie ihm, in die Halle zurückzukehren, obwohl sie wusste, dass sie dieses Versprechen nicht einhalten würde.

*

Samuel fühlte sich unwohl. Er ärgerte sich, weil er sich wieder nicht gegen Bruno hatte wehren können. Aber was sollte er auch sonst machen? Er hatte unverhohlen damit gedroht, Katharina zu überfallen oder ihren kleinen Bruder zu entführen, wenn er nicht mit ihm kam.

Nun saß er neben Bruno im Auto, der trotz seines Erfolgs schlecht gelaunt war.

Samuel war froh, als sie endlich in Münster hielten.

»Lass uns da raus!«, befahl Bruno dem Chauffeur. Als sie ausstiegen, standen sie mitten in einer Menschenmenge. Alle starrten auf den Eingang der Uni. »Und, habe ich dir zu viel versprochen?« Bruno stieß Samuel in die Seite.

Samuel tat, als hätte er weder den Stoß noch die Frage bemerkt. Er bewegte den Mund, als würde er wie die anderen Teilnehmer ›Burschen heraus‹ singen und betrachtete mit Unbehagen den Holzpfahl, der links neben dem Säulenportal der Universität am Domplatz stand. Er wirkte völlig fehl am Platz.

Samuel sah, wie sich Brunos Gesicht verzerrte, als Roloff das Wort ergriff. »Da sollte ich stehen«, zischte Bruno ihm zu. »Ohne mich gäbe es diese ganze Aktion nicht. Da!« Bruno zeigte auf den Holzpfahl. »Diesen Schandpfahl haben sie nur mir zu verdanken.« Samuel nickte, was sollte er auch sagen.

»Wir Studenten haben eine wichtige Aufgabe im Dritten Reich«, rief Roloff, der neben dem Schandpfahl stand. »Wer sonst außer uns kann dafür sorgen, dass der undeutsche Geist in den Schriften ausgemerzt wird? Die Aufgabe heißt: Ausschaltung des jüdischen und liberalistischen Schrifttums aus dem Geistesleben der deutschen Nation. Dadurch wird der Weg frei für deutsche Dichter und Denker. Namen wie Toller, Tucholsky und so weiter müssen verschwinden.*«

Samuel dachte an seine Lieblingsbücher ›Rheinsberg‹ und ›Schloss Gripsholm‹, beide waren von Kurt Tucholsky, der ansonsten vor allem scharfe Artikel gegen den Krieg und für die Demokratie geschrieben hatte.

»Der deutsche Student hat die Aufgabe, den Werken der Dichter, die schon seit Jahren für die nationale

Erhebung gekämpft haben, einen ihrer Bedeutung entsprechenden Platz im deutschen Volksleben zu beschaffen*«, fuhr Roloff fort und zählte Schriftsteller auf, deren Namen Samuel vage bekannt vorkamen. Gelesen hatte er von ihnen nichts.

Der Leiter des Kampfausschusses nahm einen Hammer und nagelte mit wenigen Schlägen die ersten Bücher an den Pfahl, der kleiner war als er selbst, aber von den Fackeln der umstehenden Studenten eindrucksvoll angestrahlt wurde.

Samuel schauderte, als er im Schein der Fackel das Gesicht des Studenten mit dem Hammer sah. Es schien ihm richtige Freude zu bereiten, die Bücher an den Pfahl zu nageln. Wie konnte ein Student so mit Büchern umgehen? Das würde er nie verstehen.

»Komm!« Bruno zog Samuel am Arm über den Platz. »Wartet!«, rief er Roloff und den anderen Studenten zu, die dabei waren, weitere Bücher an den Pfahl zu nageln. »Hier, er soll sich nützlich machen!« Bruno schubste Samuel nach vorn. Samuel strauchelte, doch Bruno zerrte ihn hoch, ehe er auf dem Boden aufschlagen konnte, und nahm einem der Studenten den Hammer aus der Hand.

»Hier, nimm!«, forderte er Samuel auf.

Samuel sah sich um. Es herrschte eine merkwürdige Stimmung. Wo er hinblickte, standen diese Braunhemden.

»Es macht doch viel mehr Spaß, zuzusehen, wie ein Jude die Werke der Juden an den Schandpfahl schlägt«, schrie Bruno in die Menge.

Die Leute johlten und klatschten laut. »Nageln! Nageln!«, skandierten sie.

Samuel hatte keine Chance. Er war eingekesselt von Menschen, die ihn erwartungsvoll ansahen. Es gab nur einen Weg. Während er das Buch ›Geschenke des Lebens‹ von Emil Ludwig unter dem Jubel der Zuschauer an den Schandpfahl nagelte, schwor er sich, Bruno Schulze-Möllering keine Gelegenheit mehr zu geben, ihn und seinen Vater zu demütigen.

22

11IY5693
»Versteck sie gut«, hat Herr Weizmann mich gebeten. Aber wo? Herr Weizmann wollte mir seinen Koffer geben, aber ich habe den meines Vaters mitgebracht. Er hätte sich gewundert, wenn ich auf einmal mit einem fremden Koffer aufgetaucht wäre. Ich habe alles eingepackt. Der Koffer war so schwer, dass ich Gerhard bitten musste, mich mit dem Fahrrad nach Hause zu begleiten. Wir haben den Koffer auf den Gepäckträger gestellt.

11IY5693
»Was ist denn da drin?«, wollte Gerhard ständig wissen, aber ich habe Herrn Weizmann versprochen, dass ich niemandem etwas verrate. Auch Gerhard nicht. Nicht einmal Anton. Zu Hause habe ich den Koffer im Schweinekoben versteckt. Ich musste warten, bis alle schliefen und mich niemand sehen konnte.

Nach ihrer Rückkehr aus Frankfurt fuhr Karina sofort zu Martin, um ihm von ihrem Verdacht zu berichten. Er riet ihr, der Polizei erst einmal nur zu erzählen, dass sie das Logo auf dem Auto von Pelle Maibaum gesehen hatte.

»Sollen die doch den Rest herausfinden, auf jeden Fall werden sie überprüfen, ob gegen ihn schon einmal ermittelt wurde und ihn dann genauer unter die Lupe nehmen.« Er strich Karina das Haar aus dem Gesicht und fuhr ihr beruhigend über die Wange. »Es wird sich alles aufklären, da bin ich sicher. Du hast doch schon so viele Informationen gesammelt.«

Karina war skeptisch, diese Stadt war ihr unheimlich, jeder schien mit jedem verwandt. Nach dem, was sie in den letzten Tagen erfahren hatte, erhielt die Redensart von der Leiche im Keller, die ihr sonst so leicht über die Lippen gekommen war, eine ganz neue Bedeutung.

»Gibt es hier eigentlich so etwas wie den Lions Club, Rotarier oder Freimaurer?« Karina sah Martin fragend an.

Der lachte nur. »Du meinst, die haben sich gegen dich verschworen?« Er konnte nicht mehr aufhören zu lachen. »Wenn ich die Leute hier richtig verstehe, sind die entweder miteinander verwandt oder im gleichen Verein. Da brauchst du nicht nach Elite-Zirkeln zu suchen. Der Sportverein oder Kegelclub, eine gemeinsame Schulzeit oder die Mitgliedschaft im Schützenverein reichen aus, um sich gegenseitig zu unterstützen.«

Natürlich gab es auch in Stuttgart Sportvereine, Filz und Klüngel, da machte Karina sich nichts vor, aber hier schien ihr das bedeutend schlimmer zu sein. Vielleicht kam ihr das nur so vor, weil sie sich hier im Mittelpunkt einer solchen Verschwörung fühlte, die womöglich nicht einmal eine war.

»Ich muss mit Jonathan Weizmann telefonieren«, beschloss Karina und sah auf die Uhr, ob in Santa Monica Nacht war. Sie zog ihr Handy aus der Tasche.

»Warum rufst du nicht über Skype an?«, schlug Martin vor.

Karina ärgerte sich, dass sie nicht selbst darauf gekommen war, aber da sie ihr Laptop und ihr Headset nicht bei sich hatte, hatte sie nicht daran gedacht, obwohl sie auch mit dem Netbook, wenn auch umständlich, skypen konnte.

Martin bereitete seinen Computer vor und drückte ihr den Kopfhörer mit dem Mikrofon in die Hand.

»Sei froh, dass ich schon ein Skype-Konto habe, weil ich gelegentlich mit einem Studienkollegen in Namibia telefoniere«, erklärte er. »Sonst kann man nämlich keine Festnetzanschlüsse anrufen und eine Skype-Adresse von Jonathan Weizmann hast du ja nicht, oder?«

Karina schüttelte den Kopf, während sie den Kopfhörer zurechtrückte. Sie wählte die Nummer, die sie notiert hatte, und war wenig später mit dem Enkel Samuel Weizmanns verbunden. Sie erkundigte sich, ob jemand aus seiner Familie Geld von ihrer Großtante erhalten hatte.

Jonathan sprach wieder so schnell, dass sie kaum mitkam. Sie verstand aber immerhin so viel, dass ihre Großtante Jonathans Vater vor einigen Jahren einen Scheck über einen größeren Geldbetrag geschickt hatte. Damals waren alle ziemlich ratlos, was es mit dem Geld auf sich hatte. Erst nach einem Telefonat stellte sich heraus, dass Karinas Großtante damit die Bedingung aus dem Kaufvertrag einlösen wollte, den sie 1933 mit Jakob Weizmann abgeschlossen hatte.

Jonathan versprach, nachzuschauen, wann genau die Zahlung eingegangen war. Er notierte sich Martins Skype-Adresse und versprach zurückzurufen, sobald er etwas herausgefunden hatte. Sie unterbrachen das Gespräch für einige Minuten, in denen Karina Martin von dem Zeitungsartikel über die Vergewaltigung erzählte.

»Wer kann etwas darüber wissen?«, grübelte Karina. »Alle Beteiligten sind längst tot und in Tante Katharinas Unterlagen finde ich keinen Hinweis.«

»Die Karten beginnen erst am Tag, nachdem Hitler Reichskanzler wurde.« Martin schrieb mit einem Bleistift das Datum ›30.01.1933‹ auf einen Ausdruck, der neben dem Computer lag. »Vielleicht hat sie schon vorher Karten geschrieben oder Tagebuch geführt.«

Karina legte den Kopf in den Nacken und überlegte. Sie hatte alle Unterlagen gesichtet, ein Tagebuch wäre ihr aufgefallen.

»Lass uns gleich noch einmal in das Haus fahren«, schlug Martin vor. »Wir müssen irgendetwas übersehen haben.«

Da meldete sich Jonathan Weizmann wieder. »Ich habe hier etwas gefunden, in unserer Familienchronik steht unter dem 26. Iyyar 5762, dass ein Scheck über 50.000 Euro eingegangen ist. Mein Vater hat notiert, dass er zur Erfüllung des Kaufvertrags vom 26. Iyyar 5693 gedacht ist.«

Karina erklärte ihm, dass sie den Inhalt verstanden hatte, aber mit den Daten nichts anfangen konnte. Der Monatsname Iyyar war ihr unbekannt.

Jonathan lachte und entschuldigte sich, dass er ihnen die jüdischen Daten genannt hatte, weil das Familienbuch mit diesen Daten arbeitete.

»Können Sie das Datum buchstabieren?«, bat Karina. Sie schrieb jede Ziffer und jeden Buchstaben einzeln mit. »Vielen Dank«, sagte sie und wollte schon auflegen, als

Martin eine weitere Frage äußerte: »Steht in dem Familienbuch zufällig auch, wann Katharina Bessling als Hausangestellte eingestellt wurde?«

Karina verdrehte die Augen. »Das Buch wird ja wohl nicht bis in die 30er-Jahre zurückreichen«, flüsterte sie.

Doch Martin lächelte nur. Da sagte Jonathan Weizmann auch schon: »Das war am 5. Kislev 5692.«

Karina starrte Martin verblüfft an. »Reicht das Buch wirklich so weit zurück?«, wollte sie von Jonathan wissen. Der erklärte ihr, dass das Familienbuch sogar bis ins Jahr 5000 zurückreichte, also etwa bis ins 13. Jahrhundert nach gregorianischer Zeitrechnung.

»Woher wusstest du das?«, war Karinas erste Frage, nachdem sie sich von Jonathan verabschiedet und versprochen hatte, ihn einmal zu besuchen.

»Mir ist eingefallen, dass ich das in meinem Studium gehört habe. Wir hatten auch Lehrveranstaltungen zu anderen Religionen. Da wurde erwähnt, dass viele jüdische Familien solche Bücher haben, die weit zurückreichen«, antwortete Martin. Er kritzelte weiter auf seinem Block und kürzte Jonathans Datumsangabe ab. »Schau mal!«, sagte er und zeigte ihr die Abkürzung 26IY5762. »Kommt dir das nicht bekannt vor?«

»Es sieht so aus wie die Daten auf den Postkarten. Du meinst, Tante Katharina hat die Daten verschlüsselt?«, Karina öffnete die Datei mit den Scans auf ihrem Netbook.

»Vielleicht hat sie sie gar nicht verschlüsselt, vielleicht hat sie einfach nur den Kalender ihres Arbeitgebers verwendet und sich nicht viele Gedanken darum gemacht?«, meinte Martin und suchte im Internet nach einem jüdischen Kalender. Er fand einen Datumsrechner und gab die Daten ein, die Jonathan ihnen genannt hatte.

»8. Mai 2002 und 8. Mai 1933«, sagte er im gleichen Moment, als Karina rief: »Du hast recht. Sieh dir diese Karte an.«

Mit dem Rechner wandelten sie die jüdischen Daten in wenigen Minuten um, sodass sie alle Karten in die richtige Reihenfolge bringen konnten. »Stimmt. Keine einzige Karte vor dem 31. Januar 1933, dem Tag nach Hitlers Machtübernahme«, dachte Karina laut.

»Wir müssen prüfen, ob wir etwas übersehen haben.« Sie drängte Martin, mit ihr in das Wohnhaus ihrer Großtante zu fahren. »Vielleicht hat sie weitere Karten an einer geheimen Stelle versteckt.«

»Oder vergraben«, meinte Martin und zeigte auf die Karten, auf denen von Sand und einer Schaufel die Rede war.

*

Als Samuel die Ladentür aufschloss, fiel ihm die Zeitung entgegen. Eine Stelle war rot angestrichen, darunter stand: ›Das gilt auch für euch!‹ Er machte einen Schritt vor die Tür und sah sich um, es war niemand auf der Straße zu sehen. Die Zeitung konnte schon länger dort stecken. Er ärgerte sich, weil er genau wusste, dass sein Vater danach fragen würde. Er war so schwach, dass Samuel ihm diese neuerliche Aufregung nicht zumuten wollte.

»Dein Vater fragt nach der Zeitung.« Samuel zuckte zusammen. Wie schaffte Katharina es nur immer, geräuschlos die Treppe hinunterzugehen. Bei ihm knarrte jede zweite Treppenstufe. Wenn er morgens vor der Zeit aus dem Haus schlich, um nach Münster zu fahren, rutschte er wie ein Schulbub das Treppengeländer hinunter, um seinen Vater nicht zu wecken.

Samuel gelang es nicht, die Seiten vor Katharina zu verbergen. »Was ist das denn?«, wollte sie wissen und nahm sie ihm aus der Hand.

»Die Deutsche Studentenschaft hat mit ihrem Kampfruf Wider den undeutschen Geist den Aufruf gegeben zu einer großen Aktion für volksbewusstes Denken und Fühlen gegen den jüdischen Geist und seine zersetzende Wirkung.*«, las sie. »Was heißt das?« Sie sah Samuel fragend an.

Er beugte sich über sie und fuhr fort: »Alles Schrifttum, in dem jüdischer Geist seinen Niederschlag gefunden hat, muss restlos vernichtet werden. Wir fordern daher, dass jeder Deutsche seine Bücherei säubert.* Da hörst du es«, sagte er. »Sie fangen schon an, uns zu vernichten. Alles Bisherige war nur ein Vorspiel.«

Katharina sah ihn stumm an. »Wir fordern, dass dieses Schrifttum an den unten bezeichneten Stellen abgegeben wird. Es soll dann in einer großen Kundgebung am Mittwoch, den 10. Mai, abends verbrannt werden. In keiner deutschen Bücherei dürfen in Zukunft Schriften folgender Autoren vorhanden sein.*« Obwohl er den Artikel schon einmal leise gelesen hatte, musste er ihn laut lesen, um sich klarzumachen, was das bedeutete. Er ließ die Blätter sinken. »Unglaublich, wie viele Autoren da aufgeführt werden.«

Seine Gedanken waren schon weiter. Bruno würde der Erste sein, der vor der Tür stand und die restlichen Bücher aus ihren Regalen riss. Dabei hatte er erst kürzlich einen Großteil der jüdischen Bücher in dem Grab versteckt. Weitere Bücher konnte er nicht aus den Regalen nehmen, die Lücken würden jedem sofort auffallen.

»Ich muss deinem Vater die Zeitung bringen«, unterbrach Katharina seine Gedanken. »Hast du nicht gehört, er hat schon zweimal danach gerufen.«

Samuel nickte. Er hatte die Stimme seines Vaters vernommen, aber er hatte Angst, ihm die Zeitung zu überreichen. »Kannst du nicht sagen, wir hätten keine erhalten?«, bat er.

Auch ohne Katharinas Kopfschütteln wusste Samuel, dass das keine Lösung war. Er konnte sich nicht daran erinnern, dass die Zeitung einmal nicht gekommen war. Früher waren es sogar mehrere Exemplare, schließlich hatten sie sie auch zum Verkauf bestellt. Heute kam niemand mehr, um bei ihnen eine Zeitung zu kaufen.

»Dann bringe ich sie ihm herauf!«, murmelte Samuel. Er warf einen Blick auf die Liste der Autoren, deren Bücher fast alle einmal in den Regalen ihrer Buchhandlung gestanden hatten: Nathan Asch, Lion Feuchtwanger, Gina Kaus und viele mehr. Er faltete das Blatt wieder zusammen und ging mit schweren Schritten aus dem Laden die Treppen hinauf.

»Katharina! Kannst du heraufkommen?«, rief er wenig später nach unten. Er hörte ihre Schritte und das Knarren der Treppen, das sie sonst immer geschickt vermied.

»Ja?«, sagte sie fragend, als sie auf dem oberen Treppenabsatz angekommen war.

»Hier!« Die schwache Stimme seines Vaters ängstigte Samuel. Er sah, dass auch Katharina erschrak, als sie das Wohnzimmer betrat.

»Ich möchte dich allein sprechen«, bat Jakob Weizmann und sah Katharina an. Er gab Samuel ein Zeichen, das Zimmer zu verlassen.

Mit Unbehagen schloss Samuel die Tür. »Ich möchte dir etwas mitteilen«, hörte er seinen Vater sagen, den Rest verschluckte die alte Tür aus massivem Holz, die ihm als Kind stets unüberwindbar erschien.

23

12 IY 5693
Was soll ich machen? Herr Weizmann hat mir den Laden geschenkt. »Ich kann das nicht«, habe ich ihm gesagt, aber er hat mich nur traurig angelächelt und gesagt: »Ich auch nicht.« Samuel hat ihn überredet, nach Holland zu gehen. »Juden sind hier nicht mehr sicher«, hat er gesagt. »Und Bücherjuden schon gar nicht.« Herr Weizmann ist ein letztes Mal durch den Laden gegangen und hat sich von den Büchern verabschiedet und der alten Kasse, die immer so ein schönes Geräusch macht, wenn sie geöffnet wird.

12 IY 5693
»Gib gut darauf acht!«, hat Herr Weizmann gesagt. »Vielleicht ist der Spuk schnell vorbei, dann komme ich wieder und schaue nach dem Rechten.« »Sie können mir den Laden doch leihen«, habe ich vorgeschlagen. Herr Weizmann hat nur bitter gelacht. »Lass man, Mädchen.« Er hat mich sonst nie so genannt. »Es ist besser, ich schenke ihn dir. Sonst reißen ihn sich die Nazis doch unter den Nagel.« Sonst hat er nie Du zu mir gesagt.

12 IY 5693
Er hat mir ein Papier gegeben, auf dem steht, dass er mir den Laden verkauft. Ich musste ihm versprechen, erst einmal nichts davon zu sagen und das Papier zu verstecken.

»*Ich möchte Ihnen etwas dafür geben*«, *habe ich immer wieder gesagt. Aber ich habe ja nichts. Nicht einmal einen goldenen Ring oder eine wertvolle Kette.* »*Du hast mir schon genug gegeben*«, *sagte Herr Weizmann leise.* »*Du hast dich um uns gekümmert, als alle schon weggesehen haben. Das ist mehr wert als alles Geld der Welt.*« *Heute Abend werde ich sie retten.*

»Danke, dass Sie sich die Zeit nehmen, mit mir zu sprechen.« Karina überreichte Josefa Reinermann einen kleinen Blumenstrauß, den sie auf dem Weg erstanden hatte. »Ich hätte Ihnen gerne ein paar Blumen aus Tante Katharinas Garten mitgebracht«, entschuldigte sie sich. »Aber die sahen nicht mehr sehr fröhlich aus.«

Josefa Reinermann lachte. »Ihre Großtante hatte kein ein Händchen für Blumen, alles, was da wächst, stammt von Ihrem Großvater, der hat die Blumen gehegt und gepflegt.« Sie ging voraus in das kleine Wohnzimmer ihres Seniorenappartements. »Nehmen Sie Platz, Sie trinken doch einen Kaffee mit, oder?«

Karina musste schmunzeln, als sie die Platte mit dem Kuchen auf dem Tisch sah. An zwei Plätzen standen Gedecke mit Tassen, Untertassen, Desserttellern und Kuchengabeln, in die geschickt Serietten aus hauchfeinem Seidenpapier geschoben waren. Genauso hätte ihre Großmutter einen Gast empfangen. Ob sie ihn nun gut kannte oder nicht, Kaffee und Kuchen gehörten für sie zu einem ordentlichen Kaffeeklatsch dazu.

»Gerne«, antwortete Karina daher, obwohl sie gerade erst eine riesige Portion Buchweizenpfannkuchen bei Elisabeth Oenning gegessen hatte. Sie setzte sich auf das Sofa, auf dem ein Fotoalbum lag.

»Gucken Sie ruhig schon herein.« Josefa Reinermann war damit beschäftigt, den Porzellanfilter auf die Kanne zu setzen, deren Blumenmuster genau zu den Gedecken auf dem Tisch passte.

Karina lächelte, als sie das sah. Auch das hätte ihre Oma genauso gemacht. Bis zu ihrem Tod weigerte sie sich beharrlich, selbst Kaffee mit einer elektrischen Maschine zu kochen. Sie trank ihn, war sogar angetan von dem Kaffee aus dem Automaten von Karinas Eltern. Aber sie behauptete, sie könnte nur mit dem alten Porzellanfilter Kaffee kochen, den sie zur Hochzeit bekommen hatte.

Karina wandte den Blick von dem Filter, sie verstand die Aufforderung der alten Frau so, dass sie das Fotoalbum öffnen durfte. Auf der ersten Seite befand sich das Schwarz-Weiß-Foto eines Mädchens, das etwa zehn Jahre alt sein mochte.

»Das ist das erste Foto, das es von mir gibt«, erklärte Josefa Reinermann, während sie Kaffee in Karinas Tasse goss. Karina musste sich auf die Lippen beißen, um nicht laut herauszulachen, als sie den rosa Tropfenfänger bemerkte, der vorn an der Tülle angebracht war. Sie konnte sich nicht erinnern, wann sie ein solches Relikt aus einer vergangenen Zeit zum letzten Mal gesehen hatte.

»Das war an meinem zehnten Geburtstag«, fuhr Josefa Reinermann fort. »Blättern Sie weiter«, forderte sie Karina auf und schaufelte ihr mit dem Kuchenheber, der die gleiche Verzierung aufwies wie die Kuchengabeln und Kaffeelöffel, das erste Tortenstück auf den Teller.

»Das war das Kino.« Die alte Frau zeigte mit ihrer Kuchengabel auf ein Gebäude. Karina hätte das Album gerne weggezogen angesichts der Kuchenreste an der Gabel. Doch Josefa Reinermann setzte zum nächsten Kuchenbissen an. »Darauf habe ich mich richtig gefreut«, sagte sie mit einem verschmitzten Lächeln, das die Falten in ihrem Gesicht in Bewegung brachte.

Karina schmunzelte. Sie hatte ihren Kuchen nicht angetastet, auch die Kaffeetasse stand unberührt vor ihr auf dem Tisch. Stattdessen betrachtete sie jedes Bild ganz genau. Den Schriftzug mit dem Namen des Kinos konnte sie nur erahnen. Neben dem Bild stand die Jahreszahl: 1928.

»Damals war ich gerade 13 und fand es unglaublich spannend, dass mein Vater ein Kino eröffnete«, erinnerte sich Josefa.

Karina staunte, wie schnell die 94-Jährige das erste Tortenstück gegessen hatte. »Das kann ich mir vorstellen«, überbrückte sie die Stille, als Josefa Reinermann sich ein neues Stück Kuchen auf den Teller bugsierte. »Ich erinnere mich gut an den allerersten Computer meines Vaters. Als ich eingeschult wurde, hatte kaum eine Familie einen Computer und mein Vater hat mir ein Namensschild ausgedruckt, um das mich alle beneidet haben.«

Josefa Reinermann legte die Kuchengabel auf den Teller. »Oh ja, alle waren neidisch, dass ich immer die neusten Filme sehen konnte und alle wollten mit mir befreundet sein. Aber ich war ja nicht dumm.« Sie griff nach der Kuchengabel und schob einen weiteren Happen Torte in den Mund.

Karina blätterte abwartend weiter und entdeckte auf der nächsten Seite ein Bild. »Das ist ja vor dem Haus meiner Großeltern, äh, meiner Großtante«, rief sie überrascht aus.

Josefa Reinermann nickte und beeilte sich, den Kuchen hinunterzuschlucken. Sie hustete kurz, beruhigte sich wieder und sagte: »Genau. Das ist Ihre Großtante. Die hat manchmal auf mich aufgepasst, wenn meine Eltern aus dem Haus waren. Manchmal war ich auch bei ihr zu Hause.« Sie dachte nach. »Das waren dann ja Ihre Urgroßeltern. Ich erinnere mich daran, dass sie Schweine direkt neben dem Wohnzimmer hatten.« Josefa Reinermann kicherte. »Das kannte ich nicht. Ich bin ja in der Stadt aufgewachsen.« Sie lachte. »Damals gab es hier vielleicht 5.000 Einwohner.« Die alte Frau betrachtete die Fotos auf der Seite. »Das da ist übrigens Krämers Albrecht, den haben Sie doch kennengelernt, oder?«

Karina erinnerte sich an den zahnlosen Alten mit dem Stock und konnte kaum glauben, dass das der gleiche Mensch sein sollte wie der junge Mann mit dem breiten Grinsen auf dem Foto.

»Warum redet der immer von Zähnen?« Das war ihr bei beiden Begegnungen aufgefallen.

Josefa Reinermann nickte bedächtig. »So genau weiß das niemand. Man sagt, er wäre als Mitläufer der Kommunisten in einem Lager gewesen und musste dort die Zähne der Juden ziehen.«

Karina sah, wie sich die Härchen auf ihren Armen aufstellten und spürte, wie ein Frösteln über die Haut lief, als hätte ein eisiger Wind sie gestreift. Sie hatte inzwischen viel über die Zeit gelesen und wusste, dass das Zahngold der Juden zu Geld gemacht worden war. Aber sie hatte nie darüber nachgedacht, wie die Nazis an das Gold gekommen waren. Kein Wunder, dass der alte Mann die Toten ruhen lassen wollte.

Um sich abzulenken, versuchte Karina auszurechnen, wann das Bild ihrer Tante gemacht worden war. Es musste nach 1928 gewesen sein, das Album war eindeutig chronologisch aufgebaut. Ihre Tante war also mindestens 20 Jahre alt. Sie hatte nur die Volksschule besucht und mit 14 Jahren verlassen, das hieß, sie arbeitete zu der Zeit, als das Bild entstand, schon in einem Haushalt.

»War Tante Katharina bei Ihnen im Haushalt?« Das schien Karina am naheliegendsten.

Josefa Reinermann schüttelte den Kopf. Sie nahm einen Schluck Kaffee und erläuterte: »Katharina ist doch gleich nach der Schule zum Doktor. Das war eine gute Stelle, die wollten alle gerne haben. Die Mädchen dort hatten ein eigenes Zimmer und sie bekamen sogar etwas Taschengeld.« Die alte Frau beugte sich vor und betrachtete das Foto. »Da waren meine Eltern auf dem Johanni-Schützenfest und wollten mich nicht mitnehmen, weil schon klar war, dass es spät werden würde. Katharina und ich waren zuerst im Park und haben Enten gefüttert, obwohl ich dafür schon viel zu groß war.«

Karina suchte einen Weg, die Gedanken ihrer Gastgeberin wieder auf die richtige Fährte zu lenken. Doch die hatte die Ausgangsfrage keineswegs vergessen und sagte nun: »Katharina gefiel es besonders, dass sie die Bücher des Doktors lesen durfte. Heute würde man sagen, sie war eine Leseratte. Für Mädchen war das damals ungewöhnlich, zumindest für Mädchen wie Katharina, deren Eltern beim Bauern arbeiteten.«

Karina war lange davon ausgegangen, dass ihre Großeltern einen Hof besessen hatten. Sie war gar nicht auf die Idee gekommen, dass es auch Menschen gab, die beim Bauern angestellt waren.

»… bei Weizmanns«, hörte Karina noch und ärgerte sich, dass sie nicht alles mitbekommen hatte. Genau im entscheidenden Moment waren ihre Gedanken in eine andere Richtung gezogen. »Entschuldigung, ich war gerade in Gedanken.«

Josefa Reinermann freute sich über die Gesellschaft und machte sich über das dritte Stück Kuchen her. Sie schilderte Karina, warum ihre Großtante Katharina die gute Stelle beim Doktor aufgegeben hatte und wie sie zu dem jüdischen Buchhändler Jakob Weizmann gelangt war.

*

»Du musst hier weg, Vater!« Samuel machte beim Sprechen immer wieder kurze Pausen. Er war den ganzen Weg vom Bahnhof nach Hause gerannt.

»Lass mich!« Jakob Weizmann wehrte seinen Sohn ab. »Ich bin in dieser Stadt zu Hause, seit ich deine Mutter geheiratet habe. Hier haben wir zusammen gelebt, hier bist du geboren, hier sind deine Mutter und deine Schwester begraben, ich habe kein anderes Zuhause.« Er ließ den Kopf sinken.

Samuel wusste, dass seine Mutter hier schon lange kein ruhiges Zuhause mehr hatte. Wann immer es möglich war, ging er auf den Friedhof, und die Steine, die er ihr hinlegte, lagen beim nächsten Besuch meist verstreut in der Gegend herum.

Er musste seinen Vater zur Flucht zwingen. Die holländische Grenze war nicht weit. Nicht viele Juden hatten das Glück, so nah an einer Landesgrenze zu leben. Zehn, zwölf Kilometer mochten sie von dem sicheren Boden trennen.

»Vater, ich weiß, dass Bruno kommen wird.« Er stockte und sah Katharina an, die im Mantel in der Tür stand, um sich zu verabschieden. »Er war schon einmal hier, um die Bücher zu holen. Die von den jüdischen Schriftstellern.« Wieder schwieg er, um seine Kräfte zu sammeln. Er musste sicher und überzeugend wirken und dem Vater das Leben in Winterswijk in den schönsten Farben ausmalen, in besseren Farben zumindest als das Braun, das von Tag zu Tag mehr das Stadtbild beherrschte.

»Zweimal!« Katharina unterbrach Samuel. »Bruno Schulze-Möllering hat schon zweimal versucht, die Bücher zu holen.«

Samuel und Jakob Weizmann sahen Katharina überrascht an. »Davon haben Sie gar nichts gesagt.«

Katharina nickte. »Er ist ja wieder gegangen und ich wollte Sie nicht beunruhigen.«

»Da hörst du es, Vater, ein drittes Mal lässt er sich nicht abhalten. Er wird hier alles auf den Kopf stellen, um etwas zu finden, das er seinen Freunden präsentieren kann.« Samuel ging vor seinem Vater in die Hocke und sah ihm direkt in die Augen. »Er braucht eine Trophäe. Wenn er keine Bücher findet, wird ihm auch alles andere recht sein. Alles!« Samuel wurde lauter, um seinem Vater die ganze Gefahr deutlich zu machen.

»Das ist mein Lebenswerk!« Jakob Weizmann klammerte sich mit Worten und Händen an sein Buchhändlerdasein, doch Samuel spürte, dass sein Vater zauderte. Er holte tief Luft und verachtete sich für das, was er nun sagte, aber er wusste, er tat es nur zum Wohle seines Vaters: »Denk daran, was sie im Gefängnis mit dir gemacht haben. Glaub mir, Bruno kann das auch.«

Sein Vater warf ihm einen entsetzten Blick zu. »Woher weißt du, dass Bruno dabei war?«, fragte er, seine Stimme war kaum zu verstehen. Er sah seinen Sohn und Katharina nicht an, als er sich aus dem Sessel in die Höhe schob. »Ich gehe packen«, sagte er nur und warf seinem Sohn einen traurigen Blick zu.

Samuel weinte, wie er in seinem Leben noch nicht geweint hatte.

24

13 IY 5693
»*Wo sind die Bücher?*« *Damit ist Bruno Schulze-Möllering in den Laden gestürmt und hat die Tür so fest aufgeworfen, dass die Scheibe erzitterte.* »*Wo ist Weizmann?*«, *wollte er wissen, als ich ihn ansah.* »*Herr Weizmann ist nicht da*«, *sagte ich. Das war nicht gelogen.* »*Welche Bücher suchen Sie denn?*« *Ich versuchte, streng zu sprechen, damit er meine Angst nicht hörte. Doch Bruno Schulze-Möllering achtete nicht auf mich. Er ging auf die Tür zum Hinterzimmer zu, die ich nicht abgeschlossen hatte.*

13 IY 5693
Mit Schwung warf er sie auf und schrie: »*Wo sind die anderen Bücher?*« *Ich tat so, als wüsste ich nicht, welche Bücher er meinte. Dabei wusste ich ganz genau, wovon er sprach, und ich wusste als Einzige auf der ganzen Welt, wo diese Bücher waren. Doch das ließ ich mir nicht anmerken. Wütend riss er jedes Buch aus dem Regal und trat darauf. Einige warf er durch das Zeitungspapier, mit der wir das Loch in der Scheibe zugeklebt hatten, auf die Straße.*

13 IY 5693
Ohne zu fragen, ging er durch die Tür zum Flur, der zur Wohnung führte. Ich lief hinterher. Auch oben riss er jedes Buch aus dem Regal. Er warf sogar das Sofa um. Schließ-

lich ging er mit wütendem Blick wieder nach unten. Ich beeilte mich, ihm Platz zu machen. Er riss die Haustür auf. »Wir sehen uns!«, verabschiedete er sich drohend.

Es kostete Karina viel Überwindung, allein in das Haus ihrer Großtante zu fahren. Die Polizei hatte bisher nicht herausgefunden, wer den Einbruch begangen und das Feuer gelegt hatte. Obwohl sie ihr mitgeteilt hatte, was sie über den Button in Erfahrung gebracht hatte. »Wir haben eine Spur, aber die ist sehr unwahrscheinlich«, hatte Polizeiobermeister Wieners gesagt. So sehr Karina auch gebettelt hatte, er hatte nichts weiter verraten.

Karina hing ihren Gedanken nach, als das Handy auf dem Beifahrersitz klingelte. »Bessling«, meldete sie sich und ärgerte sich zwei Sekunden später, dass sie das Gespräch angenommen hatte.

»Tengelkamp aus Borken«, hörte sie und erkannte die Stimme des Verlegers. »Nicht Tengelkamp aus Frankfurt, will ich damit sagen. Wie mir berichtet wurde, kennen Sie meinen Bruder bereits.«

»Da hat man Ihnen etwas Falsches berichtet«, konterte Karina, die Katte Tengelkamp in der Boxschule nur von Weitem gesehen hatte. Sie hörte ein Schnauben am anderen Ende der Leitung.

»Können Sie mir mal sagen, warum Sie meiner Familie hinterherschnüffeln wie ein geiler Rüde einer läufigen Hündin?«

Puh, das war starker Tobak, den er da von sich gab, fand Karina. Ob er sie damit einschüchtern wollte? Das Beste war, sie ging einfach nicht darauf ein. »Ich versuche, die

Geschichte meiner Großtante zu verstehen«, erklärte sie in bewusst neutralem Ton, als hätte sie den Auftrag, die Biografie oder Chronik eines wildfremden Menschen zu schreiben.

»Damit haben wir ja wohl nichts zu tun!«

Karina horchte auf. Das war eindeutig eine Feststellung, aber eine, die nicht zutraf. Denn auch Jo Tengelkamp wusste, dass ihre Tante im Haushalt seines Großvaters gearbeitet hatte. Abgesehen davon tauchte der Name Schulze-Möllering immer wieder auf Tante Katharinas Karten auf, allein das war ein Grund, hier zu recherchieren.

Karina fiel ein, dass sie immer noch nicht mit Hanno Möllering, dem dritten Enkel, gesprochen hatte. Das war irgendwie untergegangen, dabei hatte sie im Internet sogar herausgefunden, wo er arbeitete. Von den beiden alten Frauen wusste sie, dass er Arzt war und zunächst die Praxis seines Vaters übernommen hatte, ehe er von einem Tag auf den anderen die Praxis seinem Teilhaber überlassen hatte und in eine andere Stadt gezogen war.

»Was macht eigentlich Ihr Cousin Hanno Möllering heute?«, fragte Karina, mehr um Jo Tengelkamp zu provozieren, als um neue Informationen zu erhalten.

»Wieso wollen Sie das wissen?«, antwortete der Verleger prompt gereizt.

Karina ging nicht darauf ein. »Was ist mit den Postkarten, werden Sie dazu einen Bericht bringen?« Karina ließ dem Verleger keine Zeit für weitere Gegenfragen. Das war gemein. Ihr war klar, dass der Verleger niemals vorhatte, einen Bericht über ihre Tante zu veröffentlichen. Das konnte er nicht riskieren, weil sich sonst womöglich weitere Zeitzeugen gemeldet hätten. Wenn sie Josefa

Reinermann richtig verstanden hatte, gab es durchaus Menschen, die sich an die Rolle der Schulze-Möllerings im Dritten Reich erinnerten.

»Die werden gerade geprüft«, zog der Verleger sich aus der Affäre.

»Ich bin nicht mehr lange hier und möchte das vor meiner Abreise abschließen. Bitte klären Sie in den nächsten Tagen, was Sie mit den Informationen machen möchten.« Karina wählte ihren Baustellentonfall, um schärfer zu klingen und griff zu einer Notlüge. Noch wusste sie nicht, wie lange sie bleiben würde. Am liebsten für immer. Martin konnte ja nicht weg. Zwei Bewerbungen hatte sie bereits im näheren Umkreis abgeschickt.

Sie rief sich zur Ordnung. »Im Übrigen habe ich Ihnen bereits per E-Mail vorab mitgeteilt, dass der Inhalt der Karten nicht ohne Rücksprache veröffentlicht werden darf. Ein Schreiben unseres Anwalts müsste heute in Ihrem Posteingang gewesen sein.« Martins Bruder hatte empfohlen, einen solchen Brief zu schreiben, damit die Zeitungsredaktion nicht unautorisiert Auszüge veröffentlichte. »Wo lebt Ihr Cousin denn heute?« Karina konnte es nicht lassen. Nach kurzem Zögern gab er ihr die Adresse in der Schweiz durch, die sie bereits besaß. »Bevor Sie auch die Leute in der Praxis meines Cousins aufhetzen.«

»Ach, Ihr Cousin ist weiterhin Mitinhaber der Praxis?« Das war Karina neu, sie wusste nur, dass er verschwunden war. Ende der 80er-Jahre. In ihrem Kopf fügten sich zwei weitere Puzzleteile zusammen. Ende der 80er war der Artikel von Pelle Maibaum über Bruno Schulze-Möllering und dessen braune Vergangenheit erschienen. Das war 1988.

»Ist Ihr Cousin 1988 direkt in die Schweiz oder erst woanders hin?« Karina beglückwünschte sich zu dieser geschickten Frage. Vielleicht hatte sie Glück und Jo Tengelkamp bestätigte ihr mit seiner Antwort ihre Theorie.

Der Verleger antwortete: »Er war zunächst ein paar Jahre in Lörrach, ehe er ein Angebot aus Luzern angenommen hat.«

Vielen Dank, dachte Karina und verabschiedete sich freundlicher von dem Verleger, als sie wollte. Immerhin hatte er ein wenig zur Klärung beigetragen. Sie hoffte, dass das Telefonat mit Hanno Möllering endgültig Licht ins Dunkel brachte. Bislang war unklar, warum er seinen Namen geändert hatte. Aus reinem Vergnügen war das sicher nicht geschehen.

Das Telefonat mit Jo Tengelkamp motivierte Karina, schnell mit den Aufräumarbeiten weiterzumachen. Nicht, dass sie unbedingt bald abreisen wollte, sie mochte nicht daran denken, was aus ihr und Martin werden sollte, wenn sie wieder nach Stuttgart zurück musste. Aber noch hatte sie Zeit, die Bewerbungen liefen.

Im Haus der Großtante angekommen, versuchte sie als Erstes, Hanno Möllering zu erreichen. Seine Sekretärin teilte ihr jedoch mit, dass er zu einem Kongress gereist war.

Also wandte sie sich den Büchern zu, die nach dem Einbruch noch immer auf dem Boden lagen. Sie hatte einmal gelesen, dass jemand Geld oder geheime Dokumente in Büchern versteckt hatte. Es fehlte weiterhin ein Hinweis ihrer Großtante, was genau geschehen war, ehe sie Deutschland verlassen hatte. Karina packte ein Buch nach dem anderen in einen Umzugskarton. Ihre Schwester hatte darum gebeten, dass sie die Bücher sichten durfte, ehe sie ins Antiquariat gingen. »Vielleicht sind wertvolle Erstausgaben dabei«, hatte sie frohlockt. Da konnte sie gefälligst auch die Bücher auf versteckte Informationen prüfen. Karina entschied sich, alle Bücher einzupacken. Sie erhob sich und stieß gegen das Dürerbild, das sie auf den Tisch gelegt hatte, damit sie nicht vergaß, es mitzunehmen.

»Scheiße!«, entfuhr es ihr, als das Bild vom Tisch rutschte und auf den Boden fiel. Sie bückte sich. Erstaunt, dass die Glasplatte nicht zersprungen war. Lediglich die Klammern, mit denen die Pappe das Bild gegen die Glasscheibe drückte, waren verschoben. Als Karina das Bild aufhob, rutschte etwas aus dem Rahmen.

*

»Das ist doch kein Problem.« Bruno winkte großspurig ab. Einige Studenten aus dem Kampfausschuss, der die Bücherverbrennung organisierte, äußerten die Sorge, dass sie zu wenig Bücher hätten und es lächerlich wirken könnte, wenn sie mit einem halb vollen Handkarren durch die Straße zögen.

»Ich besorge welche«, verkündete Bruno. »Geht ihr an den Buchhandlungen vorbei. Wenn die schon öffentlich verkünden, sie wollten die Aktion unterstützen, dann sollen sie auch Bücher springen lassen.«

»In der Alphonsus-Buchhandlung waren wir schon«, entgegnete einer der Studenten. »Baader hat alles rausgerückt, was infrage kam, da bin ich mir sicher.«

»In Obertüschens Buchhandlung und bei Poertgen das Gleiche, die haben nichts mehr«, mischte sich ein anderer Student ein.

»Was ist mit der Regensbergschen und mit Thiele?« Bruno klopfte ungeduldig mit der Peitsche gegen seinen Stiefel. Er genoss es, dass der Leiter des Kampfausschusses verhindert war und er sich als Macher aufspielen konnte. Es wurde Zeit, dass seine Kommilitonen bemerkten, wer das Zeug zum Anführer hatte.

Die Studenten, die in den Räumen der Studentenschaft die Bücher sortierten, sahen sich betreten an. »Ich war nicht da«, stellte einer von ihnen fest, und es zeigte sich, dass keiner von den Anwesenden diese Buchhandlungen besucht hatte. Die Regensbergsche hatte über die Zeitung verkünden lassen, dass sie die Aktion unterstützen wolle und von der Buchhandlung Thiele gab es einen Brief, den Roloff irgendwo deponiert hatte.

»Ich laufe mal rüber«, bot einer der Studenten an, der vorher gemeckert hatte, dass diese Buchsortiererei der völlige Blödsinn wäre, wo doch alle Bücher in das gleiche Feuer kamen. Doch Bruno hatte die Idee gehabt, die Bücher nach Autoren zu sortieren und anschließend den Feuersprüchen zuzuordnen, die bei der Veranstaltung verlesen werden sollten.

»Es ist doch egal, warum das so sein muss«, hatte er seine Mitstudenten angeschrien, die es sich, seit er bei der SA war, angewöhnt hatten, zu schweigen und seinem Willen zu folgen.

»Macht am besten eine letzte Runde in den Schüler- und Lehrbüchereien. Aus der Studentenbibliothek gibt es erst 270 Bücher. Das kann doch nicht sein. Wofür zahlen wir denn die 25 Pfennig für den Ausbau der Studentenbücherei? Da gibt es doch sicher Material für unsere Aktion. Und vergesst nicht die Leihbibliothek neben der Gambrinus-Halle!« Brunos Vorschlag klang wie ein Befehl und so verstanden ihn die Studenten, die mit ihm in den Räumen der Studentenschaft warteten, auch.

Während seine Kommilitonen in Münster ausschwärmten, um alle Sammelstellen abzuklappern und vor allem die Gastwirtschaft Zander, den Rosenhof und die Büchereien zu inspizieren, forderte Bruno den Chauffeur seines Vaters an. Barsch verlangte er: »Auf dem schnellsten Weg nach Hause. Besser gesagt zur Buchhandlung Weizmann. Ich will in drei Stunden zurück sein.«

Er wollte auf keinen Fall den Vortrag von Professor Naumann aus Bonn verpassen. Die Philosophische Fakultät war zwar nicht sein akademisches Zuhause, das war die katholische Theologie, aber einen Vortrag über ›Das Erwachen der deutschen Nation‹ konnte er sich nicht entgehen lassen.

»Geht das nicht schneller?«, herrschte er den Fahrer an und klopfte mit seiner Peitsche auf dessen Schulter.

In Gedanken ging Bruno die Regale der Buchhandlung durch. Er wusste genau, dass dort einige Ausgaben des ›Fabian‹ von Erich Kästner stehen mussten. Es würde ihm schwer fallen, dies den Flammen zu opfern. Ebenso wie ›Der fromme Tanz‹ von Klaus Mann.

»Wir sind da«, unterbrach der Fahrer seine Überlegungen und hielt in der kleinen Straße vor der Buchhandlung, dessen Schaufenster nicht mehr aus Glas, sondern aus Zeitungspapier bestand.

»Wie heißt das?« Bruno beugte sich vor und zischte dem Chauffeur, der ihn bereits als Kind von der Schule abgeholt hatte, wie eine Giftschlange ins Ohr.

»Wir sind da, Rottenführer Schulze-Möllering«, presste der Mann auf dem Fahrersitz hervor.

»Hast du eigentlich schon deinen Ariernachweis abgegeben?« Bruno hatte mit der Frage gewartet, bis der Fahrer ihm die Tür geöffnet hatte. Er sah, wie der Mann blass wurde. Natürlich wusste er, dass das nichts zu bedeuten hatte, aber die Zeiten kamen ihm entgegen. Menschen zu quälen, hatte ihm schon mit fünf Jahren Spaß gemacht.

»Das solltest du schleunigst nachholen!« Was bei anderen wie eine Bitte oder ein Vorschlag geklungen hätte, klang bei Bruno wie ein Befehl oder eine Drohung. Dann erreichte er sein nächstes Opfer. Katharina Bessling erwartete ihn in der Buchhandlung.

»Wo ist Weizmann?«, herrschte er sie an. Doch sie antwortete nicht, sondern zog nur die Schultern hoch.

Diese Schlampe. Zuerst hatte sie ihn angemacht und dann behauptet, er habe versucht, sie zu vergewaltigen.

Am liebsten hätte er sie gleich genommen, aber so viel Zeit hatte er nicht. Dieser Vortrag von Professor Naumann war wichtig für seine Karriere in der Partei, den durfte er nicht wegen eines solchen Flittchens verpassen.

Er rannte durch den Laden und die Wohnung und kehrte das Unterste nach oben. Nichts. Kein einziges Buch von der Liste der 71 verfemten Autoren, die er auswendig gelernt hatte. ›Das Bauernhaus im Oldenburger Münsterland‹, wen interessierte das schon, ›Das Telgter Hungertuch‹, Religion war nun wirklich nicht mehr angesagt.

Wütend verließ er das Haus, nicht ohne Katharina zu verkünden, dass er wiederkommen würde. Die Körperstellen, die er mit seiner Peitsche dabei berührte, ließen keinen Zweifel daran, was sie bei seinem nächsten Besuch erwartete.

»Nach Hause!«, fuhr er den Chauffeur an, der bei laufendem Motor hinter dem Steuer gewartet hatte.

Im Haus seiner Eltern stürmte Bruno ohne ein Wort auf das Bücherregal zu. Er suchte die Gedichtbände von Erich Kästner und die Romane von Gina Kaus. »Wo sind die Bücher?«, schrie er seine kleine Schwester an, die neugierig ins gute Zimmer gekommen war. Sie zuckte zusammen und begann zu weinen. Bruno riss ihr das Buch ›Die Kathrin wird Soldat‹ von Adrienne Thomas aus der Hand, in dem sie gerade gelesen hatte und verließ grußlos das Haus.

25

14IY5693
Ich habe Angst, dass Bruno Schulze-Möllering wiederkommt. Ich weiß genau, was mich dann erwartet. Ich muss Gerhard um Rat bitten. Ob ich doch mit ihm gehen soll? Die Bücher sind gerettet. Dort wird sie niemand finden. Die Karte trage ich immer bei mir. Sollte mir etwas zustoßen, wird Anton hoffentlich wissen, dass die Karte etwas bedeuten soll. Er wird sich erinnern, dass wir uns schon als Kinder überlegt haben, dass Schmuggler dort gut ihre Waren verstecken könnten. Oder Georg? Aber vielleicht kann ich sie auch selbst wieder ausgraben, wenn das alles vorbei ist und Herr Weizmann wieder in seiner Buchhandlung sitzt und lächelt.

Nachdem Karina die Postkarte, die aus dem Dürer-Bild gefallen war, entziffert hatte, musste sie nur herausfinden, wo 1933 die auf der Postkarte abgebildete Marienstatue gestanden hatte. Ihre beiden Informantinnen aus dem Seniorenstift konnten ihr nicht weiterhelfen.

Erstaunlicherweise erwies sich Albrecht Krämer, der zahnlose Greis, ungewollt als gute Informationsquelle. Als er die Karte in der Hand von Elisabeth Oenning sah, sagte er: »Ach, dat is ja ne Station van denn ollen Krüssweg, de stunn doch teggen dat Besslings-Hues.«

Elisabeth Oenning legte ihren Finger auf den Mund. Karina verstand, dass sie besser nichts sagte und das Fragen ihr überließ.

»Nee, dat glöw ick die nich«, antwortete die alte Frau und zwinkerte Karina zu. Die schmunzelte, als sie bemerkte, dass die Frau den zahnlosen Grummler richtig eingeschätzt hatte.

»Dat kass du mie wall glöwen, de stunn dor, wo Tönns den Schuppen baut häw!«, schimpfte Albrecht Krämer, so schnell und deutlich das ohne Zähne möglich war. Zur Bekräftigung schlug er mit seinem Stock auf den Tisch. Dabei glaubte ihm Karina auch so. Sie musste Pelle Maibaum, der inzwischen als Brandstifter überführt worden war, fast dankbar sein, dass er genau diesen Schuppen angezündet hatte, um sie zu vertreiben. Sonst hätte sie den Schuppen abreißen müssen, um zu überprüfen, ob unter dem Gebäude die Bücher versteckt waren. Es war erst nach dem Zweiten Weltkrieg gebaut worden, an der Stelle, an der früher die Marienstatue gestanden hatte.

Die Polizei hatte Maibaum verhaftet, nachdem nicht nur der Button von Kattes Boxschule, sondern auch Abdrücke von Pelle Maibaums maßgefertigten Schuhen in der Nähe der Brandstelle gefunden worden waren.

Wäre Maibaum nicht gewesen, hätte sie Martin nicht so leicht über das Gelände scheuchen können wie jetzt eben.

Sie hielt die Postkarte in der Hand, auf der drei Stationen des Kreuzwegs abgebildet waren. Eine davon war die Marienstatue, die früher hier ihren Platz hatte. Martin stand in dem schwarzen Rechteck, das von dem Schuppen nach dem Brand übrig geblieben war.

»Moment noch«, rief Karina und kniff ein Auge zu, um

die Fläche mit der Karte zu vergleichen. Dank ihres Studiums war sie daran gewöhnt, Karten und Pläne zu lesen. »Die Statue war sicher so aufgestellt, dass das Marienbild zur Straße zeigt«, vermutete sie und ging auf der Straße hin und her, immer wieder blickte sie von der Postkarte auf die Brandstelle. »Hier, hier, ich glaube, hier ist das Foto gemacht worden.«

Karina dirigierte Martin so lange von rechts nach links, bis sie zufrieden war. »Jetzt kannst du graben«, sagte sie. Sie steckte die Karte in ihre Tasche und ging mit ihrem Spaten zu Martin hinüber

Nebeneinander gruben sie vorsichtig an der Stelle, die Karina bestimmt hatte. Keiner sprach ein Wort, bis Karina einen Widerstand spürte.

»Da ist etwas«, rief sie aufgeregt und kniete sich auf den Boden. Martin hockte sich neben sie. Karina fuhr mit den Händen in die Erde. Martin schüttelte sich. »Jetzt weiß ich wieder, warum ich einen Schreibtischberuf gewählt habe«, murmelte er und verzog das Gesicht, als ein Regenwurm über Karinas Hand kroch.

Karina sagte nichts, sie zerrte an dem Griff eines Koffers, der aus der Erde ragte. »Komm, hilf mir!«, bat sie, doch ehe Martin zugreifen konnte, lockerte sich die Erde und Karina konnte den Koffer herausziehen.

»Davon habe ich als Junge immer geträumt, einmal einen Schatz zu finden«, sagte Martin und betrachtete den alten Lederkoffer. Karina legte den Koffer auf die kleine Mauer vor dem Haus.

»Sollen wir ihn öffnen?«, fragte sie und sah Martin an, obwohl sie keine Antwort erwartete. Sie holte einmal tief Luft und rieb die Erde von den Eisenbeschlägen. »Was ist, wenn der Koffer abgeschlossen ist?« Sie spürte, wie ihre Neugier und ihre Nervosität wuchsen.

»Das sehen wir dann«, beruhigte Martin sie.

Karina ergriff gleichzeitig mit beiden Händen die Verschlüsse des Koffers und drückte sie auf. Sie lösten sich. Vorsichtig klappte sie den Deckel hoch. Sie wusste nicht, was sie erwartete hatte. Ganz sicher kein Papier, das wie Pergament aussah und von einem Packband umwickelt war.

»Das ist Wachspapier«, erkannte Martin. »Das schützt vor Feuchtigkeit, irgendwo habe ich das einmal gelesen.«

Karina hob das Paket aus dem Koffer, sie versuchte, den Knoten des Bandes zu lösen, und war froh, dass Martin ein Taschenmesser hervorholte.

Karina suchte die Stelle, an der das Papier überschlagen war, und öffnete das Päckchen vorsichtig. Als Erstes bemerkte sie die Bücher. »Heinrich Mann. ›Der Untertan‹. Alfred Döblin. ›Berlin Alexanderplatz‹«, las sie und: »›Sternstunden der Menschheit‹ von Stefan Zweig. Guck mal, ›Der Fall Maurizius‹ von Jakob Wassermann, den habe ich irgendwann gelesen. Ich hätte nicht gedacht, dass der Roman schon so alt ist.«

»›Deutschland, Deutschland über alles‹ von Tucholsky, daraus haben wir in der Schule Auszüge gelesen.« Martin nahm Karina das Buch aus der Hand.

»Kafka, Brecht«, Karina betrachtete ein Buch nach dem anderen. »Das sind doch alles bekannte Namen und die haben die Nazis verbrannt!« Die Titel kamen ihr zum Teil bekannt vor, manche waren ihr völlig fremd. »Irmgard Keun. ›Das kunstseidene Mädchen‹. Nie gehört.«

Martin suchte nach dem Impressum. »Das ist 1932 erschienen«, sagte er und griff zum nächsten Buch. »1931.«

»Tante Katharina hat also wirklich Bücher vergraben, um sie vor der Verbrennung zu retten.« Karina setzte sich auf das kleine Mäuerchen. Sie musste sich erst einmal vor Augen führen, was ihre Großtante riskiert hatte, als sie die Bücher gerettet hatte, die über 70 Jahre in der Erde lagen.

»Schau mal!« Martin riss Karina aus ihren Gedanken und hielt ihr ein Notizheft mit einem schwarzen Papierumschlag hin. Er schlug es auf und Karina erkannte die Schrift ihrer Tante.

»Das Tagebuch. Tante Katharina hat also doch ein Tagebuch geführt.« Sie blätterte das Heft durch und blieb am 15. November 1931 hängen. »Zum Glück braucht der Buchhändler eine Hausangestellte. Heute ist mein erster Tag. Ich bin so froh, dass ich weg bin aus dem Haus des Doktors. Hier sind auch zwei Männer, aber sie sind ganz anders als Bruno und der Doktor.« Karina las leise weiter und ließ das Heft sinken. »Das ist wirklich unglaublich. Bruno Schulze-Möllering hat versucht, sie zu vergewaltigen.« Sie schüttelte den Kopf. »Ein Bischof!«

»Damals war er noch kein Bischof.« Martin versuchte anscheinend, die Ehre seines Berufsstandes zu retten, auch wenn Bruno Schulze-Möllering der anderen Fraktion angehört hatte, wie er als Protestant die Katholiken gerne bezeichnete. »Aber eigentlich ist das egal«, sagte er dann. »Eine Vergewaltigung ist immer schlimm.«

Karina nickte. »Du hast recht.« Sie lächelte Martin an. »Pfarrer sind eben auch Menschen, was?«

Martin lächelte ebenfalls. »Und dieser Pfarrer hier freut sich schon darauf, die ganze Geschichte deiner Tante in einer Ansprache zu erzählen.«

»Aber vorher werde ich Jo Tengelkamp damit konfrontieren. Ich bin mir inzwischen sicher, auch nach dem Telefonat mit Hanno Möllering, dass er den guten Ruf seines Bischof-Onkels und seiner Familie retten wollte.« Sie wischte sich über die Stirn und hinterließ etwas Erde im Gesicht, die Martin wegwischte.

»Und seinen Besitz«, unterbrach er sie. »Das scheint mir mindestens ein genauso gutes Motiv. Denk nur, wie viele Immobilien die Familie hier zu einem Spottpreis von Juden gekauft hat. Wer weiß, vielleicht hat der Großvater von Jo Tengelkamp nicht einmal etwas dafür bezahlt. Übrigens spielt er mit dem Stadtarchivar Klaus Westerburg zusammen Fußball. Sie sind wohl dicke Freunde, habe ich gehört.«

Karina nickte. Das passte in ihr Puzzle. Nur eine Frage ließ ihr keine Ruhe. »Wie ist das rechtlich, wenn sich herausstellt, dass Vermögen früher Juden gehört hat, die verfolgt oder gar verjagt wurden? Wenn heute jemand seine Eltern umbringt, um an das Erbe zu kommen, hat er doch nichts davon, oder?« Hier taten sich Abgründe auf, über die sie sich nie Gedanken gemacht hatte, und sie war sich nicht sicher, ob sie das wirklich wollte. So tief graben. Ihre Tante hatte versucht, wiedergutzumachen, was man ihrem Arbeitgeber angetan hatte. Reichte das nicht?

»Als Pelle Maibaum 1988 herausgefunden hat, dass Bruno Schulze-Möllering ein überzeugter Nazi war, der keine Rücksicht nahm, und Jo Tengelkamp eine große Story über den Nazi-Doktor Johann Schulze-Möllering und seinen missratenen Sohn angeboten hat, hat Jo Tengelkamp ihn mit einem Job in seinem Verlag geködert. Das hat mir Hanno Möllering erzählt«, sagte Karina, während in ihr die Frage nagte, ob es jemals ein Ende geben konnte, solange es Menschen wie die Nachfahren von Dr. Schulze-Möllering gab.

»Das kommt davon, wenn man nicht ordentlich recherchiert. Sonst hätte Pelle Maibaum gewusst, dass Jo Tengelkamp ein Enkelsohn jenes Nazi-Doktors war, der die Häuser der Juden gesammelt hat wie andere Leute Briefmarken. Aber vielleicht wusste er es auch und sah das als Chance.« Martin schüttelte den Kopf und starrte auf die Bücher. »Eines habe ich nicht verstanden. Warum hat deine Großtante das Haus der Weizmanns ausgerechnet an Schulze-Möllering verkauft?«

»Die Antwort konnte mir auch Hanno Möllering geben. Tante Katharina kannte niemanden sonst, dem sie das Haus verkaufen konnte. Also ist sie zum Doktor gegangen, als sie erkannte, dass ihre Lebenssituation immer schwerer wurde. Frauen als Geschäftsinhaber waren zu der Zeit hier nicht besonders gut gelitten. Da entschied sie sich, ihrem Bruder und ihrem Freund nach Paris zu folgen.«

Karina wickelte die Bücher sorgfältig wieder in das Wachspapier. »Hanno Möllering hat mitbekommen, dass sein Großvater, sein Onkel und auch sein Vater Nazis waren, wenn auch sein Vater nicht so ein eingefleischter Anhänger wie die anderen beiden war. Aber er wollte nichts damit zu tun haben. Er strich daraufhin ›Schulze‹ aus seinem Namen, überließ die Praxis hier seinem Kollegen und ging an eine Klinik nach Lörrach.«

»Immerhin war er konsequent«, sagte Martin. »Das haben nicht viele hingekriegt. Die meisten sperren sich vor der Vergangenheit. Das merken wir in unserem Arbeitskreis immer wieder. Auch wenn sie nichts für die Taten ihrer Eltern können.«

»Meine Großtante war da anders«, bemerkte Karina und schloss den Koffer, den ihre Tante vor über 70 Jahren hier vergraben hatte.

»Sie war sogar ziemlich besonnen und clever«, fand Martin. »Sie hat sich ihr Startkapital von dem Doktor geholt, der sie quasi in das Haus der jüdischen Familie getrieben hat, und mit dem Geld versucht, das Unrecht wiedergutzumachen.«

»Mein Vater hat immer gedacht, sie wäre eine Nationalsozialistin gewesen, er wusste nur, dass sie von der jüdischen Familie profitiert hat. Ein Kommunisten-Onkel und eine Nazi-Tante, das war für ihn zu viel. Er ist ja im Umfeld der Nach-68er aufgewachsen. Deshalb hat er selten über seine Familie gesprochen. Ich habe den Namen meiner Großtante nur erhalten, weil meine Mutter darauf gedrängt hat, dass die Familiennamen nicht in Vergessenheit geraten. Katharina wie meine Großtante und Luisa wie meine schwäbische Großmutter.«

»Dabei konnte dein Vater froh sein, dass dein Großvater nicht in der Partei war.« Martin griff gedankenverloren die Spaten und trug sie hinter Karina her zum Auto. Erst jetzt wurde Karina klar, dass jeder, wirklich jeder, eine Familie und eine Geschichte hatte, mit der er leben musste und die nicht immer erfreulich war. Sie legte den Koffer vorsichtig auf den Rücksitz und sah Martin ergriffen an. »Unglaublich, dieses Netz, das sich über die Menschen und die Zeit spannt.«

*

Bruno achtete peinlich genau darauf, dass er seine Bücher nicht aus den Augen ließ. Schließlich hatte er dafür auf dem

Weg von seinem Elternhaus bis Münster jede Buchhandlung und jede Bücherei, die ihm aufgefallen war, geplündert. Er wollte doch nicht mit leeren Händen vor den anderen dastehen. Von jedem Buch konnte er sagen, woher es stammte. ›Berlin Alexanderplatz‹ und ›Der Untertan‹ stammten aus dem Bücherschrank seiner Eltern. ›Das Schloss‹, das dieser Jude Kafka geschrieben hatte, aus einer Buchhandlung in Lüdinghausen. Eine wahre Fundgrube. Sicher war der Inhaber ein Jude, es roch dort schon nach Jude wie in der Buchhandlung dieses Weizmanns.

Fast wäre er in seinen Vordermann gerannt, der angehalten hatte, weil sich ihr Zug vom Domplatz über den Prinzipalmarkt, vorbei an der Buchhandlung Coppenrath, durch den Bispinghof und die Frauenstraße dem Ende näherte.

Überall standen Menschen und jubelten ihnen und ihrem Karren voller Bücher zu. In Wäschekörben trugen manche die Bücher, sogar Margarinefässer hatte Bruno entdeckt. Überall hingen die Plakate, mit denen die Veranstaltung angekündigt wurde. Da, wo sonst die Straßenbahn mit ihrer blauen, roten und gelben Linie fuhr, standen und liefen Menschen. Die Standartenkapelle der SA marschierte vorweg, Vertreter seiner SA und der SS erkannte er, Jungen aus der Hitlerjugend und vielen anderen Verbindungen. Sogar die Abzeichen der Hochschulgruppe des Stahlhelms meinte er in der Menschenmenge auszumachen. Und er war dabei.

Er hatte die Erklärung des Hochschulgruppenführers des deutsch-nationalen Studentenbundes im Ohr und fühlte sich von der Aufforderung, sich in die braunen und grauen Bataillone einzureihen und weiter für das neue Deutschland wie bisher zu kämpfen, persönlich angesprochen. Er, Bruno Schulze-Möllering, würde alles dafür tun, um am Aufbau des neuen Deutschlands mitzuwirken.

Der Zug kam nur langsam voran. Den Drubbel und den Rosenplatz hatten sie schon passiert. Um 21 Uhr sollten sie auf dem Hindenburgplatz eintreffen.

Ein Blick auf die goldene Uhr, die ihm sein Vater zum Abitur geschenkt hatte, zeigte Bruno, dass in zehn Minuten das große Spektakel begann. Der einzige Wermutstropfen war dieser Roloff. Dass der es geschafft hatte, ihn bei der Wahl zum Leiter des Kampfausschusses zu schlagen, ärgerte Bruno.

»Geht's heute noch weiter?«, fragte hinter ihm jemand. Bruno sah sich um und kniff die Augen zusammen. Im ersten Moment dachte er, Samuel stünde dort, doch dann erkannte er einen Studenten, von dem er wusste, dass er ebenfalls Jude war. Dass der sich traute, hier zu erscheinen, war eine Frechheit. Das war eine deutsche Aktion, hier hatten diese Volksverräter nichts zu suchen. Bruno wollte losbrüllen, da rief jemand seinen Namen: »Rottenführer Schulze-Möllering, brauchen Sie eine Extra-Einladung?« Roloff schien seine Rolle als Leiter wirklich auszukosten.

Am liebsten hätte Bruno diesem jüdischen Bengel, der hinter ihm lief, seine Fackel ins Gesicht geworfen. Aber er hatte so viel aufs Spiel gesetzt, um mit den Büchern zu punkten. Bei jedem Halt vor einer Buchhandlung hatte der Fahrer gedroht, ihn stehen zu lassen und alles seinem Vater zu berichten. Sollte er doch, es konnte nicht mehr lange dauern, bis er zum Scharführer ernannt wurde, dann konnte ihm sein Vater nichts mehr vorschreiben.

Bruno nahm seinen Platz in dem Rechteck ein, das die Studenten mit ihren Fackeln um den Scheiterhaufen bildeten. Das war eine der guten Seiten daran, dass er nicht der Leiter des Kampfausschusses war, fand Bruno. Er musste nicht in den Wald und Äste und Zweige für den Scheiterhaufen besorgen. Er brauchte nur abzuwarten, bis das Feuer brannte und die Sprüche ausgerufen wurden. Die Bücher waren bereits in der richtigen Reihenfolge gestapelt, sodass er blitzschnell als Erster Bücher zu den Feuersprüchen auf den Scheiterhaufen werfen konnte. Dabei würde er diesem Wichtigtuer Roloff die Schau stehlen. Wenn er schon nicht die Feuersprüche ausrufen durfte, wollte er wenigstens der Erste sein, der die Bücher ins Feuer warf.

»Hey, du da«, rief er einen Studenten zu sich, der keine Fackel hielt. »Halt mal!« Bruno drückte dem verdutzten Jungen seine Fackel in die Hand und ging zu dem Karren. Er kontrollierte, ob sein Bücherstapel vollständig war und nahm ihn mit an seinen Platz in dem Karree.

Die Kapelle spielte endlich die ersten Töne von ›Burschen heraus‹, das war das Signal für den Beginn der Aktion, endlich wurden die Pechfackeln entzündet.

Bruno schnaubte verächtlich, als Roloff an das Mikrofon trat und seine Begrüßung brüllte. Das hätte er tausendmal besser gemacht. Und wie die Leute klatschten! Er konnte es kaum abwarten, dass endlich die Verbrennung begann. Nun trat dieser Professor aus Osnabrück ans Rednerpult. Eine völlig überflüssige Einlage, fand Bruno. Aber da hatte er sich nicht durchsetzen können. Das, was der Mann sagte, war ja richtig, dass man dem Nationalsozialismus danken musste, dass er sich für die Rettung vor der geistigen Zersetzung und Vergiftung des deutschen Volkes durch den jüdischen und marxistischen

Geist* einsetzte. Aber das verzögerte alles, auch seinen Einsatz.

Als endlich die ersten Töne des Deutschlandliedes angestimmt wurden, wusste Bruno, dass es bald so weit war. Da wurden schon die ersten Fackeln an das Holz des Scheiterhaufens gehalten. Eine schwarz-rot-goldene Fahne war das erste Opfer der Flammen, die Weimarer Republik war vernichtet. Nun musste es weitergehen. Albert war noch dran, Albert Derichsweiler, den Bruno von einer Feier bei den Juristen kannte. Was sagte der denn da: »Nicht etwa blinde Zerstörungswut, sondern ein Läuterungsfeuer für die deutsche Seele, den deutschen Geist und die deutsche Kultur.*« Endlich wurden die Feuersprüche ausgerufen.

»Gegen Klassenkampf und Materialismus! Für Volksgemeinschaft und idealistische Lebenshaltung! Ich übergebe der Flamme die Schriften von Marx und Kautsky*«, rief einer in die Runde. Roloff warf zwei Bücher in das Feuer.

In Bruno brodelte es. Ausgerechnet von den beiden Autoren hatte er nirgends ein Buch gefunden. Er hörte auf den nächsten Spruch: »Gegen Dekadenz und moralischen Verfall! Für Zucht und Sitte in Familie und Staat! Ich übergebe der Flamme die Schriften von Heinrich Mann, Ernst Glaeser und Erich Kästner!*« Das war seine Stunde. Ehe sonst jemand reagieren konnte, schleuderte er die Bücher, die er aus seinem Elternhaus mitgenommen hatte, ins Feuer. Die Menge klatschte und johlte: »Weiter!«

Bei den nächsten beiden Feuersprüchen musste Bruno passen, da hatte er keine Bücher, so konnte er sich über seinen Erfolg freuen, während jemand rief: »Gegen Gesinnungslumperei und politischen Verrat! Für Hingabe an

Volk und Staat! Ich übergebe der Flamme die Schriften von Friedrich Wilhelm Förster! Gegen seelenzerfasernde Überschätzung des Trieblebens! Für den Adel der menschlichen Seele! Ich übergebe der Flamme die Schriften der Schule Sigmund Freuds!*«

Die Reaktionen auf die Bücher, die nun ins Feuer geworfen wurden, waren verhalten, als hätten die Leute sich schon daran gewöhnt. Bruno hatte den meisten Beifall bekommen.

»Gegen Verfälschung unserer Geschichte und Herabwürdigung ihrer großen Gestalten! Für Ehrfurcht vor unserer Vergangenheit! Ich übergebe der Flamme die Schriften von Emil Ludwig Cohn und Werner Hegemann*«, hörte er gelangweilt. Er wusste, dass in seinem Stapel auch ein Hegemann-Buch war, aber er hatte die Lust verloren. Er wollte alle Sprüche abwarten und dann seine Bücher wie ein Munitionsfeuer auf den Scheiterhaufen schleudern.

»Gegen volksfremden Journalismus demokratisch-jüdischer Prägung! Für verantwortungsbewusste Mitarbeit am Werk des nationalen Aufbaus! Ich übergebe der Flamme die Schriften von Theodor Wolff und Georg Bernhard.*« Die kannte Bruno nicht einmal.

»Gegen literarischen Verrat am Soldaten des Weltkrieges! Für Erziehung des Volkes im Geist der Wahrhaftigkeit! Ich übergebe der Flamme die Schriften von Erich Maria Remarque.*« Hier brandete wieder Beifall auf, als Roloff gleich mehrere Ausgaben von ›Im Westen nichts Neues‹ ins Feuer warf.

»Gegen dünkelhafte Verhunzung der deutschen Sprache! Für Pflege des kostbarsten Gutes unseres Volkes!

Ich übergebe der Flamme die Schriften von Alfred Kerr! Gegen Frechheit und Anmaßung! Für Achtung und Ehrfurcht vor dem unsterblichen deutschen Volksgeist! Verschlinge, Flamme, auch die Schriften der Tucholsky und Ossietzky!*«

Der Name Ossietzky hing noch in der Luft, als Bruno schnell hintereinander alle Bücher von seinem Stapel in das brennende Feuer warf.

Die Menschen klatschten und jubelten ihm zu, als wäre er derjenige, der diese Idee gehabt hatte. Dabei war die Idee von der Zentrale der Deutschen Studentenschaft gekommen. Während die anderen das Horst-Wessel-Lied sangen, überlegte Bruno, wie er es schaffen konnte, diese Aktion als seine Idee zu verkaufen. Wahrheit war ein dehnbarer Begriff, das hatte er in den letzten Monaten gelernt.

EPILOG

9. November 1938

Lieber Anton, erinnerst Du Dich an die Postkarten, die Herr Weizmann mir geschenkt hat? Ich habe sie genutzt, wie Du es vorgeschlagen hast, damit Du weißt, was geschehen ist, wenn ich es Dir nicht mehr erzählen kann. Ich hoffe, sie werden euch nicht gefährlich. Ich wusste, dass Du die betenden Hände nicht einfach wegwerfen und diese Karte finden würdest.

Es tut mir leid, dass ich euch allein lassen musste. Aber es ging nicht anders. Vor allem Bruno hat mir das Leben zur Hölle gemacht. Wann immer er bei seiner Familie war, kam er im Laden vorbei. Ich wusste nicht, wie lange mein Schutzengel noch einen Kunden oder Nachbarn vorbeischicken konnte, um ihn daran zu hindern, mich zu vergewaltigen. Er hat es schon einmal versucht. Damals, bevor ich zu Weizmanns ging. Wie der Doktor auch. Das konnte ich Dir nicht sagen.

Ich hoffe, Du verstehst jetzt, warum ich nicht bleiben konnte.

Ein schönes Leben wünscht Dir und Deinen Nachkommen Deine Katharina.

Karina ließ die Karte sinken. Auf der Vorderseite waren drei Statuen zu sehen, wie sie, das wusste Karina inzwischen, früher als Kreuzweg-Stationen genutzt wurden. Eine davon war mit einem Sternchen gekennzeichnet. Es war deutlich am Fuß der Statue zu erkennen, auch wenn die Karte zum Teil von der winzigen Schrift ihrer Großtante bedeckt war. Die Rückseite hatte nicht gereicht für die letzte Botschaft, die einzige Karte, die an jemand anderen adressiert war. An Anton, den kleinen Bruder ihrer Großtante, Karinas Großvater.

Sie sah auf, einige Schüler streckten ihre Finger in die Höhe. Karina nickte einem dunkelhaarigen Mädchen in der ersten Reihe zu, das zu Zeiten ihrer Großtante vielleicht als nicht-arisch eingestuft worden wäre. »Und was ist aus dem Freund Ihrer Großtante geworden?«

Karina lächelte das Mädchen in der ersten Reihe an, das während des ganzen Gesprächs in der Schulklasse aufmerksam zugehört hatte. »Er wurde im Sommer 1940 beim Einmarsch der Deutschen in Paris verwundet und ist kurz darauf gestorben. Mein Großonkel Georg war da bereits in Amerika, weil er eine Amerikanerin kennengelernt hat, die an seinem Bücherstand nach einem Buch gesucht hat.«

Es war merkwürdig, wie sich Bücher durch das Leben ihrer Familie zogen. Ihre Schwester hatte sich entschieden, in der Elternzeit mit den Büchern aus dem Haus der Großeltern ein Online-Antiquariat zu eröffnen, als wollte sie in die Fußstapfen der Großtante treten.

Karina hatte in Düsseldorf eine interessante Stelle als Ingenieurin gefunden, sie war mit Martin Kleine zusammen, auch wenn ihr die Rolle als Pfarrersfrau nicht behagte.

Sie waren nicht verheiratet und lebten nicht zusammen, dennoch gab es immer wieder Gemeindemitglieder, die sie als Frau Pfarrer ansprachen.

Das Haus, in dem sich die Weizmann'sche Buchhandlung befunden hatte, war einem Ärztehaus gewichen. Das Elternhaus ihres Vaters, in dem ihre Großtante zuletzt gelebt hatte, stand leer. Ihr Vater konnte sich nicht entscheiden, ob es verkauft, abgerissen oder vermietet werden sollte.

In ihrer Freizeit reiste Karina von Schule zu Schule, um die Geschichte ihrer Tante zu erzählen und aus den Briefen und den Tagebüchern vorzulesen, die in einem kleinen Münsteraner Verlag erschienen waren. Außer dem frisch gedruckten Buch hatte sie immer einige alte Bücher aus dem Koffer ihrer Tante bei sich, und jene Karten, die sie erst auf die Reise in die Vergangenheit gebracht hatten.

NACHWORT

Laut Erich Kästner braucht ein Buch ein Vorwort, aber das hätte Sie auf eine Fährte gesetzt und das wollte ich nicht. Stattdessen gibt es dieses Nachwort, in dem ich betonen möchte, dass es sich bei dieser Geschichte um reine Fiktion handelt. Nicht ausgedacht habe ich mir die Bücherverbrennung und die Autoren, deren Bücher 1933 verbrannt wurden.

Auch der Schandpfahl in Münster ist keine Erfindung von mir, Münster war eine von fünf Universitätsstädten, die diesen Teil der ›Aktion wider den undeutschen Geist‹ umgesetzt haben. In vielen Universitätsstädten gab es Widerstand gegen die Errichtung des Schandpfahls aus den Reihen der Universität. Dieser Teil der ›Aktion wider den undeutschen Geist‹ wurde daraufhin offiziell von der Deutschen Studentenschaft gestoppt.

Ebenfalls nicht ausgedacht sind die Verantwortlichen für die Bücherverbrennung und alle Aktionen im Vorfeld. Die Namen Roloff und Derichsweiler finden sich in sämtlichen Unterlagen über die Aktion in Münster, daher fand ich es gerechtfertigt, sie in meinem Roman zu erwähnen. Sogar manche ihrer Formulierungen konnte ich anhand von Archivmaterialien einbauen. Auch andere Informationen wie die Sammelstellen für die Bücher der Privatleute und die Buchhandlungen, die sich an der Aktion beteiligt haben, habe ich diesen Quellen entnommen.

Alles, was nicht von mir stammt, sondern historischen Quellen entnommen wurde, ist mit einem * gekennzeichnet. Ich hätte diese Zitate natürlich umformulieren können, aber ich wollte sie für sich selbst sprechen lassen, um zu zeigen, was damals von Studenten angerichtet wurde.

Auch sonst gibt es einige Spuren in die Vergangenheit, die für den Ablauf der Geschichte keine Rolle spielen, die alten Straßen meiner Heimatstadt, die ich erwähne, den Rabbiner, den es 1933 wirklich gab und der auch tatsächlich in der Mühlenstraße lebte, Sally Landau, der das Dritte Reich in einem Versteck in den Niederlanden überlebt hat, nach dem Krieg eine Zeit lang wieder in Borken lebte und dort begraben werde wollte. All das sind kleine Denkmale für die Opfer des Nationalsozialismus, die leider schneller vergessen werden als die Täter, die zum Teil nach dem Krieg wieder einflussreiche Positionen einnehmen konnten.

Den Namen meiner Heimatstadt erwähne ich bewusst nicht, auch wenn Straßen oder Plätze und einige Namen vorkommen. Es geht mir nicht darum, eine Stadt vorzuführen, sondern zu zeigen, wie Menschen vielleicht vor 80 Jahren gelebt haben. Borken war für mich eine Art Modellstadt, durch die ich gegangen bin, um mir vorzustellen, wie die Welt damals aussah. Ohne eine Internetseite mit vielen Postkarten aus jener Zeit, den Stadtplan, der von einer Schülergruppe erstellt wurde, und natürlich die unglaublichen Recherchen und Bildersammlungen von Borkener Bürgern wäre das niemals möglich gewesen. Ihnen möchte ich an dieser Stelle besonders danken. Ich erinnere mich gut an den Moment, als ich begann, mich mit dem Nationalsozialismus und seinen Folgen zu beschäftigen: Als 17-Jährige besuchte ich die Lesung eines Zeitzeugen. Bei dieser Veranstaltung, die schlecht besucht war, fragte einer der Zuhörer, wer denn besonders an den Judenverfolgungen in meiner Heimatstadt beteiligt war. Der Zeitzeuge, an dessen Namen ich mich leider nicht mehr erinnere, erwähnte eine angesehene Familie und erklärte, wie die überlebenden Familienmitglieder agiert hatten.

Die meisten dieser Aktivisten des Dritten Reiches leben nicht mehr oder sind sehr alt. Es ist auch unwahrscheinlich, dass ihre Nachfahren so handeln wie die Familie in meinem Roman. Und doch gilt für mich die Maxime: Alles, was ich denken kann, kann auch Wirklichkeit werden. Wer weiß schon, was in den Köpfen der Menschen und im Verborgenen vor sich geht? Ich danke all jenen, die sich dafür engagieren, dass die Opfer des Nationalsozialismus einen Namen und ein Gesicht bekommen, und jenen, die geduldig meine E-Mails und Telefonate beantwortet haben.

Schließlich gilt mein Dank jenen, die in mühsamer Kleinarbeit Daten und Dokumente ins Internet stellen, das hat mir die Recherche enorm erleichtert. Als ich im Jahr 2000 begann, Informationen über die Bücherverbrennungen 1933 zu sammeln, gab es nur einige ältere Bücher und im Internet genau einen Beitrag zu dem Thema. Zum Teil konnten mir selbst die Stadtarchive keine Auskunft über die Aktionen in ihrem Ort geben, so kam ich dazu, in den Archiven der Tageszeitungen zu recherchieren. Das hat sich erfreulicherweise geändert, inzwischen sind viele Quellen zugänglich und ausgewertet. Das Internet erspart einem nicht, auch mir nicht, die

Lektüre von Fachliteratur, Telefonate, Gespräche, Kongressbesuche und die Auswertung von Originalquellen. Aber es erleichtert die Suche und die Kontaktaufnahme ungemein und es hilft, dass das Thema nicht in Vergessenheit gerät, auch über Gedenktage hinaus. Ich versuche mit meiner Seite www.buecherverbrennung.de einen weiteren Beitrag dazu leisten, dass uns diese Zeit und diese Aktion eine Lehre ist. Hat sie doch gezeigt, dass Dichter recht haben können wie Heinrich Heine mit seinem Satz im Almansor: ›Dort, wo man Bücher verbrennt, verbrennt man am Ende auch Menschen.‹

ENTSCHLÜSSELUNG DES JÜDISCHEN KALENDERS

12IY5693	= 12. Iyyar 5693	= 8. Mai 1933
4SH5693	= 4. Shevat 5693	= 31. Januar 1933
8SH5693	= 8. Shevat 5693	= 4. Februar 1933
14SH5693	= 14. Shevat 5693	= 10. Februar 1933
15SH5693	= 15. Shevat 5693	= 11. Februar 1933
18SH5693	= 18. Shevat 5693	= 14. Februar 1933
23SH5693	= 23. Shevat 5693	= 19. Februar 1933
25SH5693	= 25. Shevat 5693	= 21. Februar 1933
26SH5693	= 26. Shevat 5693	= 22. Februar 1933
2AD5693	= 2. Adar 5693	= 28. Februar 1933
8AD5693	= 8. Adar 5693	= 6. März 1933
16AD5693	= 16. Adar 5693	= 14. März 1933
6NI5693	= 6. Nisan 5693	= 2. April 1933
12NI5693	= 12. Nisan 5693	= 8. April 1933
17NI5693	= 17. Nisan 5693	= 13. April 1933
19NI5693	= 19. Nisan 5693	= 15. April 1933
23NI5693	= 23. Nisan 5693	= 19. April 1933
1IY5693	= 1. Iyyar 5693	= 27. April 1933
3IY5693	= 3. Iyyar 5693	= 29. April 1933
8IY5693	= 8. Iyyar 5693	= 4. Mai 1933
10IY5693	= 10. Iyyar 5693	= 6. Mai 1933
12IY5693	= 12. Iyyar 5693	= 8. Mai 1933
13IY5693	= 13. Iyyar 5693	= 9. Mai 1933
14IY5693	= 14. Iyyar 5693	= 10. Mai 1933

QUELLEN

Neben Archivmaterialien, Zeitungsberichten von 1933, Jahrbüchern und vielen anderen Büchern und Artikeln lagen meiner Recherche folgende Bücher zugrunde:

In jenen Tagen... Schriftsteller zwischen Reichstagsbrand und Bücherverbrennung. Eine Dokumentation. Leipzig, Weimar: Gustav Kiepenheuer Verlag 1983

Kastner, Wolfram (Hrsg.): Wie Gras über die Geschichte wächst. Erinnerungszeichen zu den Bücherverbrennungen. Mit einem Essay von Gert Heidenreich. München: A1 Verlag 1996

Krockow, Christian Graf von: Scheiterhaufen. Größe und Elend des deutschen Geistes. 2. Aufl.; Berlin 1983

Sauder, Gerhard: Die Bücherverbrennung. Zum 10. Mai 1933. München, Wien: Carl Hanser Verlag 1983

Treß, Werner: Wider den undeutschen Geist. Bücherverbrennung 1933. Berlin: Parthas Verlag 2003

Walberer, Ulrich: 10. Mai 1933 – Bücherverbrennung in Deutschland und die Folgen. Frankfurt/M.: Fischer Taschenbuch Verlag 1983

*Weitere Titel finden Sie auf den
folgenden Seiten und im Internet:*

WWW.GMEINER-VERLAG.DE

Daniel Izquierdo-Hänni
Mörderische Hitze
Kriminalroman
249 Seiten, 13,5 x 21 cm,
Premium-Klappenbroschur
ISBN 978-3-8392-0287-6
€ 14,00 [D] / € 14,40 [A]

Nach einem traumatischen Fall hat Vicente Alapont seinen Job als Inspektor bei der Mordkommission der Policía Nacional an den Nagel gehängt und fährt jetzt in seiner Heimatstadt Valencia Taxi. Als sich einer seiner Stammgäste das Leben genommen haben soll, will er dies nicht glauben und fängt an, auf eigene Faust zu ermitteln. Rasch zieht eine alteingesessene Winzerfamilie Alaponts Aufmerksamkeit auf sich. Doch kann er seinem wiedergewonnenen Spürsinn trauen?

GMEINER SPANNUNG

WWW.GMEINER-VERLAG.DE
Wir machen's spannend

Corrado Falcone
Tödliche Stille
Kriminalroman
346 Seiten, 13,5 x 21 cm,
Premium-Klappenbroschur
ISBN 978-3-8392-0244-9
€ 16,00 [D] / € 16,50 [A]

Frühsommer in Südtirol: Der Bozener Commissario Matteo Zanchetti sieht seine Chance gekommen, den Mafiapaten Enzo Saffione endlich vor Gericht zu bringen. Doch die langen Arme des Verbrechens reichen bis in den Polizeiapparat: Eine Informantin wird gekidnappt, Zanchettis Kollegin, Commissario Sonja Schwarz, gerät in einen Undercover-Einsatz, und auf einer Schutzhütte am Rittner Horn werden zwei Bergsteiger ermordet. Zanchetti und Schwarz ermitteln.

GMEINER SPANNUNG

WWW.GMEINER-VERLAG.DE
Wir machen's spannend

Carlos Ávila de Borba
**Commissario Conti
und der Tote im See**
Kriminalroman
315 Seiten, 13,5 x 21 cm,
Premium-Klappenbroschur
ISBN 978-3-8392-0241-8
€ 17,00 [D] / € 17,50 [A]

Während einer morgendlichen Bootsfahrt zur Isola del Garda entdeckt eine Familie einen unter der Wasseroberfläche treibenden Körper. Offenbar handelt es sich bei dem Toten um einen Ranger aus Tignale, der im Naturpark Gardasena arbeitete. Zur gleichen Zeit wird am Brenner ein Transporter kontrolliert, der illegal eine riesige Trüffelmenge nach München liefern soll. Luca Conti, der gerade seinen letzten Lehrgang zum Kommissaranwärter absolviert, glaubt an eine Verbindung zwischen den Fällen und beginnt auf eigene Faust zu ermitteln …

WWW.GMEINER-VERLAG.DE
Wir machen's spannend

DIE NEUEN

ISBN 978-3-8392-0154-1 — AM INN

ISBN 978-3-8392-2730-5 — AUGSBURG UND BAYERISCH-SCHWABEN

ISBN 978-3-8392-0155-8 — FÜNFSEENLAND

ISBN 978-3-8392-0158-9 — HARZ

ISBN 978-3-8392-0160-2 — mit Hund NORDSEEKÜSTE NIEDERSACHSEN

ISBN 978-3-8392-0159-6 — LÜNEBURGER HEIDE

ISBN 978-3-8392-0161-9 — NIEDERRHEIN

ISBN 978-3-8392-0163-3 — OSTSEE MECKLENBURG-VORPOMMERN

ISBN 978-3-8392-0164-0 — OSTSEE SCHLESWIG-HOLSTEIN

ISBN 978-3-8392-2626-1 — SACHSEN

ISBN 978-3-8392-0156-5 — für Senioren BODENSEE

ISBN 978-3-8392-0157-2 — für Senioren NORDSEE SCHLESWIG-HOLSTEIN

ISBN 978-3-8392-0166-4 — SÜDLICHE WEINSTRASSE UND PFÄLZERWALD

ISBN 978-3-8392-0166-4 — SÜDTIROL

ISBN 978-3-8392-2838-8 — USEDOM

ISBN 978-3-8392-0168-8 — WIESBADEN RHEIN-TAUNUS RHEINGAU

GMEINER KULTUR

WWW.GMEINER-VERLAG.DE
Mensch, Kultur, Region